Orange

橘子洲

凶手总是回到犯罪现场

〔日〕江户川乱步 等著
崔蒙 译

江苏凤凰文艺出版社
JIANGSU PHOENIX LITERATURE AND ART PUBLISHING

图书在版编目（CIP）数据

凶手总是回到犯罪现场 /（日）江户川乱步等著；崔蒙译 . -- 南京：江苏凤凰文艺出版社，2023.10
ISBN 978-7-5594-7963-1

Ⅰ . ①凶… Ⅱ . ①江… ②崔… Ⅲ . ①推理小说 - 小说集 - 世界 - 现代 Ⅳ . ① I14

中国国家版本馆 CIP 数据核字 (2023) 第 159179 号

凶手总是回到犯罪现场

（日）江户川乱步 等著 崔蒙 译

出　　品	橘子洲文化
监　　制	王　瑜
特约策划	王云婷
责任编辑	白　涵
装帧设计	小贾设计
内文排版	段文婷
营销支持	杨　迎　刘　洋　史志云
出版发行	江苏凤凰文艺出版社
	南京市中央路 165 号，邮编：210009
网　　址	http://www.jswenyi.com
印　　刷	北京中科印刷有限公司
开　　本	787mm × 1092mm 1/32
印　　张	10
字　　数	230 千字
版　　次	2023 年 10 月第 1 版
印　　次	2023 年 10 月第 1 次印刷
书　　号	ISBN 978-7-5594-7963-1
定　　价	49.80 元

POLICE LINE DO NOT CROSS

CONTENTS 目录

人间椅子

江户川乱步

每天早上十点钟左右，佳子都要送丈夫出门上班，之后她终于能自由支配时间了。她习惯把自己关进洋房那间跟丈夫共用的书房里。现在，她正着手为K杂志这个夏天的特刊创作长篇小说。

作为美丽的闺秀作家，她最近名声大噪，每天都会收到好几封来自陌生崇拜者的信，身为外务省书记官的丈夫也相形见绌。

今天早上也是如此，她坐在书房的桌子前，打算在开始工作之前先看看那些陌生人的来信。

每封信的内容其实都差不多，净是些无聊的抱怨。但出于女性的体贴，只要是寄给她的信，不管什么内容，她都会通读一遍。

她从简短的信件开始，看完两封信和一张明信片后，只剩下一封厚厚的类似稿件的信了。没有收到通知就突然寄来稿件，这种情况此前也时有发生。大多是些又长又无趣的稿子，但她想自己至少应该看看题目，于是拆开信封，取出里面的纸张。

不出所料，是用稿纸写的。但不知怎么回事，这份稿件既没有标题也没有署名，而是突兀地以“太太”这种称呼语作为开头。真奇怪，可能这还是一封信吧，佳子想着，漫不经心地看了两三行，这时她心里莫名地产生了一种异样的可怕感觉。于是，出于天生的好奇心，她迅速读了下去。

太太：

素不相识的男子如此唐突地寄来这封信，还请您千万原谅我的无礼。

我将要陈述的事一定会让您大吃一惊，但请让我向您坦白我所犯下的、世间少见的罪行。

这几个月里，我完全从人类社会隐身了，过着真正如恶魔般的生活。当然，这广大的世界里，没有一个人知道我的所作所为。如果没有意外，我也许会一直这样下去，永远无法返回人间。

但是最近，我心里产生了神奇的变化，让我无论如何都要为自己这不幸之身而忏悔。不过我这样说，也许会让您觉得十分疑惑。但请您一定要读完这封信，这样一来，我为何会有那样的心情，又为何特意对您做此番剖白，此等种种，届时您都会一一明白。

那么，我该从何写起呢？由于事实过于离奇和匪夷所思，而这样用人类世界的信件方式表述又让我羞涩万分，所以落笔迟钝。虽然犹豫，但也别无他法。总之，就让我按照先后顺序，从事情的起因讲起吧。

我生来容貌就极其丑陋，这一点，请您务必牢记。否则，如果您答应了我冒昧的请求，同意见我，让您在毫无心理准备的情况下乍然见到我那本就丑陋，又因长久不健康的生活方式而变得更加不堪入目的相貌，于我而言也是无法接受的。

我这个人，生来便极其不幸！虽然相貌极其丑陋，但心中燃烧着无人知晓又无比激烈的热情之火。我貌若鬼怪，不过是一个极度贫穷的工匠，这样的我却忘记了现实，不自量力地憧憬着种种甜蜜奢侈的美梦。

倘若出生在富裕的家庭，我可以依靠金钱的力量，耽于种种享乐，或许可以排遣貌丑带来的悲伤。或者，如果拥有艺术天分，我也可以凭借优美的诗歌忘却世间的乏味。但不幸的是，我没有任何优越条件，只是一个可怜的家具工匠的孩子，只能继承父亲的职业，维持每天的生计。

我的专长是制作各种各样的椅子。我做出的椅子，不管多么挑剔的顾客都会喜欢，所以商会对我另眼相看，总是把高级订单交给我。那些高级订单对靠背、扶手的雕花都会有种种细致的要求，靠垫的做法、尺寸等也有细微的偏好。要做到这些，工匠需要付出常人难以想象的辛苦。不过，虽然煞费苦心，完成时的愉悦也是难以言表的。说句狂妄的话，那种心情足以与艺术家完成优秀作品的喜悦相媲美。

做好一把椅子后，我会自己先去坐一坐，试试坐上去的感觉。在我无趣的工匠生活里，只有那个时刻让我感到无比得意。坐在这把椅子上的会是怎样高贵的先生，或是怎样美丽的女士呢？既然定做了这么华丽的椅子，那个宅邸里一定有与这把椅子相称的奢华房间吧？墙上一定挂着著名画家的油画，天花板上必然垂着有大颗宝石的水晶吊灯，地板上肯定铺着昂贵的地毯。这把椅子前面的桌子上一定摆放着夺目盛放、香气袭人的西洋花草。沉浸在这样的幻想之中，甚至有那么一瞬间，我觉得自己就是那个华丽房间的主人，心情也变得无比愉悦。

我那缥缈的幻想无止境地膨胀。我只是一个贫穷、丑陋的工匠，在幻想的世界里却变成了高雅的贵公子，坐在我做出来的华丽椅子上，身旁是我经常梦到的美丽恋人。她动人地微笑着，倾听我的话语。不仅如此，在我的幻想里，我还与她交握双手，彼此低声倾诉着甜美的爱语。

然而每一次，我这轻柔的紫色梦境总会被附近老板娘刺耳的说话声、歇斯底里的哭叫声、生病小孩的吵闹声打断，丑陋的现实再次在我面前展露出其灰色的尸骸。回归现实的我，看到了与梦中的贵公子截然不同的自己，又可悲又丑陋。而刚才还在对我微笑的美人……这些到底在哪里呢？就连附近玩得浑身是土、脏兮兮地带小孩的女人都对我不屑一顾。唯有我做出的椅子，仿佛是刚才那场幻梦的残痕，孤零零地立在那里。可又不知会在什么时候，这把椅子终将被送到与我完全不同的世界里去。

就这样，每做完一把椅子，我都会感受到莫可名状的悲伤与乏味。随着时间的推移，这种无法形容的难过情绪渐渐变得让我难以承受了。

“与其继续过这种蛆虫一般的生活，还不如干脆死了！”我认真地想。在作坊拼命挥舞凿子、钉着钉子时，或者来回涂抹刺激性很强的涂料时，我都执拗地思考着同样的想法。“可是，等等，既然有一死了之的决心，也许还会有其他方法，比如……”于是，我的想法渐渐偏到了可怕的方向。

正巧在那时，我接到了一个委托，要制作我此前从没做过的大型皮面扶手椅。这椅子是一家同在Y市、由外国人经营的宾馆定做的。他们本来要从本国购买，之所以会雇佣我，都是商会活动的结果。说是日本也有能做出不输于舶来品的椅子工匠，最终得到了订单。因此，我废寝忘食地投入了制作。真的是全心投入，连睡梦中都在做椅子。

看到做好的椅子，我感到前所未有的满足。连我自己都觉得，那椅子一看就做得极为精美。按照惯例，我从四把一套的椅子里搬了一把，放到阳光照得到的地板上，从容地坐了上去。那感觉实在太舒适了！蓬松柔韧、软硬适中的坐垫；特意没有染色、保持原本灰色、触感极佳的皮革；适度倾斜、轻柔支撑后背的饱满靠背；线条精致、向上隆起的两侧扶手。所有这些都不可思议地搭配和谐，浑然一体，直观呈现出“安乐”这个词语的本意。

我深陷在椅子里，双手爱抚着圆润的扶手，心醉神迷。我的那个毛病，那无法抑制的幻想，如同彩虹般带着炫目的色彩，一个接一个地涌现。那就是所谓的幻象吧。我心中所想的，都清晰地呈现在眼前。我甚至莫名地感到害怕，自己该不会是疯了吧？

这时，我的脑海里突然浮现出一个绝妙的念头。所谓恶魔的低语，指的就是这个吧。那是如梦一般荒唐无稽、极为可怕的念头。然而那份可怕却变成了无法形容的魅力，深深地诱惑着我。

最初，我仅仅是不想离开自己精心制作的漂亮椅子而已，只是单纯地希望，如果可以，我能跟椅子一起去其他地方。但是，在我昏昏沉沉地张开幻想的翅膀之时，我也在不知不觉间，与每天在我脑中发酵的那个可怕想法联结到一起。于是，我是多么疯狂啊！竟然决心实行那个古怪至极的幻想。

我立刻将四把椅子中最为精美的一把拆得七零八落。之后，又为了实行我古怪的计划，把它修改成合适的样子。

那是一把极大的扶手椅，座位底部几乎贴着地面，外部用皮革紧紧包覆着，靠背和扶手也都非常厚实，内部是连通的，有足够大的空间，就算藏着一个人，从外面也绝对看不出来。当然了，那个空间里面装着结实的木架和众多弹簧，但我做了巧妙的调整，能够把膝盖伸进座位的部分，脑袋和身体则可以嵌入靠背，还留出了足够的空间。如果刚好按照椅子的形状坐着，完全可以藏身其中。

这种精细的手艺是我的专长，我十分顺利地完成了。比如说，为了呼吸顺畅、听到外部的声音，我给皮革的一部分做了从外面看不出来的间隙；在靠背里面，正好在脑袋旁边的地方做了小架子，可以储存东西，还能放置水壶和军用硬面包；为了某种用途准备了大橡胶袋，也做了其他种种考量。只要有食物，在椅子里面待上两三天绝对不会感到任何不便。换句话说，这把椅子变成了一个人的房间。

我只穿一件衬衣，打开安在椅子底部的出入口，灵巧地钻了进去。那种感觉实在是古怪。黑暗、窒息，简直像躺进坟墓一样，真是不可思议。仔细想想，跟坟墓确实没什么区别。钻进椅子的同时，我就像穿上了传说中的隐身蓑衣，从人类的世界里消失了。

很快，商会派来的人开着大货车过来取走这四把扶手椅。我的徒弟（我只跟这个男人共同生活）毫不知情，接待了他们。装车时一个工人吼了一句“这家伙太沉了”，椅子里面的我不由得一惊。可扶手椅本来就非常重，所以他们并没怀疑。最后货车的震动传到我的身上，带来一种异样的触感。

我十分担心，可一直平安无事。那天下午，我藏身的这把椅子就被稳稳地安放在宾馆的一个房间里。我后来才知道，那不是私人房间，而是一个用来等人、看报、吸烟，各色人等频繁出入，类似休息室的房间。

想必您已经发现了，我这古怪行为的首要目的，就是趁无人之时从椅子里出来，在宾馆里四处游荡，偷窃财物。椅子里藏着一个人，这种可笑的事情有谁能想象得到呢？我像影子一样，自由自在地从一个房间跑到另一个房间。等人们乱起来了，我只要逃回椅子里，屏住呼吸观赏他们无头苍蝇般搜寻就好。您知道海边有一种叫“寄居蟹”的螃蟹吗？这种螃蟹的外观很像大蜘蛛，四下无人时，好像周围都是它的领地，傲慢地走来走去，可一旦听到人的脚步声，它就会飞快地逃进贝壳里，又从贝壳里伸出一点恶心的、毛茸茸的前腿，窥伺敌人的动静。我就是“寄居蟹”，只是我的藏身之所并非贝壳，而是一把椅子；我的领地也非海边，而是宾馆，我可以在这里傲慢地走来走去。

我的计划十分古怪，正因其古怪超出了人们的意料，故而大获成功。到宾馆的第三天，我就已经偷了不少东西。偷东西时又恐惧又快乐的心情，偷窃成功时无法形容的快乐，以及静静看着人们就在我面前，却嚷着“逃到这里逃到那里”的乐趣。这些都具有不可思议的魅力，让我沉醉其中。

但是非常遗憾，我现在没有时间详细叙述这些。因为我发现了一件比起偷窃可以让我快乐十倍、二十倍的事，一种古怪至极的快乐。实际上，我写这封信真正的目的，就是告诉您这件事。

而这件事，要从我的椅子被放在宾馆休息室开始说起。

椅子到了以后，没过多久，宾馆老板过来试坐，之后就静悄悄的，什么声音都没有了。大概房间里没有人吧。但是毕竟刚到这里，我不敢从椅子里出来。于是在相当长的时间里（可能只是我的感觉），我全神贯注地听着，不放过任何一点声音，静静观察周围的情况。

过了一会儿，应该从走廊上吧，传来咚咚的沉重脚步声。到了附近二三百米，因为房间铺着地毯，脚步声变成了几不可闻的低音。很快，我听到一个男人粗重的鼻息声，正在惊讶间，一个好像是西洋人的高大身躯一下坐到我的膝盖上，还弹了两三下。我的大腿和那男人结实巨大的臀部，只隔着一层薄薄的皮革，暧昧地紧紧贴在一起。他宽阔的肩膀正好靠在我胸口的位置，两条重重的胳膊隔着皮革，与我的胳膊重叠在一起。男人似乎抽着雪茄，浓重的男性味道透过皮革的间隙飘来。

太太，请您把自己放到我的位置，想象一下那个场景吧。那是多么不可思议的情景啊！因为过于害怕，我在黑暗的椅子里僵硬地缩着身体，腋下不停地流着冷汗。我也失去了思考能力，只能发呆。

从那个男人开始，那一整天里，各种各样的人来来往往，坐在我的膝上，然而没有任何人发现我在椅子里——他们认为是柔软的坐垫，可其实那是我这个人类有血有肉的大腿。

一片漆黑、身体动弹不得的皮革中的天地，那是怎样一个古怪而富有魅力的世界啊。在那个世界里，你会感到人类是一种跟日常看到的人完全不同的神奇生物。他们的说话声、鼻息声、脚步声、衣物摩擦声，也不过是几个圆润而富有弹力的肉块而已。

我可以不看容貌，而是通过接触分辨他们每一个人。有的人很是肥胖，带来腐坏鱼肉般的触感，反之，有的人则瘦骨嶙峋，给我骸骨般的感觉。另外，脊椎的弯曲方式、肩胛骨的张开大小、胳膊的长度、大腿的粗细或尾骨的长短，从所有这些地方综合来看，就算身材再怎么相似的人，也会存在不同。人，除了相貌和指纹，还能通过全身的感触加以彻底区分。

异性也是一样。通常情况下，人们主要根据容貌的美丑进行判断，但在椅中的世界里，这些东西完全可以不作考虑。这个世界里有的，只是近乎赤裸的肉体、声音和气味。

太太，请不要对我过于直白的描述感到不舒服。我在这里热烈地爱上了一位女性的肉体（她也是第一个坐到我椅子上的女性）。

根据声音想象，她应该是一位还很年轻的异国少女。正巧那时，房间里没有其他人。她好像心情很好，小声地唱着神秘的歌，迈着雀跃的脚步走进来。她刚走到我藏身的扶手椅前面，就立刻将丰满又极为柔软的身体投入我身上。她大概觉得什么东西有趣吧，突然哈哈笑出声来，手舞足蹈的，像渔网里的鱼一样，活泼地跳来跳去。

之后，她在我膝上坐了将近半个小时，不时唱唱歌，还会随着曲调扭动自己的身子。

这对我来说真是意料之外、惊天动地的大事。我一直觉得女人是神圣的，不，甚至可以说是可怕的，连女人的脸都不敢看上一眼。这样的我，如今竟跟陌生的异国少女同处一室，同坐一把椅子，不仅如此，我们还紧紧挨在一起，中间只隔了一张薄薄的皮革，都能感受到肌肤的温热。而她没有丝毫不安，把全身的重量交付在我身上，用旁若无人的放心感，尽情地做出她想做的姿态。我在椅子里面，可以做出拥抱她的姿势，可以在皮革后面亲吻她丰满的脖颈。此外，不管我想做什么，都可以自由自在。

有了这个惊人的发现之后，我最初的目的——偷窃就排到了第二位，我已经彻底沉溺于这不可思议的触觉世界之中了。我思索着，也许这椅子中的世界，才是上天赐予我的真正居所。我这样一个丑陋、软弱的男人，在明亮、光明的世界里，总是感到自卑、羞耻，除了持续悲惨的生活，别无所能。而一旦改换所住的世界，来到椅子之中，只要能够忍受束缚，明亮世界里那些不能交谈甚至无法靠近的美人，我都可以接近，还可以听到她们的声音，感受她们的肌肤。

椅中之恋！其无比神奇、令人陶醉的魅力，没有实际钻进椅子中的人是无法体会的。那是仅仅具有触觉、听觉和些许嗅觉的恋情。那是黑暗世界中的爱恋，绝不属于这个世界。也许这才是恶魔之国的爱欲。仔细想来，在这世界上，在人们看不到的角落里，正发生着怎样诡异可怕的事情，真的是我们想象不到的。

当然，按照最初的计划，只要实现了偷窃的目的，我就立刻从宾馆逃出去，但是我深深沉醉于这极为古怪的喜悦之中，别说逃出去，我甚至将椅子内部变成了永久居所，继续着这种生活。

每天晚上出去时，我总是格外小心，不发出一点声音，也不被别人看见，所以我当然没有危险。可即便如此，在长达几个月的时间里，我完全没被发现，持续过着椅子中的生活，这也让我惊讶不已。

因为几乎整天都待在椅子中的狭小空间里，弯着胳膊、曲着膝盖，我全身都麻木了，没办法完全直立。最后去厨房和卫生间时，我都要像瘫痪之人一样爬行。我这个人是多么疯狂啊。哪怕要忍受这样的痛苦，我也不愿意放弃这不可思议的触觉世界。

虽然有人会在宾馆连续住上一两个月，但宾馆的客人本来就来来往往的。因此没办法，我古怪的恋情只能随着时间而改变对象。我对众多恋人的回忆与一般人不同，不是通过容貌，而是主要通过身体姿态留在我心中。

有的像马驹一样精悍，身体修长紧致；有的如蛇一般妖艳，身体扭动自如；有的像橡皮球一样肥胖，身体脂肪丰盈、富于弹力；有的好似希腊雕塑，身体结实有力，饱满又肌肉发达。不管哪个女子，身体都有其独有的特点和魅力。

就在从一个女子到下一个女子的过程中，我又感受到其他神奇经历。

其中之一是这样的，一次，某个欧洲强国大使（从日本服务员闲谈中得知）的庞大身躯坐到了我的膝盖上。这位大使虽是政治家，但其诗人身份更是世界闻名。因此，能接触到这位伟大人物的肌肤，让我感到心跳加速、无比自豪。他坐在我腿上，跟两三位同一国家的人聊了十分钟左右，之后便离开了。当然，他们说话的内容我听不懂，但每次他改换姿势、移动肥胖的身体，他那比常人更为温热的身体就会带来痒痒的触感，带给我一种莫可名状的刺激。

那时，我突然产生这样的想象。如果我突然从皮革后面用锋利的刀一下刺进他的心脏，会产生什么样的后果呢？当然，一定会给他造成致命伤，让他再也无法起来。他自己的国家自不必说，日本政治界也会因此乱成一团吧？报纸上会刊登怎样激烈的报道啊！不仅会对日本和那个国家的外交关系带来巨大的影响，从艺术角度来看，他的死亡也无疑会是世界的一大损失。这样重大的事件，只要我一抬手就可以轻易办到。这么一想，我不禁产生了得意之感。

另一个经历发生在著名的某国舞者来访时。正巧她住在这家宾馆，只在我的椅子上坐过一次。但那时，我也产生了和大使那次类似的触动。不仅如此，她还带给我此前从未体验过的、理想的肉体之美带来的触感。面对那极致的美，我甚至没有时间产生自卑的念头，只能像面对艺术品一样，用尊敬虔诚的心情赞美她。

此外，我还有过不少各种各样稀有的、不可思议或可怕的经历，但一一描述那些并非这封信的目的，也会写得太长，所以还是让我尽快进入主题吧。

进入那家宾馆几个月后，我遇到了一个变动。出于某些原因，宾馆经营者要回国，宾馆连带所有的家具都转让给一家日本公司。日本公司的营业方针是要改变此前奢华的风格，让宾馆变得能面向普通大众，从而获得更高的利润。因此，一些用不上的家具用品都交由一家大家具商拍卖，我的椅子也在拍卖目录上。

得知此事，我一时失望至极，甚至想借此契机重返尘世，开始新的生活。那个时候，我偷取的钱财已经达到一个相当可观的数额，如果重回人间，我也不用过以前那种悲惨的生活。但我转念一想，离开外国人开的宾馆，一方面固然非常失望，但另一方面也意味着一个新的希望。因为我在那几个月的时间里，爱上了好几位异性，可是她们都是外国人，就算身体再怎么美、怎么合意，我在精神上总难免感到少了些什么。果然日本人的对象必须也是日本人，不然不会感受到真正的恋爱。此前我就有了这样的念头。刚好我的椅子会被拍卖，说不定这次会被日本人买回去呢，说不定会被放在日本人的家里呢。这就是我的新希望。总而言之，我打算继续在椅子里生活一段时间。

我在家具店待了两三天，感觉非常苦闷，但拍卖开始了，幸运的是，我的椅子很快就被买走了。虽然旧了，但这的确是一把引人注目的精美椅子。

买家住在离Y市不太远的大都市，是一位政府官员。从家具店运到那人家里的一段路程，货车颠簸得厉害，我在椅子里面难受得死去活来。但是正如我所期盼的，买家是日本人，跟这份喜悦相比，路上的痛苦根本不算什么。

买家这位官员有一座相当漂亮的宅邸。我的椅子被放在这座洋房的宽敞书房里。但让我极为满意的是，使用书房最多的不是丈夫，而是家里那位年轻美丽的夫人。之后，在大约一个月的时间里，我与夫人朝夕相处。除了吃饭和就寝时间，夫人柔软的身体总是在我身上。因为这段时间里，夫人一直待在书房里专注地写作。

我到底有多么爱她，不必在这里赘述。她是我接近的第一个日本人，而且拥有十分美好的身体。至此，我才终于感受到真正的恋爱。与此相比，宾馆里的众多体验绝对无法称为恋爱。其证据就是此前我从未产生过这种感觉，但只有对这位夫人，我已经不满足于秘密的爱抚了，而是想尽一切办法让夫人知道我的存在。

如果可能的话，我希望夫人能意识到椅子中的我，并且（这当然是我自私的念头），希望她能爱我。但是这该如何表明呢？如果直接告诉她这里藏着一个人，她一定会大惊失色，直接告诉丈夫或者仆人们。那一切就都化为泡影了，我必然会获得可怕的罪名，还会受到法律的惩罚。

于是我想，至少要让夫人坐在我的椅子上时，感觉十分舒适，并要努力让她对椅子产生心爱之意。她是个艺术家，一定具有比普通人更为敏锐的细微感觉。如果她在我的椅子上感受到生命，不仅仅把它当成一个物件，还把它当作一个生物产生依恋，那我就满足了。

当她一下坐到我身上时，我尽可能柔软而温和地接纳她。当她在我身上感到疲惫时，我会不被察觉地微微挪动膝盖，改变她身体的位置。当她开始打盹时，我会极其微小地晃动膝盖，充当摇篮的作用。

不知是我这番心意终于得到回应，还是只是我单纯地怀疑，最近我总觉得夫人似乎爱着我的椅子。她总是带着甜美的温柔缩在我的椅子里，像婴儿被抱在母亲的怀中，又像处女回应恋人的拥抱。就连她在我的膝盖上移动身体的样子都带着一丝眷恋。

就是这样，我的热情日渐燃烧得更加激烈。终于，啊，太太，我终于产生了不自量力的大胆愿望。只要能看一眼我恋人的脸，跟她说上几句话，我便是直接死去也心甘情愿。

太太，我想您一定已经明白了。被我称为恋人的——请原谅我的无礼——实际上，就是您啊。您的丈夫在Y市家具店购买了我的椅子以后，我就成了一个对您怀着无望恋情的可悲男子。

太太，这是我最大的心愿。不知您能否与我见上一面呢？不知您能否对这个丑陋而可悲的男子说上一句安慰的话呢？除此之外，我绝不奢望更多。我也知道自己过于丑陋、肮脏，不配提出这种奢望。但无论如何，恳请您答应我这世间最不幸的男人的恳切请求。

昨天晚上，为了写这封信，我从您的宅邸逃了出来。当面对太太提出这种请求是非常危险的，我无论如何都做不到。

此刻，在您读这封信的时候，我正担心得脸色发白，在宅邸周围晃来晃去。

如果您答应了这世间最无礼的请求，请您把您的手帕挂在书房窗台的那盆瞿麦花上，看到这个信号，我会作为一个最普通的拜访者来到您家的玄关。

就这样，这封不可思议的信以热烈的祈求结束了。

佳子在读到一半时，已经因为可怕的预感而脸色发白了。

之后，她下意识地站了起来，逃出放着那把可怕扶手椅的书房，来到日式客厅。她想干脆不看后半部分，直接把这封信撕掉扔了，但总觉得不放心，就在客厅的小桌边继续往下看。

她的预感成真了。

这件事简直太可怕了。她每天都坐的那把扶手椅里，真的藏着一个陌生男人吗？

“啊，好恶心。”

她的后背仿佛被冷水浇过一样，浑身发冷，而且全身都在发抖，一直没有停下。

因为过于惊吓，她茫然失神，完全不知道该如何处理。要查看那把椅子吗？为什么，为什么会做出这么可怕的事？就算里面没有人，但肯定会残留着食物和其他属于那个人的污物。

“太太，有信送来。”

她吓了一跳，回头一看，是一个女仆拿来刚送到的信。

佳子下意识地接过信想要打开，看见信封上的字，顿时大惊失色，吓得把信掉到地上。因为信封上，用跟刚才那封可怕的信一模一样的笔迹，写着她的名字。

她犹豫了很长时间，不知要不要打开这封信。最后，她还是拆开了信，战战兢兢地阅读内容。这封信非常短，却是一段让她再次惊惧的古怪文字。

贸然寄信，无礼之处请您千万原谅。我平时很爱阅读您的大作。另函寄去的是我的拙作。如能蒙您阅读、批评，将是我无上的荣幸。出于某些原因，文稿在我写这封之前寄出，想必您已经看完了。不知您觉得如何？如果拙作能获得您的些许赞赏，我将感到无比欣喜。

文稿中刻意省去了，但我想将题目定为《人间椅子》。

恳请您原谅我的失礼。匆匆搁笔。

两分铜币

江户川乱步

上

“真羡慕那个小偷。”那时已经穷困至极的两人，甚至说出这样的话。

近郊一家穷酸木屐店的二楼，只有一个六畳[1]大的房间，里面并排放着两张一闲纸胎[2]的破桌子。当时松村武和我整天无所事事，只是尽情地胡思乱想。

我们两人处处碰壁、寸步难行，刚巧看到最近让世间轰动的大盗事件，不由得生出卑劣的心思，羡慕起那巧妙的手法来。

那起盗窃事件与这个故事的脉络大有关联，所以这里介绍一下梗概。

---

① 畳：计算榻榻米的量词，也作计量房屋面积的单位，一畳约为1.62平方米。——本书注释未特殊说明均为译注

② 一闲纸胎：漆器的一种工艺，可以用来制作桌子、箱子等。

事情发生在芝区一家大型电子工厂的员工发薪日当天。十几名薪资结算员根据近万名员工的打卡记录计算每个人的工资，把二十日元、十日元、五日元的纸币放进堆积如山的工资袋里。这些钱都是当天从银行取出来的，把最大号的皮包塞得满满的。就在他们忙得满头大汗时，一位绅士来到事务所的玄关处。

女接待员询问他的来意，他说自己是《朝日新闻》的记者，希望见一下经理。接待员便拿着“东京朝日新闻社会部记者”的名片，向经理汇报了这件事。

刚好，这位经理向来擅长应对报社记者，并且颇以之为傲。不仅如此，能在记者面前大肆吹嘘，自己说的话还会作为“某某氏谈”登在报纸上，这种心态虽然有点不成熟，但任谁都不会觉得不高兴。于是，这位自称是社会部记者的男子马上被请进经理的办公室。

这名男子戴着很大的玳瑁框眼镜，留着漂亮的小胡子，身穿得体的黑色晨礼服，拿着流行的折叠包。他用老练的姿态坐到经理面前的椅子上，又从烟盒里拿出昂贵的埃及香烟，拿起桌上烟灰缸旁边的火柴利落地点燃，对着经理的鼻尖吐出一口淡蓝色的烟雾。

“您对员工待遇问题有什么看法？”男子开口问道。他的态度是报社记者特有的咄咄逼人，但语调里带着点天真、亲近的感觉。

于是，针对劳动问题这一话题，经理大谈特谈起劳资协调、温情主义来，因为内容跟这个故事无关，这里略过不提。在经理办公室待了三十分钟左右，经理的大论告一段落，说了一句“失陪”便起身去了厕所，那名男子竟趁着这个工夫就此消失不见了。

经理只是觉得这家伙没礼貌，并没过多在意，又刚好到了午饭时间，就出去吃饭了。过了一会儿，正当经理大口吃着从附近西餐店买来的牛排时，会计主任脸色大变地跑到他面前，报告道："工资不见了。被偷了！"

经理大吃一惊，扔下午饭跑到丢钱现场查看。

可以想象，这起突如其来的盗窃事件的详细经过大致如下：

当时，工厂办公室刚好在改建，平时总会在一个门窗紧闭的特殊房间里进行的计算工资事务，那天只能临时换到经理办公室旁边的会客室里。而到了午饭时间，又不知哪里出了问题，那间会客室竟然空无一人。办事员都觉得会有人留下看守，结果全都去餐厅吃饭了，把装满成捆钞票的皮包在门都没锁的房间里扔了半个多小时。就是在这期间，有人潜进去拿走了这笔巨款。不过，那个窃贼完全没碰已经放到工资袋里的钱和零碎纸币，只拿走了皮包里一捆捆的二十日元和十日元纸币。损失的金额大约为五万日元。

经过多方调查，最后还是觉得那个报社记者最为可疑。给报社打电话一问，果然，报社回复说员工里根本没有那样一个人。于是工厂迅速报警，可工资发放也不能推迟，又重新拜托银行准备二十日元和十日元纸币，折腾得人仰马翻。

而那个自称报社记者、让老好人经理发表长篇大论的男人，就是被当时的报纸尊称为绅士盗贼而大书特书的大盗。

辖区警署的司法主任等人来到工厂调查，却没发现任何线索。那个窃贼连报社名片都事先准备了，绝不是寻常的小偷，当然不可能留下任何东西。警方唯一掌握的信息，就是经理记忆中的那名男子的相貌打扮。不过这也是靠不住的，因为衣服自然可以随时更换。经理认为是线索的玳瑁框眼镜和小胡子，现在想想其实都是乔装时最常用的手段，自然也帮不上忙。

没办法，警方只能大海捞针般广泛寻找，附近的车夫、香烟店老板娘、露天摊贩等人都一一问过：有没有见过什么样的男子，如果见过，那人往哪个方向走了，等等。也给市内的各个派出所下发了那名男子的画像。总之，采取了特殊警备态势，但没有任何结果。一天，两天，三天，各种手段都用尽了。各个停车场都安排了监视人员，还给各府县警署发去了协助电报。

就这样，一周过去了，依然没有窃贼的半点消息。警方已经绝望了，除了等待这个窃贼再次犯案，别无他法。工厂办公室似乎对警方的怠慢很是不满，每天都给警署打电话。署长苦恼不已，简直像他自己犯了罪一样。

在这种绝望的状态下，一个隶属于该警署的刑警，正仔细地一家一家询问市内的香烟店。

在市内，进口香烟齐全的香烟店各区都有，多的数十家，少的也有十家左右。这位刑警几乎都走遍了，现在只剩下山手地区的牛込和四谷两个区了。

今天走完这两个区，如果依然没有任何结果，就只能彻底绝望了。刑警怀着这样的念头，像看彩票号码一样，既期待又害怕地走着。他不时在派出所前面停下，向巡查打听香烟店的位置，然后大步向前。FIGARO、FIGARO、FIGARO，刑警的脑海里全是这个埃及香烟的牌子。

他想打听一家位于牛込神乐坂的香烟店，就从饭田桥的电车站往神乐坂下面走。这位刑警正在街上走着走着，突然在一家旅馆门前停了下来。如果不细心查看，很难发现在旅馆前面一块兼做下水道盖子的御影花岗岩石板上正有一枚香烟烟头。而那枚烟头，跟刑警正在寻找的埃及香烟一模一样！

于是，警方从这枚小小的烟头开始追查，那位绅士盗贼最终沦为阶下囚。从烟头到抓获窃贼，整个过程都带着一种侦探小说的感觉，所以当时的一家报纸甚至用连载的形式刊登了这位刑警立下大功的佳话——实际上，我的讲述也基于那篇新闻报道——为了赶快往下说，我在这里只能简要讲述故事的结论，实在甚是遗憾。

正如各位读者所想，这位令人敬佩的刑警从窃贼留在工厂经理办公室那枚少见的烟头开始查起，把各区的大香烟店基本跑了个遍。然而，就算店里有同一种香烟，但FIGARO这个牌子在埃及也没卖得多好，最近卖过这种烟的店更是少之又少，所以买家全都能找到，身份也没什么可怀疑的。

终于到了最后一天，就像我刚才所说的，刑警偶然在饭田桥附近的一间旅馆前发现了同一种烟头，抱着试试看的态度走进这家旅馆打探情况，没想到竟然真的有抓捕犯人的线索。

之后，经过种种调查，警方发现住在这家旅馆的香烟所有者，与工厂经理描述的形象完全不同。警方煞费苦心，终于在那名男子房间的火盆底部，发现了用于犯罪的晨礼服、玳瑁框眼镜和假胡子等物品。通过这些铁证，最终逮捕了那名所谓的绅士盗贼。

从盗贼的供述得知，他知道那天是员工发薪日，所以前往工厂。犯罪当天，他趁经理不在的时候，潜进旁边的薪资计算室偷走那些钱，取出折叠包里的风衣和鸭舌帽，把一部分偷来的纸币放进包里，摘下眼镜、取下假胡子，在晨礼服外套上风衣，摘下礼帽换上鸭舌帽，从与来时不同的出口，若无其事地走了出去。

“你是怎么做到不被任何人怀疑地把钱带出去的？”面对这个讯问，绅士盗贼的脸上露出一个得意的笑，回答说：“我们这种人，浑身上下都是口袋。至于证据，看看被你们扣押的晨礼服吧。乍看是普通的晨礼服，实际上跟魔术师的衣服很像，到处都是隐藏口袋。藏五万日元而已，完全不在话下。中国的魔术师不是还能把装满水的大鱼缸藏在身上吗？”

如果这起盗窃事件就此结束，那也没什么特别的，但这里还有一个跟普通盗窃案不同的奇怪之处，跟我这个故事的主线有极大的关联。

那就是，这位绅士盗贼对五万日元的藏匿地点一个字都没有透露。警察、检察院、法院这三个关卡尝试了种种办法严加讯问，他都坚称自己不知道。最后他甚至胡说八道起来，说自己在短短一个星期之内就把那笔巨款挥霍一空了。

按理说，警方只能用侦查手段寻找那笔钱的下落。他们似乎也这么做了，只是完全没有发现。于是，由于藏匿了五万日元，这位绅士盗贼被判处了对盗窃犯来说相当重的刑罚。

最为头疼的还是受害工厂。在工厂看来，相较于抓到犯人，他们更希望找回五万日元。当然了，警方并没有停止搜寻那笔巨款，但工厂总觉得力度不够。因此，经理作为工厂负责人公布了悬赏，找到那笔钱的人将获得寻获金额的一成，也就是五千日元。

接下来要说的是当盗窃事件发展至此，发生在我和松村武身上的一件趣事。

中

正如这个故事开头略微提过的，那个时候，松村武和我待在近郊木屐店二楼的六叠大房间里，处处碰壁、寸步难行，在穷困的最底层苦苦挣扎。

然而，在众多凄惨境况之中，还有一件称得上幸运的事——那时正是春天。这是只有穷人才知道的秘密，从冬末到夏初期间，穷人能赚上一笔钱。不，应该说，是感觉能赚上一笔。因为只有冷天才需要的短外褂、裤子，甚至连被褥、火盆什么的，都可以送到当铺去。感谢这个时节的天气，抛开对明天会怎样、月末的各种费用该从哪儿弄钱的忧虑，我们暂时都可以缓一口气，能去久违的浴室，还能去理发店，去饭馆也不用点惯常的味噌汤和腌酱菜，可以挥霍一下，点一份生鱼片。

一天，我泡澡泡得心情舒畅。从澡堂回来后，我一屁股坐到伤痕累累、马上就要坏掉了的一闲纸胎桌子前。之前独自留下的松村武带着一种奇怪的兴奋表情，问了我一个这样的问题：

“哎，这两分铜币，是你放到我桌子上的吧？从哪儿来的？”

“啊，是我放的，是之前买烟找的零钱。”

“哪个香烟店？”

“饭店旁边那家，有个老太太，没什么人去的那个。”

“啊，这样啊。”

松村莫名其妙地陷入深思，还执拗地追问我关于那两分铜币的事。

“哎，你买烟的时候还有别的客人吗？”

“应该没有吧。没错，确实没有。因为那会儿，那个老太太打盹儿来着。”

听了我的回答，松村好像有点放心了。

“那家香烟店里除了那个老太太，还有没有其他人？这个你知不知道？”

“我跟那个老太太关系挺好的，她那张阴沉的冷脸跟我这不正常的性子还挺搭，所以我很熟悉那家香烟店的情况。除了老太太，就只有一个比她的脸更冷的老头。不过你问这些干吗？出什么事了吗？”

“啊，没有，就是问问。对了，既然你对香烟店那么熟，还能再说说吗？”

“行啊。老头、老太太有个独生女，那姑娘我见过一两次，长得不差，听说是嫁给监狱的送货员了。那个送货员过得很不错，因为有女儿、女婿的贴补，那家没什么客人的香烟店才没关门，勉强撑了下来。老太太什么时候跟我说的来着……”

我开始介绍香烟店的情况，可让我惊讶的是，之前还让我给他讲讲的松村，却像不想听了似的站了起来。在并不宽敞的房间里，像动物园里的熊一样来来回回地踱起步来。

我们两个平时就比较随意，说话中间突然站起来什么的并不稀奇。但这时松村的态度却奇怪得让我说不出话来了。就这样，松村在房间里来来回回，走了大概三十分钟。我默不作声，饶有兴味地看着他。如果别人看到那幅光景，肯定会觉得我们疯了。

这期间，我的肚子开始饿了。刚好到了吃晚饭的时候，我泡过澡，觉得特别饿。可松村还疯狂地走来走去，我劝他去吃饭，他只回答“抱歉，你自己去吧”。没办法，我独自去吃饭了。

我从饭馆吃饱回来，发现松村竟难得地叫了按摩师到房间来按摩。那是我们以前很熟悉的聋哑学校的年轻学生，正抓着松村的肩膀，喋喋不休地说着什么。

“哎，你可别觉得我奢侈啊，这是有原因的。哎，你什么都别说，先在一边看着。很快你就明白了。”

松村先发制人，像是防止我责备他似的说道。昨天我们跟当铺掌柜软磨硬泡，都近乎强抢了，好不容易才弄到手二十日元，现在因为按摩费用，这笔共同财产一下就少了六十分，所以说这笔开销的确是非常奢侈的。

我对松村这些不寻常的举动产生了难以言喻的兴趣。于是我坐在自己桌子前，装作专心地看着从旧书店买来的故事话本，可实际上，我一直在偷偷地观察松村的一举一动。

按摩师离开以后，松村也坐到他的桌子前，读着一张纸片上的什么东西，接着又从怀里掏出另一张纸片放到桌子上。那是一张极薄的小纸片，二寸见方，上面写满细小的文字。松村专注地对比这两张纸，然后用铅笔在报纸空白处擦擦写写。

这期间，外面的电灯亮了，卖豆腐的喇叭声从街上经过，前去缘日[①]参拜的行人络绎不绝，等人群都过去了，又传来中国荞麦面店哀婉的唢呐声，不知不觉间，夜已经深了。松村把吃饭忘在脑后，沉浸在这奇怪的工作中。我没说话，铺好自己的床铺躺下来，因为实在无聊，只能把已经读完的故事话本再看一遍。

“你有东京地图吗？”

松村突然回头问我。

“啊，应该没有吧。你问问楼下老板娘呢？”

“嗯，没错。”

他立刻站起来，从“吱嘎吱嘎”的楼梯下去了，很快借回一张折痕都快破了的东京地图，又坐在桌前专心研究起来。我越发感兴趣地看着他的举动。

楼下的时钟敲响九点。松村漫长的研究似乎终于告一段落，

---

① 缘日：与特定神佛有缘的日子，据说当日参拜会有特别的功德。

他从桌边站起，来到我枕边坐下，有些难以开口地对我说：“那个，你能给我十日元吗？”

对松村这番不可思议的举动，各位读者还不明就里，我也抱有浓厚的兴趣。十日元虽然是当时我们全部财产的一半，但我没有任何异议地给了他这笔钱。

松村从我手中接过十日元纸币，穿上旧夹衣，戴上皱巴巴的鸭舌帽，一句话没说就立刻出去了。

被独自留下的我，对松村之后的举动做了种种设想，暗自窃笑间迷迷糊糊地进入了梦乡。我依稀记得松村回来了，之后就什么都不知道了，一觉睡到了第二天上午。

我向来贪睡，大约在十点睁开眼睛，却被枕边站的怪人吓了一跳。那是一个穿着条纹和服、系着角带[①]，还围着藏蓝色围裙的商人模样的男子，正背着一个包袱站在房间里。

“你这是什么怪表情，是我啊。”

让我惊讶的是，那个男子用松村武的声音这样说道。仔细一看，果然是松村，只是衣着彻底变了，所以我一时摸不着头脑，不知道到底是怎么回事。

“怎么了？还背着包袱。还有，你这身打扮是怎么回事，我还以为是哪家店的掌柜呢。”

“嘘，嘘，别那么大声。”松村双手做出压低声音的手势，用近乎耳语的声音说，“我带了一样不得了的礼物哦。”

“这么早，你这是去了哪儿啊？”

受他奇怪举动的影响，我也不由自主地低声询问。松村脸上

① 角带：幅窄而硬的男用腰带。

满是再三忍耐都压抑不住的笑容，他凑到我耳边，用低到几不可闻的声音说："这个包袱里啊，朋友，装着五万日元呢。"

下

各位读者想必已经猜到了，松村武带回来的，就是那位绅士盗贼不知藏到哪里的五万日元。只要把这笔钱送到那家电子工厂，就能得到五千日元的赏金。但松村并不打算那么做。

他的理由是这样的：按照他的说法，老老实实把这笔钱交出去，不仅非常愚蠢，同时也是非常危险的。这是专业的刑警们用了一个多月的时间都没能找到的钱。假如我们直接留下，又有谁会怀疑呢？更何况对我们来说，五万日元不是比五千日元更好吗？

然而更危险的是那个绅士盗贼的报复。那家伙很可怕。如果他知道自己宁可延长刑期也要藏起来的这笔钱被我们半路弄走了，是绝对不会放过我们的。那家伙可是做坏事的天才啊——松村用敬畏的语气描述那位大盗——单是保持沉默就已经很危险了，如果把钱交给失主领取赏金的话，松村武这个名字立马就会上报纸。这不是相当于特意通知那家伙对手在哪儿吗？

"不过，至少现在，我战胜了那家伙。你看啊，我战胜了那个天才大盗。这会儿五万日元当然让人高兴，但胜利的快感更让我开心。我脑子好使，至少比你厉害，你就承认吧。让我有这个大发现的，就是你昨天放在我桌子上的买香烟找回来的两分铜币。那两分铜币上有一个细节，你没注意到，我却发现了。于是，根据这区区一枚两分钱的铜币，我找到了五万日元，哎，你知道吗？五万日元可是两分钱的二百五十万倍啊！怎么样？这不是能证明我的脑子比你聪明吗？"

两个都是知识分子的青年生活在同一个房间里，因而比较起谁的头脑更聪明，这是极为正常的。那段时间，松村武和我闲来无事，经常展开论战。聊得兴起不知不觉天都亮了，也不稀奇。松村武和我互不相让，都认为“我的头脑更聪明”。所以松村想以这个功劳——怎么看都是一个大功——为依据，证明我们两人头脑的优劣。

“知道了，知道了。就别耀武扬威了，你到底是怎么找到这笔钱的，赶紧说说。”

“急什么？比起这个，我更想计划一下这五万日元该怎么用。但是，为了满足你的好奇心，我就简单说说我的推理过程吧。”

不过，这可不仅仅是为了满足我的好奇心，主要还是满足他自己的虚荣心。总之，他讲述了所谓的推理过程。我则不见外地躺在被窝里，看着他得意地动来动去的下巴，听他讲述。

“昨天你去澡堂以后，我摆弄那枚两分铜币，中间发现一件奇怪的事，那枚铜币边缘有一根线。我觉得奇怪，仔细一看，真是大吃一惊，那枚铜币竟然被分成两半了。你看，就是这个。”

他从桌子抽屉里拿出那枚二分铜币，像拧开宝丹的容器盖子一样，把铜币上下分开。

“这个，你看，中间是空的。是用铜币做成的容器。多么精巧的手艺，乍一看，跟普通的二分铜币没有任何区别。看到这枚铜币，我想起一件事。我以前在哪儿看见过的，越狱高手用的一种锯子。把怀表的发条磨出锯齿，做成一个像小人国里用的带锯，放进用两枚铜币磨出来的容器里。只要有这个东西，不管牢房的铁栏多么坚固，都可以切断从而逃跑。据说是从外国的小偷那儿传进来的。于是我想，这枚二分铜币可能是因为什么乱子，从小偷手里流出来的。但更让我好奇的还不是这枚铜币本身，而是从它里面拿出来的一张纸片，就是这个。”

那就是松村昨晚拼命研究的那张薄薄的小纸片。在这张两寸见方、极薄的日本纸上，用细小的字写着下面这些莫名其妙的内容。

> 陀、无弥佛、南无弥佛、阿陀佛、弥、无阿弥陀、无陀、弥、无弥陀佛、无陀、陀、南无陀佛、南无佛、陀、无阿弥陀、无陀、南佛、南陀、无弥、无阿弥陀佛、弥、南阿陀、无阿弥、南陀佛、南阿弥陀、阿陀、南弥、南无弥佛、无阿弥陀、南无弥陀、南弥、南无弥佛、无阿弥陀、南无陀、南无阿、阿陀佛、无阿弥、南阿、南阿佛、陀、南阿陀、南无、无弥佛、南弥佛、阿弥、弥、无弥陀佛、无陀、南无阿弥陀、阿陀佛

“像和尚的梦话似的，到底是什么玩意儿？最初我还以为是写着玩的。说不定是悔恨过错的小偷，为了消除罪孽，写下这么多‘南无阿弥陀佛’，代替越狱工具放进铜币里了。可如果是这样，‘南无阿弥陀佛’没连着写未免有点奇怪。还有‘陀’‘无弥佛’之类的，虽然都在‘南无阿弥陀佛’这六个字范围里，但完整写出来的却一个都没有。既有一个字的，也有四五个字的。于是我觉得这东西并不是乱写的。

“那时，正好听到你从澡堂回来的脚步声。我赶紧把两分铜币和这张纸片藏了起来。至于为什么要藏，我也说不清楚，可能是想独占这个秘密吧。想等到揭开了一切谜底再给你看，炫耀一番。就

在你上楼梯期间，我脑中突然闪过一个绝妙的念头，就是那个绅士窃贼的事。虽然不知道五万日元藏在哪里，但那家伙肯定不想放着那笔钱直到服完整个刑期。所以他肯定会把藏钱的地方告诉自己的手下或者搭档。假设他因为突然被捕，来不及把五万日元的藏匿地点告诉搭档，那对他来说，只能在案子还没判决的羁押期间，想办法给搭档传递消息。如果这来历不明的纸片就是他们之间的信……

“这个念头在我脑海中闪过。当然了，这是个空想，还有点天真。所以我才会问你这两分铜币是从哪儿来的。你不是说，香烟店的女儿嫁给了监狱的送货员嘛。如果被羁押的窃贼想跟外界通信，通过送货员是最容易做到的。要是这番计划因为什么出了差错，信就会留在送货员手里了，之后又经家里的老婆带到亲戚家，怎么都说得通。于是我彻底投入进去了。

“好了，如果这张纸片上无意义的文字是某种密码，那它的破解密钥是什么呢？我在房间里来回踱步，苦苦思索。相当困难，就算全都看过一遍，也只是‘南无阿弥陀佛’六个字和标点符号而已。用这七个符号能写出什么字句呢？

“我以前对密码做过一点研究。我虽然不是夏洛克·福尔摩斯，但我也知道一百六十来种密码的写法。

“我在脑中一一回想自己知道的所有密码写法，寻找跟这纸片上相似的密码。这花了我不少时间。那会儿你劝我去吃饭来着，我拒绝了，只是拼命思考。最后终于发现了两种多少有些类似的写法。

“一种是培根发明的双字母密码法，这种方法只用a和b两个字母，通过种种不同的组合，什么字句都能写出来。比如说，fly这个单词就可以写为aabab aabba ababa。另一种方法在查理一世时期广泛应用于政治秘密文书的撰写，是用一组数字代替字母的方法，比如说——”

松村拿起放在桌子一角上的纸，在上面写下这样的文字：

A B C D…

1111 1112 1121 1211…

“也就是说，用1111代替A，用1112代替B。我想这个密码说不定也是这样，用‘南无阿弥陀佛’的种种组合替换而成。

“虽然知道了破解方法，可如果这是英语、法语或德语的话，只要像爱伦·坡在《金甲虫》里写的那样，找到字母E就可以了，但让我头疼的是，这明显是日语。为了谨慎起见，我试了爱伦·坡的分类法，可完全破解不了。到这儿我一下子卡住了。

“六个字的组合、六个字的组合，我想着这个问题，又在房间里走来走去。我想六个字会不会是某种暗示呢？于是我开始尽可能地思考能用‘六’这个数字计算的东西。

“在我胡乱拼凑包含‘六’这个字的词语时，突然想起在曲艺话本里看到的——真田幸村[①]的旗标是六连钱。这种东西跟密码肯定没什么关联，但我嘴里莫名其妙地念叨着‘六连钱’。

“这时，就在这时，如灵光乍现一般，一样东西从我记忆深处出现了。那仿佛是六连钱的缩小版，就是盲人使用的点字[②]。我

---

① 真田幸村：日本安土桃山时代的武将。

② 点字：盲文。1824年由法国人布莱叶发明，纵向三点，横向两列，用六个点组成64种符号，来表示字母和数字等。日本点字以布莱叶点字为基础，在1890年由东京盲哑学校的石川仓次发展完善。

不禁大叫出声，漂亮！毕竟这关系到五万日元啊。

“我不了解点字，只记得是六个点的组合，所以赶紧叫来按摩师让他教我。这就是按摩师教给我的点字假名。”

说着，松村从桌子抽屉里拿出一张纸，上面写着点字假名、浊音、半浊音、拗音、促音、长音和数字等。

“现在，把‘南无阿弥陀佛’从左侧开始，三字一组排成两行，就会变成与点字相同的排列。‘南无阿弥陀佛’的每一个字，都对应着点字中的一个点。这样一来，就可以对应得出点字里的‘ア’是‘南’，‘イ’是‘南无’。用这个方法去破解就可以了。这就是我昨天晚上破解密码的结果。最上面一行是把原文的‘南无阿弥陀佛’按点字排列，中间那行是对应的点字，最下面那行就是翻译出来的假名。”

说完，松村又拿出这样一张纸。

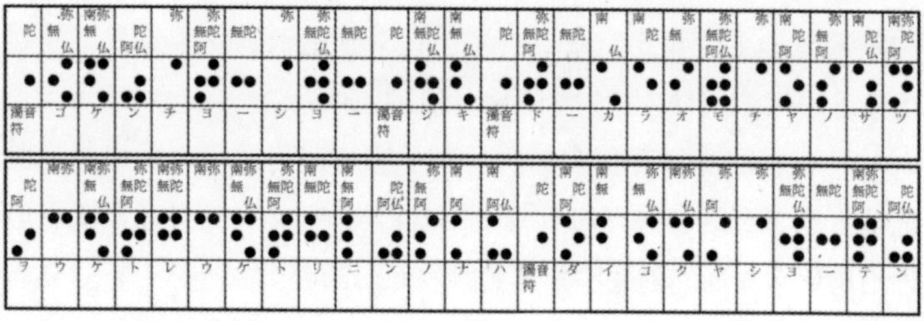

（图片说明：無→无，仏→佛，濁音符→浊音）

“‘ゴケンチヨーシヨージキドーカラオモチヤノサツヲウケトレウケトリニンノナハダイコクヤシヨーテン（自五轩町正直堂取玩具钞领取人之名为大黑屋商店）’，也就是说，要去五轩町的正直堂取玩具钞票，领取人的名字是大黑屋商店。意思非常清楚，

可为什么是领取玩具纸币呢？我再次思考起来，不过这个谜很容易解开。随后，我对这位绅士窃贼产生了钦佩之情，他不仅聪明、敏捷，还具有小说家的智慧。你看，玩具钞票这一招不是很妙吗？

“我就是这么推理的。幸运的是，我全都猜中了。为了以防万一，绅士窃贼肯定事先就为这笔偷来的钱准备了一个最安全的藏匿地点。而世界上最安全的隐藏方法就是不藏。把东西放在众人的眼皮底下，但谁都不会注意，这样的隐藏方法就是最安全的。这个可怕的家伙就是发现了这点，进而想出了玩具钞票这个巧妙的招数。我想这个正直堂，应该是印制玩具钞票之类东西的店，这个我也猜对了，于是，这家伙以大黑屋商店的名义，事先订了一批玩具钞票。

“最近，几乎能以假乱真的玩具纸币好像在花街之类的地方特别流行。我是听谁说的来着？啊，对了，是你以前说过。你说风流客们很喜欢能吓唬姑娘的玩具，比如吓人箱，跟实物一模一样的泥点心、泥水果以及玩具蛇什么的。所以，那家伙去订跟实物大小一样的玩具钞票，绝对不会受到任何怀疑。

“做好准备以后，那家伙顺利偷出真正的纸币之后，多半潜进印刷店，替换了自己订的玩具钞票。这样一来，在订货人去取货之前，五万日元的通用货币就被当成玩具钞票，安全地留在印刷店的柜子里了。

“可能这不过是我的想象，但是，这个想象的可能性非常大。我决定无论如何先去看看。我在地图上找到五轩町，发现是在神田区。于是，终于到了去取玩具钞票的时刻，但这也有一点难度。因为我不能留下任何一点痕迹表明是我领走的。

“如果被人知道了，那个可怕的恶人会怎么报复我啊？只是想想，胆小的我就直打冷战了。总之，要尽可能让人认不出我。所以我才会打扮成那个模样。我用那十日元，把自己从头到脚都变了个样。你看这个主意不错吧？”

说着，松村露出他整齐的门牙给我看。我刚才就注意到了，他有一颗金牙在闪闪发光。他得意地用指尖取下来递到我眼前。

“这是夜店卖的，只是给铁皮镀了金套在牙上。区区二十钱的铁皮片却能起到极大的作用。有金牙的人格外引人注目嘛。所以，如果以后有人想找我，肯定会以金牙为线索的。做了种种准备之后，我今天早上就去了五轩町。我唯一担心的是玩具钞票的费用。那个窃贼必然担心玩具钞票会被印刷店转卖，所以一定提前付了钱。如果还没有，那至少需要二三十日元。偏偏咱们没有那么多钱。但我也没太当一回事，不行就想办法糊弄过去，然后我就出门了。果然，印刷店完全没提钱的事，直接把东西给我了。就这样，我顺利地攥来了这五万日元……接下来就是这笔钱的用途了。怎么样，你有什么想法？”

松村如此兴奋、如此滔滔不绝地讲话实属罕见。我深深感叹五万日元这一巨大的金钱力量。我不想费劲儿描述松村的状态，但他讲述自己这一番努力时，那种开心的样子真是值得一看。他似乎在尽力控制，不让自己露出过于开心的表情，可即便再三控制，那从内心深处涌出的、无法形容的喜悦笑容都是藏不住的。

说话过程中，他不时露出得意的笑，那种近乎癫狂的笑容甚至让我觉得有点可怕。不过，以前就有穷人中了千两彩票而发疯的故事，所以松村为五万日元狂喜也是理所当然的。

希望这份喜悦可以一直持续下去，为了松村，我如此期盼着。但是，有一件事是我无论如何都控制不了的，我爆发出一阵无法抑制的大笑。虽然我责怪自己不应该笑，但心里那个喜欢恶作剧的小恶魔却停不下来，一个劲儿地挠我的痒。我高声大笑，笑得像看到了一出最幽默的喜剧。

松村目瞪口呆地看着笑倒在地的我，带着见鬼一样的表情说：“你怎么了？”

我终于按下笑意，回答他：“你的想象力实在太精彩了，亏你能完成这么大的一件事。我一定会比以前加倍地尊敬你的头脑。的确如你所说，论起头脑聪明，我不如你。但是，你真的相信现实会如此美好顺利吗？”

松村没有回答，只是用异样的表情盯着我。

“换句话说，你觉得那个绅士窃贼会有这种智慧吗？我承认，你的想象力作为小说是无可挑剔的。可社会要比小说现实得多。如果单就小说而论，有个问题我得提醒你注意一下。也就是，这段密码还有没有其他破解方法。你破解出来的文字有没有需要再次破解的可能性。比如说，这段话每隔八个假名一读，是不是也可以呢？”

说着，我像这样，在松村写出来的密码破译文字上加了记号。

ゴケンチヨーシヨージキドーカラオモチヤノサツヲウケトレウケトリニンノナハダイコクヤシヨーテン

“ゴジヤウダン①（开玩笑）。你看，这个‘开玩笑’是什么意思呢？嗯？这是偶然吗？是不是表明这是谁的恶作剧呢？”

---

① 此处为旧式假名。

松村一言不发地站起身，把那个他坚信是五万日元钞票的包袱拿到我面前。

“那这个你怎么说？五万日元的巨款可不会从小说里诞生啊。”他的声音里带着拼死搏斗般的认真。我有点害怕了，不禁有些后悔，自己这个小小的恶作剧竟然造成了意想不到的效果。

“我对你真的做了万分抱歉的事，请你原谅我。你那么小心翼翼拿回来的，其实真是玩具钞票。唉，你打开看看吧。”

松村用在黑暗中摸索东西的奇怪手势——看着他的举动，我内心越发愧疚了——花了很长时间才解开包袱。里面是两个用报纸细细包好的四方形纸包，其中一个纸包的报纸破了，露出里面的东西。

“我在路上把这个打开了，亲眼所见。”松村说话的声音好像喉头发堵似的，他把报纸彻底打开。

那是极为逼真的假货。乍一看，哪儿哪儿都是真的。可仔细看看就会发现，这些钞票上印的字不是“圆”而是“团”，不是二十圆、十圆，而是二十团、十团。[①]

松村好像还不相信，翻来覆去看了好多次。这期间，那种笑容的影子彻底从他脸上消失了，只留下深深的沉默。我心里特别愧疚，跟他解释这是我玩过头的恶作剧。但松村充耳不闻，那一整天里都像哑巴一样沉默。

至此，这个故事就结束了。但是为了满足各位读者的好奇心，我得解释一下自己的这个恶作剧。

正直堂这家印刷店其实是我一位远亲的。有一天，我实在走

① 日语中“圆”写作“円”，“团“写作“団”，形近。——编者注

投无路，想起这位我平时就欠了很多钱没还的亲戚。我想着如果能多少借来一点呢，就怀着歉意，阔别多时再次登门了。当然，这件事松村全不知情。如我所料，借钱的打算失败了，但那时，我意外看到他们店里正在印刷跟实物别无二致的玩具钞票，又听说那是店里多年的老客户大黑屋订制的。

我把这个发现跟我们每天讨论的那位绅士窃贼联系到一起，打算安排一出戏，做个无聊的恶作剧。因为我跟松村一样，每天都热切盼望着能获得证明自己头脑更为聪明的证据。

那逻辑不通的密码当然是我弄出来的。不过我不像松村那样了解外国的密码史，只是灵机一动而已。香烟店的女儿嫁给送货员之类的话都是我瞎编的，我根本不知道那家香烟店有没有女儿。

不过，这出戏里最让我担心的，并不是这些戏剧性的部分，而是一个最为现实，从整体来看过于细小，还带了点滑稽味道的问题。那就是，在松村去取之前，我看到的那些玩具钞票是不是还留在印刷店里没送出去。

至于玩具的费用我倒是一点都不担心。我的亲戚跟大黑屋之间是一段时间结算一次，更方便的是，正直堂的销售方式是极为原始而松散的。松村就算不拿大黑屋老板的提货单，也不会取不到东西。

最后，关于那枚成为恶作剧起点的两分铜币，我在这里必须略去详细说明，对此我深感遗憾。如果我写了什么不好的事，给我这个东西的人以后说不定会遇上大麻烦。各位读者就当我是偶然得到的吧。

琥珀烟斗

甲贺三郎

直到现在，回想起那天晚上的光景，我仍然感到毛骨悚然。那时，东京大地震才发生没过多久。

那晚十点过后，天空的样子开始变得奇怪。伴随着台风的呼啸，大滴雨水哗哗落下。当天早上，我看到报纸上写着“今日深夜台风将袭帝都”，一整天在办公室里都提心吊胆的。很不幸，气象台的预测非常准确。之所以提心吊胆，是因为当天晚上十二点到两点，我得去做夜间警戒巡逻。在暴风雨中巡逻，真是让人敬谢不敏。而所谓夜间警戒，是一个多月前才开始的。东京大地震以后，整个交通系统都瘫痪了，谣言四起。从大火中幸存下来的山手一带的民众，各自手持武器，组建起所谓的自警团。

坦白说，当我在涉谷町的高台上看着远方下町上空的火焰和浓烟，看着只穿袜子、浑身泥泞的众多避难者拼命往道玄坂上面跑时，我不禁想：这个世界究竟怎么了？后来听到种种恐怖的传言，惊吓之余，我就在白天拿着家传宝刀在家附近来回巡逻。

自警团成立几天以后，人心渐渐安定下来，携带凶器遭到禁止，白天的巡逻也取消了。可夜间巡逻始终没有取消，自警团变成了夜警团。于是规定几家组成一组，每家出一个男的，每晚几个人，按顺序在组内人家的周边巡逻警戒。后来警视厅主张取消夜警团，团内也有不少人支持取消，但无论何时投票，主张继续的都占多数。像我这样的人，在××省做书记员，已经四十多岁，很快就要拿退休年金了，家里只有妻子，实在找不出第二个男的，虽然相当为难，也只能每周都去一次，半夜敲着梆子巡逻。

说说那天晚上的事吧。暴风雨在十二点交班时正式到来。我出门的时间比交班时间稍微晚一点，到的时候前面那一班的人已经回去了，简易岗亭里只有退役陆军大佐青木进也和自称新闻记者的青年松本顺三，两人都没脱外套，坐在那儿等我。青木是这个夜警团的团长，记者——大概是探访记者——则是从下町跑来避难的，现在住的人家与我家只隔了两三户。夜警团有个唯一的好处：山手的那些所谓知识阶层，房子不过贝壳大——大点的像海螺、小点的像蛤蜊——院子比猫额头还窄，还要用围墙隔开，邻居家的院子看见了也当没看见，邻居之间从不说话。如今这个习惯被打破，一个社区里的人家竟然彼此认识了。再加上从四面八方过来避难的人，大家就可以从各行各业的人身上学到五花八门的知识——不过那些知识不怎么正确，后来甚至会被人说“啊，是夜警听来的故事吧”。

青木给人的感觉比我年长一些，是个热心的夜警团支持者，还支持军备扩充。松本因为年轻，是废止夜警团的急先锋，支持军备收缩，自然无法忍受青木的观点。巡逻时每隔三十分钟要敲一次梆子，这期间两人激烈辩论，那番气势毫不亚于肆虐的暴风雨。

“本来就是，”青木大佐说，“总之在震灾期间，拿竹枪和木刀的一百个自警团员，也比不过拿武器装备的五人士兵小队。”

“所以才说军队没有必要，”松本说，“陆军到现在都过于精兵主义，觉得只训练军队就可以。我们民众却没受过什么训练。特别是山手的知识阶层，只是嘴上说得好，谁都不愿意在别人手底下干活，根本做不到集体活动。自警团没有用跟军队有必要是两回事。”

“就连你也会认同吧？地震以后军队发挥了作用。”

“这个我当然认同，”松本说，“但是，不能因此就认为裁减军备是不值得考虑的。就像有种看法认为，通过这次震灾可以看出物质文明多么脆弱、不能胜过自然，这可真是岂有此理。我们拥有的文化可不是区区地震就能破坏的。现在不是还有一些在地震中没有受到损坏、保留下来的建筑物嘛。只要我们拥有的科学能够完全适用，就可以在一定程度上抵御自然的肆虐。我们没有在帝都普及真正的文化。如果能把日俄战争以后一半的军备费用投到帝都的文化设施上，帝都都不会这样伤亡惨重。所以必须进一步收缩军备。”

我听着松本这番阔论和暴风雨的声音，迷迷糊糊地打起瞌睡来。可青木的大声反驳突然传来，让我彻底睁开了眼睛。

“不行，不管怎么说都不能废除夜警团。先不说凡事都有好坏，明明每家都做出牺牲参与夜警，只有福岛那个家伙不像话。那种家伙的房子，被烧光了才好呢！”

青木又在夜警团问题上被松本驳倒了吧？受到牵连的则是他

一直以来的嘲骂对象福岛，也就是那座刚好跟青木家背靠背、最近新落成的豪宅的主人。

我很惊讶，还打算如果两人吵起来自己就从中说和，但松本保持了沉默，所以什么事都没有。

一点三十五分，两人把我留在岗亭里，出去做最后的巡逻。此时正是暴风雨最猛烈之时。

一点五十分——之所以如此精确地记得时间，是因为岗亭里有表，而我又无所事事，所以一旦出现什么情况，我就会先去看一下表。松本一个人敲着梆子回到岗亭，我问他青木呢，他说青木要先回家一下，两人就在青木家门前分开了。两点钟的时候，青木回来了。替班的人很快就过来了，稍微闲聊了几句，我和松本出岗亭向左，青木向右，各自分开回家。正好走到我家门前时，在肆虐的暴风雨中听到远处有喊声。

我们立刻跑过去。岗亭里的人也跟着一起跑了过去。只看到青木大佐一个劲儿地大叫“着火啦”！我突然闻到一股白糖烧焦的味道，还以为是白糖着火了。我们跟赶来的附近居民一起用事先备好的水桶取水，在暴风雨中奋力灭火。

在大家的共同努力下，火势还没有蔓延开就被扑灭了。被烧的就是之前说的福岛家。火似乎是从厨房烧起来的，厨房、餐厅、女仆房间都被烧了，铺席客厅[①]和起居室那边则完全没受到波及。

劳累的人们庆幸没酿成大祸，安心地松了一口气。我觉得这家里似乎过于安静了，感到有些奇怪，于是打开手电筒进入铺席客

---

① 铺席客厅：指铺着榻榻米、用于接待客人的房间或客厅。

厅，刚好在起居室交界的地方发现有一团漆黑的东西倒在地上。

我用手电筒一照，确定那是一个男人。我不由自主地“啊！”地叫出声，连退了两三步。是尸体！滴下来的血把榻榻米染得乌黑。

听到我的叫声，灭火后正在休息的众人慌忙跑了过来。

借助人们手里的灯笼，可以看出这的确是一具惨遭杀害的尸体。没有一个人敢靠近。有人将灯笼举高，我顺着亮光看向里间，那里已经铺好了被褥，一个女人和一个小孩都是以一副往床铺外面爬的姿势倒在地上。很快从聚集的人群口中得知，死者是在这里看家的夫妇和他们的孩子。福岛一家都到老家避难去了，只有主人福岛留了下来，可是他好像也在今天傍晚回老家去了。

我竖起耳朵听着周围人的低声议论，看向尸体那边，却惊讶地发现松本不知什么时候过来了，像把尸体抱在怀里似的正在仔细查看。看他那副架势，对此已经非常熟练了，不愧是探访记者。

他用手电筒照着进了里间，继续详细查看。他大胆的行为，真让我佩服得五体投地。

很快，天色渐渐亮了起来。

松本似乎做完了对尸体的检查，从里间走了出来，我就在一旁，他却看都不看我，又去起居室里四下查看。我顺着他的视线看向已经明亮起来的窗户，注意到角落的榻榻米被拿起了一块，地板也被掀了起来。松本像鸟一样飞扑过去，我也不由自主地跟上他。

过去一看，发现地板被掀起来的地方旁边有一张纸片。眼尖的松本发现那张纸片后显得十分惊讶，他想要将纸片捡起来，却又突然停住动作，从口袋里拿出一个笔记本。我在他旁边悄悄地看了一眼地上的那张纸片，上面写的好像是些莫名其妙的符号，不知道是什么意思。我又看看他的笔记本，上面写的是跟纸片上相同的符号。

“啊，是你啊！”发现我在旁边偷看，松本马上合上笔记本，“到火灾那边看看？”

我默默地跟着他走向被烧毁的地方。半烧焦的器物惨兮兮地散落四处，被烧得焦黑的木头还“嗞嗞”地冒着白色的蒸汽。火源似乎就在厨房，但我没看到有纵火痕迹的可疑物品。

“怎么样？果然是白糖烧焦了。”松本指给我看的是一个大玻璃壶，上半部分已经烧掉了，只留下一个壶底，上面黏着黑色的板状物。我听到青木的叫声跑过来时，曾经自言自语地嘀咕过一句“白糖烧焦了啊”，这个青年竟然听到了，我在心里惊讶于他的机敏，同时也确定了壶里黏着的东西，的确是烧焦的白糖。

他开始仔细地察看周遭，从口袋里拿出毛刷，将笔记本的纸撕下一张，在地板上扫了什么东西到纸上，然后小心翼翼地拿给我看。纸面上是几个白色小圆球，还来回滚动着。

“是水银吧。”我说。

“没错。应该是放在这里面的。”他说完，又给我看了一个直径六毫米左右的玻璃管碎片。

“这是温度计碎了吧？”我说着，同时感到他似乎在展现莫名的优越感，“这跟着火有什么关系吗？”

“温度计可不会留下这么多水银。”他答道，“还不清楚跟火灾有没有关系。”

是啊，现在还没法知道。不过看这个青年记者的举动，我觉得他似乎已经找出了秘密的关键。

此时，外面吵闹起来，一大堆人拥了进来，是检察官和警官一行人。

我和青年记者对一位警官说明了情况，我们当晚夜间巡逻，听到火灾第一发现者青木的叫声后赶了过来。警官则让我们两人在这儿稍微待一会儿。

死去的男人大约四十岁，周围有不少激烈的搏斗痕迹。左肺被锐器贯穿，应该就是现场遗留的用于削皮的小型菜刀，一刀毙命。女人三十二三岁的样子，似乎是从床铺往外爬想去抱孩子时被人从身后刺中，同样是贯穿左肺而死。餐厅和铺席客厅——三人睡觉的房间——中间的隔扇被菜刀砍得乱七八糟。枕边的桌子上放着点心盒和托盘，托盘里面好像是睡前吃剩的苹果皮。

除此之外，令人奇怪的就是那块被掀起的地板以及残留的可疑纸片了。

讯问开始了。首先是青木。

“夜警交班以后吧，对，应该是两点二十分之后，我正往家的方向走。”青木说，“因为从外面绕有点远，我就想从福岛家的院子穿过去到我家后门，结果就看见他家厨房天花板上映出红色的火光，我就大喊了起来。”

“院子的木门开着吗？”检察官问道。

“夜间巡逻时，有时会到院子里面去查看，所以木门都是开着的。”

“发现起火之前，你们是几点巡逻的？”

“快两点的时候吧，松本？”青木回头问松本。

“对，巡逻完回到岗亭正好差五分两点，在这家门前跟你分开大概是差十分两点。”

“在这家门前分开是怎么回事？”

“啊，我们一起巡逻来着嘛，之前我回家了一趟，松本一个人回的岗亭。”

“还是穿过院子？”

“对。”

“当时没有异常吗？”

“没有。”

“为什么回家？”

“不是什么大不了的事。”

这时，警官来到检察官面前，验尸结果显示，凶案大概发生在晚上十点。幼儿尸体外观没有任何异常，已经送去解剖。点心盒也送到了鉴定科。

刑警们争论的焦点在于，从案发时间来看，杀人和火灾之间究竟有没有关联。

总之，凶手与男人搏斗后，用枕边的削皮刀将男人刺死，又从背后杀死了想带孩子逃走的女人。之后凶手掀开地板想要隐藏尸体，但没能成功，便砍破隔扇当成柴火，借此来点燃尸体。

“可是，夜警巡逻这么严，凶手是怎么进来的，又是怎么逃掉的呢？”一个刑警问。

“这可太容易了，”松本插话道，“夜警是十点开始的，在那之前潜伏进来，等火灾产生骚乱的时候，混在人群里趁乱就能跑出来了，或者趁两次巡逻之间的空当也能逃跑。”

“你究竟是什么人？”刑警好像被触怒了，“装作一副什么都知道的样子，难道你看见凶手逃跑了吗？”

“要是看见我就抓住他了。”松本回答道。

“哼，”刑警越发生气了，“不要说狂妄自大的话了，一边待着去。”

“一边待着是不可能的，”松本平静地回答，“我还有事必须告诉检察官。”

“你要对我说什么？”检察官问道。

“各位警官好像有点误解了。小孩的情况我不清楚，但那两个大人不是被同一个人杀死的。杀死女人和杀死男人的不是同一个人。”

“什么？”检察官的声音一下变大了，“你说什么？”

“我说，杀死两人的凶手，并不是同一个人。两人是被同一件凶器杀死的，也的确都是左肺被刺伤。但一个是正面被刺，一个是后背被刺。从背后刺中左肺，一般来说会有点困难。请看隔扇上的切口，每一道都是横着，从左向右贯穿。你们应该很清楚，刀具刺入时会形成比较大的孔洞，随着拖拽，切口会逐渐变薄。还有，”松本看向刑警，“你们看到苹果皮了吗？那些苹果皮都很连贯，而且是左旋的。这说明削苹果的人是个左撇子，刺穿隔扇的是左撇子，杀死女人的也是左撇子，但是杀死男人的却是个右撇子。”

检察官、刑警和我，不，是在场的所有人，都是半茫然地听着这个青年毫无炫耀之意的解释。

“原来如此，”检察官终于打破了沉默，“也就是说，女人是被男性死者杀死的？”

“没错。”青年简单地回答。

“这么说来，男人是被别人用他自己的武器杀死的？”

“与其说别人，”青年说，“不如说是‘那个男人’比较好。”

满座皆惊，众人都沉默地盯着青年。

“警部，你对这张纸片有印象吗？”

“没错！”警部思考片刻，沉吟道，“没错，听你一说我就想起来了。这的确是‘那个男人’的事件发生时……”

“就是这样。”青年说，“我当时也作为一个微不足道的探访记者，跟那起事件产生了一定的关联。岩见庆二因为‘谜样男子盗窃事件’广为人知，而我曾在他的房间见过这张纸片。”

听到岩见这个姓氏，我也大吃一惊。岩见！岩见！那个男人也跟这次的事件有关吗？当时，报纸都用夸张的标题报道了岩见事件，我颇感兴趣，全都认真读了。原来如此，所以松本刚才会跟笔记本里的符号做对比！

我把当时登在报纸上的故事原原本本地讲给各位读者吧。

这位自称是公司职员岩见庆二的谜一样的青年，他的故事是这样的——

那是去年六月末的一个晴朗的午后，这位叫岩见的青年，穿着白色条纹裤子、黑色羊驼毛上衣，戴着一顶麦秸草帽，穿着白色鞋子，领带当然打成了蝴蝶领结，完全是当时年轻公司职员的打扮。他的胸脯得意扬扬地挺起，胸前的口袋里放着这个月的工资袋，此外还有另一个袋子，里面装的是原本以为无望却意外到手的今夏的奖金。他在心里默默计算，去掉这个月给洋装店的付款和公寓老板娘的房租以后，还能剩下多少钱。作为单身汉的他十分清闲，心里想着实际不会买却很想要的东西，一步步踏实地走过银座街头的店铺橱窗。

散步自然是不用花钱的。但怀里揣着能够自由支配的钱，看着橱窗里那些绝对不会买而又很想要的东西，这种“妙处”是没体会过的人无法理解的。岩见现在就沉浸在这种“妙处”之中。

他在一家洋货店前停下了脚步。那时如果有人敏锐地观察他，一定会注意到他正悄悄拽了拽自己上衣的袖子，因为那个橱窗里摆的正是某个同事拥有而他一直都很想要的黄金袖扣。他盯着袖扣，不禁为自己穷酸的袖扣感到羞耻，于是下意识地去遮挡。

毅然决然地离开那个橱窗后，他往新桥方向走去，这次他停在了一家大钟表店前。他想要一只金壳手表，不过当然是不买的。接着他稍微加快了脚步，一路上想着“想买而不买的东西”过了新桥，在玉木屋一角右转，走了大约二百米，左转进了一条小巷。这时，他忽然将右手伸进上衣口袋，感觉碰到了一个陌生的小东西。他有点奇怪，拿出来一看，是一个小纸包。他赶紧打开纸包，啊！这不是他刚才想要的黄金袖扣吗？他揉揉眼睛，突然感到左边口袋也有点沉。从左边口袋掏出来一看，竟然是金壳手表。他彻底糊涂了。这简直像童话世界一样，在巫师的帮助下，不管想要什么东西都会立刻实现。可还没等他茫然多久，他拿着手表的那只手，就被身后伸出的一只结实有力的大手给牢牢抓住了。他身后站着一个陌生的高壮男子。之后，他不容分说地就被那个陌生男子带回了刚才路过的洋货店。在他还没搞清楚什么情况时，店铺经理表示确实是这位，但店里并没丢什么。接下来，他又被带到了钟表店，这时岩见有点明白了。钟表店的经理一看到他便立刻说就是这家伙。刑警——那个高大男子当然是刑警——马上开始搜身，从岩见腰间的口袋翻出一枚戒指，闪着夺目的光彩。

“从外表倒看不出来，”刑警对岩见说，“你还是个老手。”

“别开玩笑了，”终于意识到情况不妙，岩见开始拼命解释，“我根本不清楚是怎么回事。到底发生什么事了？”

“喂，你差不多得了。”刑警说，“你买袖扣、买手表，这都没问题。但是顺手偷钻石戒指就不应该了，不过你手段倒是挺高明啊。”

“我没买手表和袖扣，”他辩解道，“你们查查我的钱就知道了。”

为了证明自己的清白，他从胸口内袋里拿出工资袋和奖金袋，但脸色立刻就变了，袋子的封口被打开了。

看到他的样子，刑警也有些疑惑，于是缓和语气说：“总之，你先跟我去警视厅。”

到了警视厅，岩见毫不畏缩地说明，自己对整件事根本没有任何印象。听完青年的陈述，警部感到十分困惑。如果青年说的是事实，那这就是一个离奇的事件了。听到岩见说自己是××大厦里东洋宝石商会的职员时，警部突然想起一件事，马上想起了两三个月前的白昼抢劫事件。于是，他立刻讯问岩见，并且惊讶地发现，原来岩见是与那起事件关系最密切的人之一。

白昼抢劫事件是这样的——

当时是四月初，再过两三天就是赏花时节。在一个阴天的正午，××大厦十层东洋宝石商会的经理办公室里，经理打算把当天分店送来的几颗钻石收起来，就去打开了保险柜。而所谓经理办公室，其实只是在全体职员办公的长方形大办公室里隔出一部分，做成了一个凹进去的小隔间。这个办公室只有一个入口，入口旁边就坐着秘书岩见。经理正要往保险柜走，突然听到什么动静，回头一看，一个蒙面男子正拿着手枪站在那里，脚边还倒着一个男人。蒙面男子盯着浑身僵硬的经理慢慢靠近，就在他伸手去抓桌上钻石的瞬间，背后响起异样的叫声。那是倒在地上的男人，也就是秘书岩见发出的。这时，蒙面男子迅速退到门口，办公室里的职员便一股脑儿地拥到经理办公室入口。他们看着岩见一边大喊着“经理倒下了！叫医生”，一边从经理办公室飞跑出来。职员们想要跑进去，却跟脸色苍白的经理撞了个正着。

“蒙面人呢？”经理大喊。职员们不明就里。先是岩见喊着经理受伤了跑了出来，然后是经理喊着“蒙面人在哪儿”跑出来。走进经理办公室，职员们第三次大吃一惊：奄奄一息的岩见正倒在地上呢。

至此情况渐渐明了，长相酷似岩见又伪装成岩见的抢匪，趁着中午办公室人少，装成岩见的样子走进来，蒙面以后等待时机。等经理要打开保险柜、转过身去时，抢匪猛地扑向岩见，用手枪柄把他砸倒，然后逼近经理。但是因为倒地的岩见发出了呻吟声，抢匪没能抢到钻石，只得逃掉了。

见抢匪逃跑，经理立刻把没被抢走的钻石放进保险柜，关上保险柜的门迅速追了出去。

众多职员跑过来时，抢匪便装成岩见，喊着“经理受伤了”，从房间里飞跑出去，职员们都上当了。等到进了办公室再次看到岩见，所有人都吃惊得说不出话来。抢匪也消失得无影无踪。钻石总算是平安无事，经理感到十分庆幸。他简单安抚了一下乱成一团的职员，然后回到自己的办公室，出于谨慎再次打开保险柜查看，这才发现一颗时价数万日元的钻石竟然不见了。也许在经理把它放进保险柜之前，机敏的抢匪已经把它盗走了。

接到报警前往现场的警官也不知该如何是好，对经理和岩见展开了周密调查。经理的话完全可信，而岩见当时几乎不省人事，也没有什么怀疑的余地。

知道银座盗窃嫌疑人岩见与白昼抢劫事件有关，警部对他做了更为严密的讯问，但岩见坚称自己完全不记得买过东西。不过赃物就在他身上，所以警方对他施以拘留处分，把他送到了拘留所。

然而，又一起事件发生了。半夜一点左右，拘留所的看守正在巡逻，因为被嘱咐过要特别注意那个奇怪的青年，就特意去看了一眼。结果看守大吃一惊，不知什么时候，岩见竟从拘留所里消失了。

警视厅顿时乱成一片。因为重要犯人潜逃，他们立刻采取了紧急警戒部署，一直忙到天亮。上午十点左右，在岩见的住处顺利将其抓获。

警官可能觉得是无用功，但还是监控了他的住处，没想到在十点左右，竟然发现岩见一脸茫然地回了家。

审讯时，岩见的辩解再次让负责的警官感到吃惊。他说，那天晚上将近十一点时，一位巡查来到拘留所，把他带了出来，说他的嫌疑已经洗清了，可以走了。那会儿时间已经很晚了，幸好他身上有钱，又觉得整件事情实在太离谱，想放松一下，于是他直接坐车到了品川，去某某楼尽情地玩了一夜，今天上午才回家。

“你们这些人，”他不满地说，“又是放我，又是抓我，这不是把我当成玩具了吗？”

负责的警官立刻叫来那位巡查，青年说就是这个人，可巡查表示完全不知情。同时，从品川某某楼调查得知，时间和情况都跟青年说的一模一样。智能犯罪和暴力犯罪的负责警官齐聚一处，共同商议。最后多数人认为，这次跟之前的抢劫事件一样，应该是有人在背后操纵了一无所知的岩见，岩见是无罪的。

然而，这位不幸的青年最终未能无罪释放。那位巡查愤怒于自己被乔装的歹徒利用，想证明自己的清白，便去调查了岩见的住处，发现了一张写着奇怪符号的纸片。虽然钻石事件因为证据不充分判处无罪，但在盗窃事件中岩见的确持有赃物，店铺经理也证明就是岩见本人，他最终被诉，判处监禁两个月。

“当时作为一个探访记者，”松本说，“我对这起事件怀有浓厚的兴趣，也曾去岩见的住处调查过，直到现在都还记得那些奇怪的符号。如果查验这张纸片上的指纹，应该能进一步确认。”

检察官听从了他的建议。就在检察官和警官商量时，一个身材肥胖、长相粗俗、年近五十的绅士，在巡查的陪同下从外面走进来，正是这家的主人福岛。

他一看到倒在地上的尸体，立刻变得脸色苍白，浑身发抖。检察官马上开始进行紧张的讯问。

“没错，就是帮我看家的那对夫妇。”福岛渐渐平静下来，回答道，“那人叫坂田音吉，是以前来我家干活的木匠。他是浅草桥场人，有两三个弟子，别人都叫他左撇子音吉，在他们那行里好像小有名气。他干活很卖力，是个特别稳重的男人。他有四个孩子，最大的十岁。因为这次地震，大的那三个都下落不明，只有刚满两岁的老幺被母亲紧紧抱在怀里，这才得救逃了出来。他那个难受劲儿，实在是可怜。我家里人都去乡下暂避了，只有我因为生意上的事没法完全离开，就留在这边，时不时到乡下去看看。正好请他们夫妇来帮我看家。我昨天傍晚出发去乡下，今天早上回来的。”

“昨天他们两个有什么不对劲儿吗？”

“没什么不对劲儿。”

“最近有人来找坂田吗？”

“没有。”

“你跟什么人结过仇吗？”

“我觉得没和什么人结过仇。”说着，他看到站在一旁的青木，“不，实际上，最近这个町里有人相当恨我，就因为我说不参与社区的夜警巡逻。站在那边的青木先生是最生气的，还说我家房子被烧光了才好。”

检察官立刻看向青木。

“胡说八道！”青木已经满脸通红，支支吾吾地说，“你……你想说是我放的火吗？”

“我没有那么说，”福岛漠然回答，“我只是说你曾经说过那种话而已。”

“青木先生，你说过那些话吗？”

“嗯，可那就是一时激动才说的气话。”

“你发现火灾时是几点？”

“这个刚才我说过了，是两点十分左右。”

“根据火势的蔓延情况来看，那时已经是起火的二三十分钟以后了。而此前，你在差十分两点时穿过了这家的院子，没错吧？”

“没错，”青木不安地回答，“可是我怎么会——”

“不，我现在是在调查事实情况。”检察官严肃地说，接着看向福岛，“上火灾保险了吗？”

“嗯，房子是一万五千日元，动产是七千日元，一共签了两万两千日元的合同。”

“财产都留在这儿了？”

“因为没有货车，就只把随身用的东西带到乡下了，其他的都留在这儿了。”

“关于杀人案件，你有什么线索吗？”

“没有，一点线索都没有。”

这时，一个刑警来到检察官身边，低声说了什么。

“松本先生，”检察官叫了下青年记者，“尸体解剖和其他鉴定结果都出来了。这些情况非相关人员是不该知道的，但是，为了感谢你刚才对侦查提供的帮助，我跟你说一说，请跟我到这边来。”

检察官和松本走到房间角落，开始低声说话。我坐在离他们最近的地方，断断续续听到一些。我听到松本说：“什么！氯酸钾中毒，奇怪啊。”

根据听到的内容，桌子上的点心盒里放的是豆沙饼，其中含有少量吗啡。点心盒是当天下午两点左右从涉谷玄坂一家名叫青木堂的点心店买的，买点心的人样貌酷似岩见。可豆沙饼没有动过，孩子却因氯酸钾中毒死亡。

终于，检察官回到座位，再次开始讯问。

“青木先生，当时马上就到夜警交班时间，你却回家了，请你说说原因。”

“我不想说，”青木回答，“不是什么重要的事，没有必要特别解释原因。”

“如果你不说原因，对你可是非常不利啊。”

青木沉默着，没有回答。我担心不已。

“刚才您说，”福岛说，“青木先生在发生火灾时到过我家？”

“这件事你不用知道。”检察官代为回答。这时，松本从旁边房间抱着一本大部头的书走出来。

“哎呀，福岛先生，你以前好像是学药学的啊，还有这样一本好书。我以前也稍微学过一点，这本山下写的《药典注解》可是相当不错呢。我都忘光了，看到这本书又想起来了。我就觉得氯酸钾中毒很少见，”因为太过突然，松本看向有些紧张的检察官，“我看过山下写的《药典注解》，氯酸钾的注解里写了量多会致死，所以小孩是很有可能中毒的。但是，”他摊开书指给检察官，“我发现了这段话。”

“这写的什么？”检察官怀疑地看向他指的内容，那里写着：“氯酸钾与二氧化锰、氧化铜等氧化金属混合，加热至二百六十摄氏度到二百七十摄氏度，会释放出氧气，在高温下成为最强烈的氧化剂……另外，如将本品与二倍量蔗糖混合，向混合物中加入一滴强硫酸即刻便可燃烧。”

"我们刚发现着火时，闻到了白糖烧焦的味道。现场调查以后，又发现一个很大的玻璃白糖壶，坏掉的壶底上，是漆黑的炭一样的物质。所以我想，这场火灾应该是利用了氯酸钾遇硫酸分解、生成过氧化氯的性质。"

"原来如此，"检察官点点头，"那么，凶手出于放火的目的，将白糖和氯酸钾混合，又滴加了硫酸。"

"不，我觉得可能不是凶手干的。因为杀人和放火之间隔了很长一段时间，而且调配药品的时间可能还要更早，应该是在傍晚左右。"

"怎么说？"

"就是说，小孩的死因可能是母亲在牛奶里加了白糖。然而白糖里早就掺了氯酸钾，所以小孩喝完就中毒了。"

"嗯。"检察官点头同意。

"这样一来，我觉得本次事件可以解决一部分了。孩子因为中毒痛苦不堪，最终死去。父亲之前在震灾中已经失去了家和三个孩子，现在连最后的孩子也失去了，看见那情形，应该是失去理智了。他突然发狂，从背后杀死了孩子的母亲，还暴怒地来回劈砍隔扇。就在这时，那个岩见不知为何潜了进来。他想去杀死岩见，于是二人搏斗起来，最后他被岩见刺中身亡。然而火不是岩见放的，他恐怕没有药品方面的知识，而且那时候也没必要采取如此麻烦的方法。"

"那放火的人是谁？"

"应该是想要烧掉这个房子的人吧，毕竟上了高额保险嘛。"

"你乱说什么！"一直默默听着的福岛怒吼出声，"什么证据都没有，就说我为了骗保险金放火，真是一派胡言！首先，当天晚上我根本就不在家！”

“如果你在家，就不会用氯酸钾放火了。”

“你还说这种话！就算当着检察官的面我也饶不了你！”

或许检察官要对青年记者的沉着冷静表示敬意，并没有阻止他说话。

“你既然这么说，我就替检察官解释吧。你的巧思真让我深感佩服呢。我在现场捡到玻璃管碎片和一些水银。直到刚才，我都不知道这些东西用来做什么的，但听到小孩死于氯酸钾中毒，查阅《药典注解》才明白了真相。”他对着检察官继续说，“在氯酸钾和白糖的混合物里加一滴硫酸，没错，只要加上一滴硫酸，就可以迅速燃烧。一滴硫酸，有没有办法让它在适当的时候自动加入呢？利用水银柱，就是一个绝妙的主意。直径一厘米的玻璃管，把刚好是这个碎片大小的玻璃管弯成U型，一端封闭，倾斜着从另一端慢慢注入水银。让封闭的一半玻璃管充满水银。然后将U型管回正，水银柱的高度稍微下降。如果两段都是开口的，水银柱会在左右相同的高度静止。但因为一端被封闭，在空气压力作用下，水银柱会保持一定的高度，左右的高度差大概是七百六十毫米，也就是大气压力。但是，不用我多说，如果大气压力减弱，水银柱的高度就会下降。昨晚两点左右，东京刚好进入低气压中心，根据气象台的调查，下午五点气压为七百五十毫米，凌晨三点是七百三十毫米，就是说有二十毫米的高度差。换句话说，一边的水银柱下降十毫米，开口那边的水银柱就上升十毫米。那么，把开口这边的水银上方用一点硫酸填满，会怎么样呢？硫酸自然会溢出来了。福岛先生，”松本扭头看着脸色苍白、一言不发的福岛，“你……你为了诈骗区区几万日元保险金而心生歹念，先杀死看家的小孩，又杀死小孩的母亲，最后连小孩的父亲也一起杀死了。你还想把自己这可怕的罪行嫁祸给青木先生。这不是罪加一等吗？怎么样，你赶紧坦白吧。”

福岛招架不住，已是目瞪口呆。

检察官对青年记者清楚明快的判断佩服不已。

“哎呀，松本先生，您太了不起了，您这样的人才如果能加入警界，将是警方的幸运啊……还有呢，岩见为什么溜进来，又为什么带着加了毒药的点心盒过来呢？”

“关于这点，实际上我也不明白。”

青年记者松本干脆地回答。

两三天后，报纸上说已经抓住岩见了。他的供述和松本的推论完全吻合，但他完全没有交代潜进福岛家的理由。

后来，我没有机会再跟松本见面。我恢复了原本的生活，每天在战场般杂乱的涉谷站，奔波在前往办公室的路上。一天，我像往常一样，正沿着斜坡向上走的时候突然被人叫住了。抬头一看，原来是松本。他微笑着说有事想问我，拜托我跟他聊一下。于是，我跟他一起去了玉川电车楼上的饭店。

“听说岩见被捕了。”我开口说道。

“终于被捕了。”他回答。

“跟你的推理一样啊。”我称赞道。

“恰巧猜中而已，”他若无其事地回答，“对了，我想问的是，那个福岛的房子是什么时候盖的？”

“那个房子？嗯，应该是今年五月左右开始的，地震前不久盖好的。”

“在那之前是空地吗？”

“嗯，空了很长时间。但边上都砌了石墙，石台阶也都有。”

“啊，这样啊。”

“是跟什么事件有关系吗？”

“没有，我只是有点事想参考一下。”

之后，他没再提岩见的事件，而是讲起身为记者的种种经历，十分有趣。接着，他从口袋里拿出一个漂亮的镶着金环的琥珀烟斗，一边抽烟，一边得意地给我展示。

跟他分开后，我回到家中。打算换衣服的时候，突然摸到口袋里有个很小的硬东西，拿出来一看，竟是刚才松本的那个烟斗。我想来想去，都不知道这东西是怎么跑到自己口袋里的。

我很是困惑，想着无论如何都要还给松本。接下来的几天我一直想着这事，却始终没有机会，时间就这么过去了。

一天，一封厚厚的信寄到家中。翻过来一看，寄信人是松本。我迅速拆开读了起来，却不由得“啊”地叫出声来。

信的内容是这样的：

好久不见，可能以后也不会再见面了。

我终于明白岩见奇怪的举动和符号的含义了。因为你对这个事件非常感兴趣，所以我从头开始解释吧。

首先来说盗窃事件。那起事件，岩见应该是无辜的。因为他没有那种巧妙的技巧，从前后情况来看，他采取的行动已经可以证明他的清白。然而他身上的赃物又是怎么回事呢？你一定记得吧？在××大厦白昼抢劫事件里，抢匪曾化装成岩见。银座事件应该也是这个化装成岩见的歹徒所为。这个歹徒看到岩见站在洋货店前很想要黄金袖扣，就在岩见离开后进店买了袖扣。接着同样买下了手表，放进岩见的口袋。在芝口附近，岩见发现袖扣，感到茫然无措，歹徒利用这个时机偷走了岩见装有奖金的信封。然后当岩见发现手表，再次吃惊时，歹徒把钱拿走，又把信封放回了岩见口袋里。再把迅速偷来的钻石放进他的裤兜里，之后悄悄离开了。接下来，岩见就被刑警抓住，带去让店铺经理指认。

可是，这个歹徒为什么还要冒着化装成刑警的风险，在夜里把被自己陷害获罪的岩见放出来呢？恐怕是为了跟在岩见身后。如果岩见做了不可告人之事，把偷来的东西藏在某个地方，那么当他因盗窃的嫌疑被捕又被释放的时候，一定会担心藏东西的地方而过去查看。这就是歹徒的目的。岩见藏了什么呢？就是那起著名事件中丢失的那颗钻石。实际上，因为岩见的叫声，进入商会的歹徒什么都没抢到就跑了。而在经理匆忙抓起桌子上的钻石放进保险柜时，其中最贵重的一颗钻石刚好掉了下去。

经理追着歹徒出去，岩见看到那颗钻石顿生邪念，立刻把钻石藏到地毯下面，然后装昏迷。歹徒从报纸上看到钻石丢失，马上明白是岩见所为。歹徒发现自己的计划受阻、钻石被夺，必然下定决心要把钻石抢回来。当然，歹徒肯定尽可能搜查过一番，也看穿了那些奇怪的符号的确暗示着藏匿钻石的地点。不过，那只是岩见做的提示而已，那个地点——对岩见来说很容易记住，暗号只是辅助记忆，所以歹徒即使解开暗号，也不知道那个地点在哪里，依然无计可施。于是歹徒选择了类似苦肉计的方法，先设计岩见被警方抓住，自己再去把他放出来。可岩见去了品川。因为这个讽刺的行为，歹徒的计划又泡汤了。然而后来想想，岩见藏东西的地方，连他自己也难以下手。

不过，歹徒偶然间知道了藏钻石的地点。这次事件中，岩见潜进某户人家，歹徒由此得知钻石确实藏在这户人家的某个地方。后面就容易多了。那张纸片上，一个角带有箭头的长方形符号表示石台阶的转角。“S、S、E”是指南针的东南偏南。“31”当然是三十一尺[①]，反丁字形是直角。“W–15”是向西十五尺。换句话说，从石阶转角向东南偏南三十一尺的地点开始，再沿直角向西十五尺。岩见藏匿钻石的时候，那里还只是一片空地，只有石台阶，另一边是草地，这你是十分清楚的。岩见因为偷窃事件被判处监禁，失去了取出钻石的时机，福岛家在那块土地上盖起了房子。他出狱后就盯上了福岛家，一直等待时机，最后他给看家的夫妇送了加有吗啡的点心，打算在他们被麻醉期间，从容不迫地取出钻石。幸运的是，那晚有暴风雨，他借暴风雨的遮掩潜了进去。然而那男人没被麻倒，最后反而在搏斗中被岩见杀死。地板之所以被掀起来，正是因为岩见在寻找钻石。

可是，那颗钻石下落如何呢？

自然是被我收下了。我想你已经发现了，我就是××大厦白昼抢劫事件的抢匪本人。

希望你不要被吓到。为了证明我的高超本领，同时也是给你留个永久的纪念，我在你的内侧口袋里放了那个琥珀烟斗。不是可疑物品，请你放心使用吧。

---

① 尺：长度单位，3尺为1米。

花束之虫

大阪圭吉

一

大月对次律师接到岸田直介离奇死亡的紧急通知时，正好从繁忙的工作中抽空休假。他只得带着年轻而又忠诚正直的秘书秋田一起，急匆匆地从两国车站坐上了开往铫子[①]的火车。

岸田直介是东京最近新成立的剧团“玛瑙座”的出资人，跟大月毕业于同一所大学，家产丰厚。虽然岸田没有任何亲人，但他有一位曾在饭田桥舞厅做舞女的美丽夫人比露子，两人可以尽情享用充足的财产，过着相当奢华的生活。岸田本是东京人，几个月前因为健康问题搬到了位于房总屏风浦的海滨小别墅进行疗养，恢复得非常好，已经基本康复了。这几天玛瑙座剧团要举行创立公演，相关人士都希望他出席，所以这一两天里他应该就会

① 铫子：日本千叶县东北部的城市。

回去了。但是，就在回东京之前，他竟不幸遭遇意外。大月和岸田自然称不上知己，但对没有其他亲人的岸田来说，大月既是处理财产问题的最佳对象，又是同窗之友，所以他最先接到了比露子夫人悲伤的通知。

虽然是冬天，却是个难得的小阳春天气，火车里似乎开了蒸汽取暖，有点闷热。

车到铫子时是下午一点多。从东京到铫子本就有相当一段距离，在铫子下火车再到屏风浦附近的小街区，交通非常不便。所以大月和秘书秋田抵达远离街市的岸田家别墅时，已经是下午两点左右了。

这附近的海岸一带，地面高得吓人，几乎都是陡峭的断崖。岸田家西洋风格的小别墅建在一个极好的位置：宁静的海面一览无余，周围树林环绕，房子正面迎着温暖吹拂的南风。

在金雀花树篱中间，是具有表现派风格的可爱门廊，一位留着怪异的大恺撒胡[①]的警官正在上面威风凛凛地忙碌着。大月出示了自己的名片，表明自己应夫人的委托而来，警官的态度立刻和缓下来，对大月急切的提问做了简要的回答：岸田直介是被人从前面的断崖推下去坠崖而亡的。凶手是一个穿着发白的浅蓝色衣服的小个子男子。受害人的夫人和另外两位证人目击了行凶现场，但凶手还没抓获。警方已经完成初步调查，任命了负责办案的警官。由于是他杀事件，尸体已经被送往千叶医科大学的解剖室。

在恺撒胡警官的引领下，大月和秋田很快在一间小客厅里与比露子夫人相对而坐了。

---

① 恺撒胡：如同德国皇帝威廉二世的胡须那样，两端向上翘曲的胡须。

不知是悲伤的缘故还是心理作用，比露子夫人憔悴的容貌，看上去和身穿的暗绿色日礼服的深沉色调非常协调，这让二位来访者感到无比悲痛。彼此送上这种时候一定要说的“节哀顺变”之类的问候之后，在大月的催问下，夫人眨眨眼睛描述起自己目睹的行凶过程。

“按时间顺序说的话，是在今天早上九点左右。吃完早饭，我丈夫难得地出门散步了。从今天早上开始，天气就很暖和，您也知道，最近直介已经彻底康复，打算明天回东京的，他说要出去用散步来告个别。因为要打扫房子，还有其他各种准备，我就让女仆提前回东京了。丈夫出门以后，我一个人收拾随身用的东西。但是过了十点，丈夫还没回来，我就打算去附近找找他，也顺便去一趟街上的运送店。很快，对了，您也知道，这附近的海岸都是很高的断崖，从这里出去往西大概一百五十米，有一个向海面突出的很高的山丘，大家都称那里为‘枭山’。就在我出家门走了二三十步的时候，透过树林间的空隙，我看到枭山的断崖上有两个人影。毕竟距离远，我看不清具体情况，仔细看了看，发现其中一个人正是我丈夫，另一个是体型比丈夫小很多的男人。另外一个证人说那人穿着浅蓝色的衣服，但我没有印象，因为离得太远，那人的长相和其他细节我一点都没看见。我站在原地，透过树林空隙盯着断崖上方。然后，他们两个突然打了起来，之后……之后……”

夫人停了下来，似乎是不堪承受地低下头。

“唉，难为您了。这么说，行凶时间是十点？”

大月询问道。

“嗯，是十点十五到十点二十之间吧。毕竟突然看到可怕的情景，我的头脑已经彻底昏了——”

就在这时，不知什么时候过来的那位恺撒胡警官，加入了二人的对话。

“就是说，在得到另一位证人、一位农民的帮助之前，夫人就已经在那个地方昏倒了。”

大月看向他。

“那么，那位农民？”

“就是跟夫人一样，也是凶案的目击者。哎呀，你如果觉得需要，我就把那人叫过来。我们已经调查过了，他肯定正在旁边的田地里干活。”

警官亲切地说完，出去了。

大月又看向夫人，询问对于行凶动机，夫人有没有什么线索。夫人回答说，自己的丈夫绝对没做过招人怨恨的事，这次凶案中没有金钱损失，就算有其他动机，自己也一无所知。

大概过了十分钟，刚才那位警官带着一位面善的中年农民走了进来。

农民站在大月面前，似乎把律师和检察官弄混了，一边行礼，一边用朴素的口吻说：“是这样的，我是跟我老婆一起看见的，大概是早上十点。虽然看见了，但也不是从开始就一直盯着看，也就是开头和结束，一共看了两次。我最初看见的是被杀的那个男的，跟一个穿浅蓝色洋服的瘦小男人一起，往枭山那边走。我们干活的田地离那个地方有点远，而且根本没想到会出那种事，所以长相和别的细节我就不知道了。”

“稍等一下。”

认真听着证人说话的大月打断道。

“那个穿浅蓝色衣服的男人，是没穿大衣吗，还是说拿在手里了呢？”

说完，大月催促地看看农民，又看看夫人。

“没穿，也没拿在手里。”

夫人和农民的回答是一样的。

“戴帽子了吗？”

大月再次询问。农民说没戴，夫人说不知道，如果戴了，应该是贝雷帽。

这时，农民说：“啊，我想起来了，那个时候，被杀害的这边的先生，手里拿着一个不大的黑皮箱。”

“哦——”说着，大月看向夫人。夫人说直介不会带着那种东西出去散步，而且家里根本就没有黑皮箱。

“原来如此，好，你再说说第二次看到那两个人的情景。”

在大月的催促下，证人继续讲述。

“好的。我第二次看跟之前没隔多长时间，我老婆突然指着海那边喊我，我没在意地看了一眼。隔着树林的阴影看得不太清楚，但就像这位夫人说的，在枭山悬崖边上。情况是这样的，那个穿浅蓝色衣服的男人跟住在这里的那位先生扭打在一起，突然干脆利落地把他推到悬崖下面了，之后那个人在那儿犹豫了一会儿，就拿着那个黑皮箱逃进树林了。我要是立刻追上去，肯定能看见那个男人的长相。可是事情发生得太突然，我也慌了，最主要的也是担心掉下去的人，于是我就先拼命爬到悬崖下面的海边。当时掉下去的人已经断气了。悬崖太陡，我跟老婆两个人实在没办法把尸体运上来，而且得联系警察啊，我们没办法，只好费劲儿爬上来，跑到街区报警。路上看见这位夫人昏倒在路边，就救了她。嗯，就是这样的。”

证人说完，再次低头行礼。

大月抽着香烟，似乎对这个事件抱有浓厚的兴趣，暂时出神地陷入思考，最后对夫人说：“您先生来到这个海边养病，肯定有人到别墅来拜访他吧？”

“嗯，经常有人过来。不过，几乎都是跟新成立的剧团有关的人。”

“哦，玛瑙座的人，是吧？最近是什么情况？”

“嗯，有三个人来过，都是剧团的人。”

“您能说一下那些人过来时的情况吗？”

“可以。一个是玛瑙座的总务部长兼编剧上杉逸二，他是三天前从东京过来的，一直住在街上的旅馆里。昨天和前天都到别墅来了，过来的这两次跟我丈夫说的都是剧团的事。另外两个是女演员，中野藤枝和堀江时子，她们都很时髦漂亮，玛瑙座现在还不是职业剧团，但这两位好像都有各自的职业和一定的地位，具体的情况我就不知道了。这两位昨天住在街上的旅馆，昨天晚上到别墅来问候，今天好像要跟上杉先生一起回东京——她们二位跟上杉先生都认识。”

“这三位客人今天什么时候离开铫子？”

这次是恺撒胡警官积极回答了大月的提问。

“这个嘛，经过调查，他们坐中午的火车回东京。距离命案发生的时间约有一个半小时的间隔。根据目前为止的调查，没有其他可疑人物进入这个街区。另外，从旅馆那边调查发现，这三个人是各自行动的。特别是上杉，完全没有任何不在场证明，所以局里也采取了一些措施。但是证人描述的凶手外貌，跟调查得来的上杉逸二的外貌，有很大的不同。上杉比被害人岸田的个子高很多。所以从这方面来看，上杉实际上是没有作案嫌疑的——”

说到这里，警官好像怕泄露调查机密，沉默不语了。

大月回头看看秘书秋田，压抑着内心的亢奋，冷静地说：“总之，我们去断崖边的犯罪现场看看吧。”

二

那个山丘几乎完全被天鹅绒般的草地覆盖，到处生长着低矮的灌木丛，整个山丘的形状恰如一只落在树枝上的猫头鹰，沿着海边断崖格外陡峭地突出。远处东边的海上是犬吠埼，在如梦似幻的海平线那边，一艘像是定期往返的外国白船，正拖着长长的黑烟慢慢移动。

终于，被这次事件的谜团强烈吸引的大月和秘书秋田，在刚才那位证人的带领下，很快来到可以远眺的山丘顶上。

证人指着面朝大海的断崖边缘，对大月说：“那边有打架的脚印，是警官们发现的。”

他们向那边走去。大月一边走一边对秘书说：“哎，你看。仔细想想就觉得这件事特别不合理。就算今天再怎么暖和，也不至于那么突兀地穿一件发白的浅蓝色衣服，还不穿外套，不管怎么看，凶手都不可能是今天才从远处来到这个乡下的。我想凶手一定在这里待了足够长的时间，至少有多余的衣服可以替换。这样想来，这个人可以很自然地让岸田帮他拿着黑色皮箱。能做到这点的，应该是岸田比较亲近的同辈，或者也可能是前辈，对了，还有可能是女人。另外还有一点，根据证言，凶手比岸田矮小，也很瘦削。虽然岸田病刚刚好，但毕竟身材魁梧，凶手跟他打斗，最后还能干脆利落地把他推下悬崖，又不是小孩子打架，如果没有特殊的技能，则说明凶手身手了得，至少力气与受害者相当，甚至更大。”

这时，默默在一旁走路的证人插话道：“哎呀，您说得一点不错。那个人从悬崖被推下去的瞬间，我记得特别清楚，可太轻松了……是这样……啊，就是这个。这就是他们打架的脚印。”

说着，证人急忙向前跑了五六步，停下来指着地面，回头看向大月二人。

正如证人所说，地面几乎在断崖的边缘，有六坪[①]大小，没有长草，是一块被海风吹得带有潮气的黑色沙地。在沙地角落，激烈打斗留下的足迹凌乱地延展到断崖边。仔细一看，各处还有正常步行留下的脚印。还有几处刻意避开了那些脚印的大脚印，应该是警官们留下的。

大月走近打斗痕迹的现场，仔细观察。

大点的脚印是直介的，又浅又小的则是犯人的。两种脚印或强或弱，或歪斜或用力，还有脚尖拖曳的扭曲痕迹，凌乱地持续到断崖边。到了断崖边上，直介的脚印消失了，角落的沙地上有重物坠落留下的刮擦印迹。下方，是令人目眩的绝壁。

大月叹了一口气回过头，这次他往回走，再一次观察脚印。来到两种脚印正常步行的地方，他疑惑地蹲了下来，仔细查看那里遗留的较为清晰的凶手脚印。

“嗯，这就有意思了。”大月看向证人，突然说，“你说凶手是个男人——但是，凶手其实是女人啊。”

大月这句话让秋田和证人都大吃一惊。两人不约而同地瞪大

① 坪：土地或房屋面积单位，一坪约合3.3平方米。

眼睛，低头盯着脚印。只是在他们看来，不管怎么看，那个脚印都不是后跟较小的女士高跟鞋的印迹，虽然整体比较小，但明显是男鞋的脚印。秋田想听大月解释，抬起头看他。

大月平静地微笑着说："看不出来吗？那我来解释吧。你好好观察这个脚印。第一，谁都能看出来，这个脚印非常小。第二，脚印虽然小，但脚掌和脚跟中间的间隔，也就是'不沾土'的部分很大。然后就是第三，也是最重要的，你仔细看看脚跟。橡胶垫上钉子孔的凹陷痕迹，在这边岸田的脚印上非常清晰，但在这个脚印上却看不到。

"嗯，你想一想。现在鞋子的制作标准已经十分正规了，除了套鞋和特殊的运动鞋，几乎所有的男鞋都会在鞋跟打上有钉子孔的橡胶垫。但这双鞋没有橡胶垫。那么，它会不会是套鞋呢？除非是童鞋，不然套鞋没有这么小的。如果是运动鞋，又不会有这么大的不沾土部分。另外，套鞋和运动鞋这种特殊的鞋子，要么有各自特有的橡胶垫花纹，要么有金属装置。

"好了，凶手这个脚印的形状整体上比较小，外周宽度远比普通鞋底更为平坦、细长，不沾土部分的比例很大。另外，这个脚印上半部有极深的凹陷，以人类的脚掌来说，刚好对应着跖骨尖端下部的地方，这立刻让人想到少女穿的漆木屐[1]。根据这些方面综合推理，我认为这只鞋是一种木鞋——就是在盛夏的海水浴场，妇女们穿着在灼热沙滩上行走的可爱凉鞋。而且，这凉鞋的侧面一定是漂亮的胭脂色。至于原因嘛，你们看这个。"

说着，大月从脚印的不沾土部分捡起一个极小的胭脂色漆

① 漆木屐：一种主要为少女穿着的低齿木屐，有高度，底部被剜掉一部分，走路时会发出声响。

片，送到二人面前，这应该是凉鞋深深踩进土里的时候掉落的。接着，他继续说道：“当然了，鞋子上的漆会这么轻易地掉落，说明已经穿得相当老旧了。因此我想起去年夏天在某个海水浴场看到的，女人搭配这种凉鞋一起穿的沙滩裤和沙滩服。那些衣服的颜色都是鲜亮的浅蓝色。

“听到这儿，你可能会怀疑，会不会是男性凶手想伪装成女人，故意穿了女用凉鞋呢？但这明显是错误的。因为如果凶手是男人，又怀有这样的想法，那个男人应该不会选择乍看像男人的沙滩服和沙滩裤，而是必定会穿上一看就是女人的连衣裙或其他女装。

“……哎呀，从最初听到夫人的证言开始，我就觉得说不定会是这种情况。从远处看穿着男装，但仅凭这点就断定凶手是男人，是非常危险的。其实现在，海外很流行女人穿男装，而岸田周围的女人呢，打个比方来说，都是日本的黛德丽或者嘉宝[①]。总之，既然凶手为了骗过远处的夫人和证人而做了这种奇怪的打扮，现在就更不可能自报家门了。嗯，我们还是要找直接证据。”

大月再次积极地查看起脚印来。

过了一会儿，他走到一个地方，那里脚印交错，从沙地消失在草地中。大月又一次叫来两位见证人，指着地面说道：“这里有苹果皮，你们看，”然后他问证人，“那些警察有没有漏掉这个？”

“不知道啊，这附近地上掉个苹果皮是常有的嘛，我觉得警官们应该不是没发现，毕竟他们调查得特别细，连树林入口掉的那么多碎纸片都被捡走了。”

“捡碎纸片？”

---

① 黛德丽：德裔美国演员。嘉宝：瑞典籍演员。

“是啊，好像是把写了什么东西的纸撕得粉碎，为了不让人发现，还扔到树底下，又用脚踩过。我捡起来的那片好像正好是文章的开头，写着什么‘花束之虫’……上面确实是这样的字。”

“哦……嗯……”

大月闭上眼睛，暂时陷入思考，最后说：“这个暂时不谈，我们暂且先说这个苹果皮。当然，警方没有重视，可能它的确不太重要。但这个苹果皮绝不是偶然掉在这里的，而是跟这起命案有着密切的联系。也就是说，它是在命案发生时削掉的。你们仔细看看这个，这块苹果皮掉在岸田的脚印上面了对吧？再仔细看看，这块苹果皮的上半部分，是不是刚好被凶手的鞋踩过？所以，这块苹果皮既不是在凶手行凶之前掉下的，也不是在行凶之后掉下的，而是凶手和被害人在这山丘上见面时削掉的。而且，还有一点需要注意。”

大月捡起苹果皮。

“你们看，削皮的方向是向左旋转的。这很简单。根据侦探小说里常见的诡计来推理，既然凶手是女人，削苹果皮的人当然就是凶手。那么就可以得出结论，凶手是个左撇子的女人……可是，那个黑皮箱是怎么回事呢？而且能跟岸田打斗，把他利落地推到断崖下，具备这种体力的女人到底是谁呢？另外，‘花束之虫’究竟是什么意思呢……”

大月彻底陷入思考，他环抱着胳膊，漫无目的地在脚印上走了起来。秘书秋田不知是不想打扰大月的思考，还是已经厌烦了大月这种态度，拉着证人开始欣赏起山丘周围的景色，听着证人介绍这一览无余的美丽景致。

另一边，大月晃晃悠悠地踱着步思索着，突然，他蹲下从草地的土里捡起一个小东西，看起来像一个黑色薄板的碎片，大月看了一会儿，悄悄把它放进口袋里，深思着站起身。

很快，大月叫上秋田和证人，一起走下山丘。

临近傍晚，寒冷的海风从漆黑的海面吹过来。时间已经不早了，直介去世后，大月相关的工作还没有任何进展，两人决定明天早上再跟夫人一起回东京，今天就在别墅的客房过夜。

在枭山的勘查线索似乎让推理陷入了僵局，因此大月一直在思考。到了晚饭时间，三人刚坐到餐桌前，大月就立刻向夫人提问。

“问您一个有点奇怪的问题，‘花束之虫’这个词，您有印象吗？”

“啊——”夫人明显露出惊讶的表情，“您怎么会问到这个呢？‘花束之虫’好像是上杉逸二先生写的两幕剧的剧本……”

“哦，原来如此。那么，剧的内容是什么？”

“哎呀，这个我就不清楚了……昨晚听我丈夫说，那是这次玛瑙座创立纪念公演上要演出的剧目之一。昨天上杉先生到别墅来的时候，把剧本给了我丈夫，我只知道这些。”

“是这样啊。这么说，您丈夫在今天之前并没有读过剧本了？”

“这我不——”

“嗯，我已经明白了。既然您丈夫今天早上散步时把剧本带到枭山去了，就说明他还没看过……”

大月说完再次陷入思考，像牛一样持续咀嚼着主菜鸡肉。

吃完饭，大月一边吃着夫人削好的饱满多汁的红苹果，一边与夫人讨论遗产问题和当下各种需要处理的事务。

秋田突然想起之前在山丘上大月的推断，凶手是个左撇子。

于是怀着某种凛然的心情，偷偷观察了夫人的手。但毫无疑问，夫人不是左撇子。

第二天早上。

大月比昨天晚上精神了很多，吃过早饭后，他再次单独一人去了昨天的山丘。到了山顶，他又做了比昨天更为细致的现场调查，还复制了足迹样本。做完这些之后，他像完成了牵挂的工作一样，神情轻松地返回了别墅。

很快，大月、秋田和比露子夫人三人坐上了从铫子站开往东京的火车。

在火车上，大月用自信的语气对二人表示，虽然这起犯罪事件非常复杂，但自己已经大致弄明白了，这一两天之内就可以顺利找出凶手。但具体的动机、过程等，他丝毫都没透漏，这让秋田心里感到些许不满，并抱有怀疑。

三

离开屏风浦，大月和秘书秋田在当天下午两点多回到了位于丸之内的事务所。

两人才离开事务所一天，却已经有两三件新的委托在等着他们了。从昨天去屏风浦到现在，秘书秋田就对大月的言行感到怀疑和不满，可即便如此，他还是极为顺从地询问大月，要从哪个委托开始调查。但大月没有在意秋田的心情，再次表现出让秋田惊讶和怀疑的态度。这实在是极为奇怪。

从铫子回来不到两个小时，大月就把新文件的整理工作全都推给了秋田。他自己则拿起电话，打给了位于筑地的玛瑙座事务所。他聊了一会儿才结束通话，又像想起什么似的，换上以前从没穿过的燕尾服，在胸前的口袋里放了一块折好的白手帕，打扮得相当雅致，就这么跑到傍晚的街上去了。

大月吹着与年龄不符的口哨，轻快地走在柏油路上，到银座后面的餐厅喝了一杯威士忌，之后叫了一辆出租车去到联合舞厅。在舞厅里，他用早年学会的晃晃悠悠的舞步跳起了古旧的华尔兹。但还不到二十分钟，他就离开了联合舞厅，坐进出租车里，颇有气势地命令道："去日美舞厅！"

之后是下一家。

"国华舞厅！"

就这样粗略算下来，大月跑了联合、日美、国华、银座和佛罗里达共计五家舞厅。最后在佛罗里达舞厅，他带出来一位年轻漂亮的姑娘，坐出租车回到了位于丸之内的事务所。

如果是平时，秋田早就完成工作回家了，可他今天不得不留下来干活。看到突然带着年轻女人回来的大月，他惊讶得都说不出话了。

然而，大月一向对这种事毫不关心，回来以后只对秋田微笑了一下，就立刻把那个女人带进隔壁房间，还关上了房门……

很快，彻底呆住的秋田听到隔壁房间里传出了狂躁的爵士乐曲和轻快的脚步声。

真是的，秋田是第一次看到律师这种态度，他已经无心整理文件了。他鼻尖冒汗，头也晕了，只能紧紧抓着办公桌忍耐。然而，随着情绪逐渐冷静下来，一个想法开始在他脑海里如水般蔓延开来……

莫非这个女人就是在枭山上穿凉鞋的女人？那律师……但是，这么一来，这番闹腾又是怎么回事呢……算了，律师肯定有他的深意。没错，总之不能让这个女人跑掉。已经把凶手引到这儿来了，如果让她跑掉，实在是颜面无光。律师之前那个饱含深意的微笑肯定是一个无声的信号，他需要我的支援——

想到此处，秋田突然发现，隔壁房间里的喧哗似乎已经停止了。不知什么时候，爵士乐的声音也停了，只能听到低低的谈话声。最后谈话声也停了，又传来人站起身造成的衣物摩擦声。他突然变得紧张，从椅子上跳起来，像野兽一样拦在门口。

门开了，露出大月的背影。隔着他身穿燕尾服的后背，只能听到年轻女子娇俏的声音。

“哎呀，不行啊，怎么能收您这么多……”

大月似乎用双手推过去，又回头看看秋田。

“你这是什么姿势？好了，客人要回去了，快点让开。”

秋田很是惊慌，不由自主地让出门口。

“真是不好意思了。那您要再过来玩啊。”

说完，年轻女人对大月抛了一个媚眼，看都没看秋田一眼，就径直走了出去。

大月坐到自己的椅子上，满足地点燃了威斯敏斯特香烟。

秋田终于忍不住坐到了大月旁边。

“到底是怎么一回事啊？”

“没什么。不过，嗯，总之，我解释一下吧。”

说完，大月将手伸进内袋，拿出昨天在屏风浦断崖上捡来的那个黑色薄板碎片。

“这是什么，你肯定知道吧？好好看看。”

“……什么啊？啊！这不是唱片碎片吗？这东西到底是怎么回事啊？”

“别着急。你看，角上能看到一些金色字母吧。”

“嗯，能看到……是‘arcelona’，还有‘Victor · 20113’。还有……‘进 · 狐步舞’——”

“没错。字母不完整，当然了，第一个缺少了字母B，就是舞蹈的那个巴塞罗那。另外一个是‘行进 · 狐步舞’——对了，你好像很喜欢跳舞，你知道这种舞吗？这个叫‘行进 · 狐步舞’的。”

秋田被点破爱好，脸突然红了，最后无可奈何地说：“我只听过几次这个名称，但还没开始学呢，完全不知道怎么跳。”

“嗯，我猜也是。实际上，我也不知道。不过，根据刚才离开的那位年轻客人教给我的知识，这种舞是四五年前传到日本的，一般被称为‘六八步’。在欧洲叫‘西班牙一步舞’。正如它的名称所示，这种舞的舞姿，也就是舞步的类型，是非常强烈、让人激动的一步舞风格。对了，你觉得这是什么？”

说着，大月在秋田面前展开一张纸。秋田一看，马上带着几分得意地说：“我知道，这是狐步舞的脚印嘛，应该说，是您把舞步脚印画成图了吧？”

大月笑着说：“哦哈哈哈……哎呀，可以说是，也可以说不是。”

“那是——”秋田急忙询问。

“也就是说，这是西班牙一步舞的脚印，你听好，但同时也是一样别的东西……你说是什么呢？”

“别的——”

“就是屏风浦的断崖上，那场激烈打斗的脚印！”

——秋田的脸顿时变得苍白。

四

见秋田因自己突然的论断而大吃一惊，大月笑眯眯地看着他的表情，一边吐着烟圈，一边继续说下去。

“当然了，最初看到那些凌乱脚印的时候，我也毫不怀疑地相信了那是打斗留下的。但是在你和证人聊天时，我在那片草丛里发现了这枚唱片碎片。于是我立刻陷入困惑之中，你对此也感到奇怪吧。在那个乡下小山顶上，还是杀人现场的附近，竟然能捡到完全不搭边的留声机唱片的碎片，实话说，我心里比你更疑惑。而且，仔细观察可以发现，这枚碎片就在打斗的脚印里面，在离草地最近的女人脚印的下半部。换句话说，唱片是被凉鞋后跟踩碎的，而且踩碎没多久，从沙土中裸露出来的部分还很干净。

“我左思右想，一直琢磨到很晚，才终于把这个谜团解开了。岸田夫妇是新时代的时髦人士，在他们别墅附近掉落这种东西不足为奇。也就是说，在那视野开阔的小山顶上，不管是岸田、比露子夫人也好，或者其他什么人也好，总之是跟岸田家有关的某人，用手提留声机播放音乐消遣，这应该不奇怪吧？然后——重点是然后，从唱片碎片及其掉落的状态，我得到了一个模糊却极为有力的暗示——有人曾经在那里跳舞。

“于是第二天早上，也就是今天早上，我再次去那个小山上调查。虽然还不太明白，但你猜怎么着？我仔细一看，的确从那些脚印里——昨天看还只是单纯激烈打斗的脚印——发现了某种或者说特殊的旋律节奏。我不由得叫出声来。带着这种想法，我越看越觉得事实已经越发清晰了。当然了，我不知道哪种舞蹈中有这么困难、激烈的舞步。可那时，我无论如何都无法否定那是某种舞步的脚印。

“与此同时，一个可怕的想法在我脑海中浮现，我想起了夫人的证词，‘他们两个突然打了起来，之后——’就是这句话。这句话非常重要。你看，夫人在同一段证词中说到了，她看到案发当时断崖上的两个人里，一个是她的丈夫直介，另一个是穿着浅蓝色衣服的瘦小男子，这说明她不是近视眼。但你想一想，夫人在跟岸田直介结婚之前，可是饭田桥舞厅的舞女啊。

“比露子夫人曾经靠着自己高超的舞技吃饭的。那么，就算隔着一定的距离，就算另外那位证人——那位完全不了解舞蹈的朴素农夫——也说是打斗，但她如果说自己看错了，把开始跳舞看成了开始打斗，她的陈述便根本不足为信。所以我不得不怀疑夫人的陈述会不会是假的。同时我也开始假设，要跳如此激烈的高难度舞蹈，直介的舞伴应该是曾当过职业舞女的比露子夫人。这个推理虽然是最普通、最简单的，但也是最清晰、最有吸引力的吧。

“另外，还有一个确切的证据能证明我这番推理的合理性。你看到了吧，昨天晚上在别墅的餐厅，晚饭后比露子夫人很正常地给我们削苹果。你当时肯定想起了我在凶案现场‘凶手是左撇子’的推断，所以一个劲儿地偷看夫人的手，但夫人不是左撇子。你当时还露出了因为过于敏感而自我嫌恶的表情——不过，你绝不是过度敏感，只是，你的观察力还有所欠缺。

“如果当时你再仔细观察一下，一定会发现一个惊人的事实。也就是说，夫人明显是右利手，也没用任何技巧，极为正常自然地用右手拿刀削苹果。可是，夫人手里白色果肉上方的苹果皮，跟我们在凶案现场发现的苹果皮一模一样，都是向左卷的。我心里极为惊讶，但冷静下来仔细观察，发现原来是这样的。这个谜团实在太过简单，问题就在于水果刀最初的切入方法。

“假设我们面前有一个苹果，一般人会从果蒂前面开始削皮，但夫人是从果蒂后面开始削的。当然，这个习惯并不常见。可是昨天晚上我们在别墅餐厅，我看到她用这个方法连削了三个苹果。所以啊，我本想单纯地直接应用各种侦探小说中的诡计，可差点犯了一个危险的错误……对了，这是苹果皮。”

大月不知什么时候从哪儿拿出一个小纸箱，说到这儿，他小心地从里面拿出两条苹果皮。

“旧的那条是断崖上凶案现场的，这边这条是今天早上从别墅垃圾箱里捡来的。你已经发现了吧，从两条苹果皮的表面，我检测出同一个人的左手拇指指纹——杀害岸田直介的凶手就是比露子夫人。来，你看看这个——”

检测结果这里就不必多写了吧。随后，大月笑眯眯地站起来，大步走进隔壁房间。当他出来时，右手拿着一样东西。秋田一看，就不由自主地喊出声来。

也难怪秋田会喊出来，大月手里的东西不是别的，正是今天早上三人一起离开屏风浦别墅时，秋田曾帮忙提到铫子车站的、比露子夫人手里唯一的行李——那个有着华丽市松纹样的行李箱。

“不至于那么惊讶吧。当我知道夫人回东京只带这一个行李箱时，就猜到箱子里肯定放着证实凶手身份的重要证据。这就是为什么我会在铫子车站热情地亲手给它写了托运单。但收件地址写的不是夫人家，而是悄悄写了事务所的地址。现在这会儿，岸田夫人肯定匆匆忙忙地跑到两国车站，在托运处大吵大闹呢吧。只是你不知道我是什么时候把它拿进来，放到隔壁房间柜子里而已。”

大月笑着从口袋里掏出钥匙串，找出对应的钥匙，迅速打开了行李箱的盖子。

行李箱里满满当当地放着几样东西，显眼的浅蓝色沙滩服和沙滩裤，可爱的胭脂色凉鞋，还有一台哥伦比亚牌手提留声机。

“那么‘花束之虫’究竟是什么意思呢？”秋田问道。

大月点燃香烟。

“那个啊。我最初以为是什么暗号，可其实不是。所谓‘花束之虫’，只是上杉编写的两幕剧的主题而已。可是，剧本在那个小山上被撕得粉碎，从这点来看，我认为这个剧本与岸田直介的死亡应该有某种直接关系。换句话说，剧本暗示了这次杀人事件的动机。我之前给玛瑙座的事务所打了电话，询问剧本内容。这才知道它讲述了一个女人与人通奸的故事，是带有些许揭秘性质的作品。至于此次事件，凶手比露子夫人明显害怕《花束之虫》上演。所以我的调查重点自然放到了夫人过去的经历上。

“出于这个目的，以及想了解西班牙一步舞的知识，我傻乎乎地跑了那么多家舞厅。幸运的是，我找到了刚才那位时髦姑娘，她跟曾在饭田桥舞厅大放光彩的比露子夫人是朋友。但没想到，我还从她口中打听到了上杉逸二和比露子夫人过去的关系，以及夫人其实颇为放荡之事。根据这些事情，再依靠我贫乏的想象力，最终可以描绘出此次犯罪事件的全貌。

“首先，在与岸田直介结婚以后，比露子夫人被从前的情人上杉胁迫——可能是恢复恋爱关系，或者是其他的物质要求，总之被胁迫了。而上杉胁迫夫人的最终手段，就是利用自己在玛瑙座的地位，将揭露夫人出轨行为的《花束之虫》的剧本拿到直介面前。当然，夫人对此全都知情。这给她如今的富裕生活笼罩上了浓重的阴影，在这一两天里，夫人一定深深地陷入可怕的烦恼旋涡之中了吧。易卜生笔下的娜拉，为了不让丈夫海尔茂看到柯洛克斯泰的信而拼死努力，夫人恐怕也付出了同样的努力。

“但是，就结果而言，夫人比娜拉更加愚蠢，也更加歇斯底里。昨天早上，夫人也许穿上那身与季节不相符的奇怪装束，硬是拉着想阅读《花束之虫》的直介出门，带着被证人错认为黑色手提箱的手提留声机，去枭山野餐。我并不认为夫人是为了行凶而穿了那身奇怪的男装。她的这个行为其实是出于犯罪之前的某种微妙变化的心理，也就是某种近乎怯懦的、本能的准备。

“夫人一直不停地努力，想把直介的注意力从《花束之虫》上挪开。最后，在那个视野开阔的山崖上，两人开始跳舞了，跳的就是剧烈、热情的西班牙一步舞。就在舞蹈达到热情的最高潮之时，此前一直在夫人心底痛苦挣扎的恶魔突然抬起了头。至此，你回忆一下证人那句不可思议的话，‘干脆利落地把他推到悬崖下面了’。

“随后，夫人彻底化身为恶魔，把已经没必要惧怕的《花束之虫》撕成碎片，就立即带着手提留声机返回别墅。之后又出于最常见的犯罪人心理，把自己伪装成证人……你打开手提留声机看看，跳舞入迷、不慎踩碎的唱片碎片，还有我之前借来的四五张西班牙一步舞唱片，都在里面放着呢——”

说完，大月将烟头扔进烟灰缸，深深瘫坐进椅子里，开始一点点思考起检察官会对夫人的罪行做出何种严厉的审判，以及自己该如何进行这场艰难的辩护。

活的肠子

海野十三

奇怪的医学生

医学生吹矢隆二，那天也同样从一大早开始就只想着肠子的事。

时针指到下午三点，他就出门了。

他住的地方位于高架桥的圆拱下面，是一栋极为独特的住宅。

住在这种独特房子里的人物吹矢隆二，当然也是一位极为独特的医学生，明明连助教也不是，却已经在大学医学专业读了七年，可以说是日本仅此一人别无分号的长期医学生。

之所以如此，是因为在学科制的各科考试中，他只挑自己喜欢的科目去考，把绝不贪得无厌当成自己的信条。所以入学七年了，却还有五科不及格。

他几乎不去学校，基本上只待在自己那个位于噪声正中心的独特房子里，安静地生活。

迄今为止，去过他家的应该不到三个人。一个是房东，另一个是他接下来要打电话讨论肠子事宜的对象——熊本博士。

吹矢隆二苍白的脸颊上方是一头狮子般蓬乱的长发，极为瘦弱的身上穿着磨得锃亮的戴金扣的黑色制服。他步行来到了车站前的公共电话亭。

他的电话打给了关押着两千七百名男性囚犯的某监狱的附属医院，这家医院的护士没有女性，全都是男性。男犯看到女性不好，这已是众所周知的事实。

“你好，这里是某监狱医院。”

“啊，是某监狱医院啊。嗯，把熊本博士给我叫过来。我？告诉他我姓猪俣。”

不知是何原因，他用了假名，语气也极为蛮横，把电话那边的接线小姐吓得够呛。

“啊，熊本老弟吗？我是——不说你也知道吧。今天没问题吧？没出什么错吧？肠子真的给我预备好了啊。从南边数第三扇窗户。如果出了什么差错，我就要有想法了。恐怕会让你丢掉工作，最后连饭都吃不上。哎，我可不是威胁你。你就一直回答是的、是的，老老实实听我的话就好了。我过去，说定了，晚上十一点啊。”

说完，他并不管电话那头的人，就粗鲁地挂断了电话。

熊本博士，是一个备受赞誉的某监狱医院的外科主任。他家里有如塑料模特般美丽的妻子和一笔不小的存款，称得上是一位幸福代言人的医生。

只是不知为什么，吹矢有个恶劣的习惯，总是对博士劈头盖脸地训斥。在他看来，熊本博士这样的人就是一个卑劣的骗子，也是需要自己替天行道大加惩处的要手腕之人。

贬低挖苦之外，医学生吹矢还彻底地利用了学历远远高于自己的熊本博士，明明受了不小的恩惠，却经常把熊本博士当奴隶一样使唤。

“应该给我准备好肠子了吧？”

刚才吹矢打了那样一通电话，这么看来，他好像又用威胁手段戏弄熊本博士了。不过“准备肠子”到底是怎么回事呢？他现在有什么目的，又在想些什么呢？

不到今晚十一点，是不会有答案的。

第三扇窗

已经是晚上十点五十八分了。

一个大学生的身体咣地撞上某监狱医院的小铁门。

“关得这么早！”他推着铁门抱怨了一句。

铁门轻松地就被推开了。门没有上锁，只是在铁门下面用水泥块做了压坠稍微掩上而已。

“哎呀——”

门卫跟吹矢打了招呼，恭敬地行礼。虽然不知道是什么原因，可这个医学生竟然敢对本医院的权威医生熊本直呼其名，别看外表颇为邋遢，说不定是熊本博士的旧藩主的后代呢。在如此善意的解读之下，门卫对吹矢行了最高规格的敬礼。

“嗯嗯”哼了两声，穿着破旧衣服、满头狮子般蓬乱长发的医学生吹矢隆二从门卫身前走过，走进了医院幽深的草木之中。

他目不斜视，大步向前，像猫头鹰一样熟练地穿过幽暗的庭院。终于，第四病舍出现在眼前。

是从南边数第三扇窗户啊。

他毫无畏惧地来到窗户下面。那里扔着一个蜜柑箱子，这应该是熊本博士准备的吧。他心里想着，把箱子当成脚踏，然后使劲儿向上抬起沉重的窗户。

玻璃窗顺滑地上去了。正该如此啊，熊本博士提前给支撑窗户的滑轮轴上了油，所以可以轻松抬起。

接着，吹矢从面前的桌上一把抓起一个长约一米的粗大玻璃管。

“哦哦！到手了！”

医学生吹矢把沉甸甸的玻璃管对着围墙上方的路灯，借着灯光端详。玻璃管里清澈的液体一直溢到管口，里面泡着一种颜色奇妙的黏稠物质，既不是灰色，也不是淡紫色。

“嗯，一直想要的东西终于到手了，这家伙可真是太棒了！”

吹矢心情舒畅地咧嘴一笑，把玻璃窗放下恢复原状。将那个偷来的粗玻璃管像手杖一样用右手抓着，回到了地面。

“啊，在夜晚的庭院里散步真不错啊。”

路过门卫时，他还跟门卫打了招呼，这和他自身的性格很不相符。想来是这天晚上的赃物让他极为高兴吧。

“哎呀，不敢当。”

门卫全身僵硬，极为惶恐地回应他。

走出医院大门，他把粗玻璃管扛在肩上，穿着木屐大步跑了起来。三个小时以后，他终于回到自己家里。街上像吵闹得累了倒下一般，安静无声。

他没有被任何人发现，顺利回到家中，打开了电灯。

“嗯，太棒了，真是极好的肠子。”

他举起玻璃管，对着电灯灯光观赏，再三赞叹。

微微泛青的液体中，他所说的“肠子”正缓缓下沉着。

“啊，活着呢。”

仔细看去，在林格氏液里，那淡紫色的肠子正软绵绵地蠕动着。

活的肠子！

吹矢这一年里迫切地向熊本博士索要的，其实就是这个活的肠子。熊本博士虽然答应了吹矢其他的要求，可唯独对于活肠子的要求，始终没有答应。

“什么啊，博士。你工作的地方不是有两千九百名男囚吗？其中有判死刑的家伙吧？也有得了盲肠炎或者惨死的家伙吧？从他们身上弄来区区一米左右的肠子而已，怎么可能办不到。听着，你如果不听话，我就要把那个东西这样那样了，你受得了吗？不愿意就赶紧听我的吩咐！”

经过一系列诸如此类的恐吓，一年以后，他终于得到了期待已久的活肠子。

他为什么要得到如此恶心的活肠子呢？是为了满足自己的收集癖吗？

不！

林格氏液里的生态

活的肠子——这个东西在文献里并没有多么稀奇。

翻翻生理学教材，活在林格氏液里的小白鼠的肠子、兔子的肠子、狗的肠子，还有人的肠子，那些内容多到让人看了都厌烦。

作为标本的活肠子，并不是少见的东西。

但此时，医学生吹矢心里暗暗自豪的是，这长度惊人的大肠，甚至比手杖还要长，正在装有林格氏液的一米长的粗大玻璃管里活泼地持续蠕动着。这么了不起的东西，天底下恐怕再也找不到第二个了。我们熊本博士可真是厉害，吹矢对着玻璃管恭敬地行礼致意。

他把活肠子装饰在房间中央。天花板上垂下一根绳子，将玻璃管口绑在绳子上，下面放了台子，来托着玻璃管底部。

散发着霉味的医学书籍堆积如山，一些怪异的生锈手术用具和医疗器械，把吹矢的房间塞得满满当当。这里本就是一片古怪景象，迎来了稀客“活肠子”以后，古怪的房间终于装饰完了。

吹矢把三足高脚椅搬到了吊在天花板下方的玻璃管前。他坐到椅子上，如深受感动一般抱紧胳膊，凝视着在清澈液体中蠕动的这奇妙人体的一部分。

柔软、柔软、柔软。

颤动、颤动、颤动。

仔细一看，肠子似乎拥有了人类面部无法展示的复杂表情，整体扭曲地活动着。

“奇怪的东西。不过这么一看，感觉这东西好像是比人类更高级的生物似的。”

吹矢突然说出了超越伦理学的卓越看法。

之后，吹矢就如同石像般凝固在玻璃管前，简直像要化身为活肠子。过了很久，他的视线都没有离开活肠子。

吃饭以及说来不雅的排泄，都被他节制到了极点。哪怕只有一两分钟，他也不愿意离开活肠子。

这样的状态，一直持续了三天。

最后，他因为连日的紧张而筋疲力尽，不知不觉在三脚椅上睡着了，之后又在自己响亮的鼾声中突然醒过来。此时，房间里一片漆黑。

他产生了一种不祥的预感，立刻从椅子上跳下来，打开电灯开关。他突然想到那无比重要的活肠子，该不会被偷走了吧？

“呼，太好了。”

装着肠子的玻璃管依然吊在天花板下面。

但是，他立刻发出类似惨叫的喊声。

“啊，糟了，肠子不动了！”

随着“咚”的一声，他一屁股坐到地板上，像疯了一样抓挠自己的头发，有如漆黑夜里暴风雨般的绝望！

“等……等一下——”

他满脸通红，缓缓站起身，手里拿着滴管爬上三脚椅。

他用滴管吸出玻璃管中的清澈液体，再倒进排水口。

紧接着，他从药品架上拿下贴着一万倍胆碱液标签的瓶子，将空空的滴管伸进瓶中。

液体从下方被吸入滴管。

他敏捷地爬上三脚椅，轻轻地将充满胆碱液的滴管对准玻璃管中。

液体静静地融入林格氏液。

他紧盯着玻璃管的眼睛非常吓人，但很快，他的嘴边浮现出微笑。

“开始动了。”

肠子再次软软地蠕动起来。

“竟然忘了胆碱，我可真是的。”

他像少女一样羞臊不已，发出长长的叹息。

“肠子还活着，我得赶快开始训练，不然可能到中间就死掉了。”

他挽起衬衫的袖子，穿上挂在墙上脏兮兮的手术服。

绝佳的实验

他活泼得判若两人。

“好，该训练了！”

要训练什么呢？他在房间里来回走动，抱来软管、清洁器、架子等各种各样的物件。

“好，医学史上第一次重大实验，我一定会奏响凯歌。”

他一边自言自语，一边又拿来曲颈甑、铁丝网和本生灯。

之后，他站在堆在一起的道具正中间，像戏剧布景一样，开始组装实验用具。

眼看着玻璃、金属和液体的建筑基本组装成型了。整体来看，这个建筑是以装着活肠子的玻璃管为中心的。

电源开启的指示灯由蓝变红。房间的角落里开始响起压力泵低沉的声音。

医学生吹矢隆二的双眼里，渐渐闪现出令人毛骨悚然的光芒。

他到底要做什么呢？

通上电的本生灯燃起淡蓝色的火焰。两根细细的玻璃管伸进装着活肠子的玻璃管里。其中一根细管上，还“噗噗”地冒着小气泡。

吹矢隆二把一个大画板似的东西挂在脖子上，舔着铅笔尖，在电流仪、比重计和温度计前面来回踱步，用彩色铅笔在挂于脖颈上的方格纸上标注符号。

红色、蓝色、绿色、紫色和黑色的曲线一点点在方格纸上延伸。

在此期间，他在玻璃管前面歪着脑袋，用热切的眼神紧盯着不停地蠕动的肠子。

他真如字面意思般废寝忘食，持续做着这个需要极大耐心的实验，整个人的举止简直不像人类。

今天早上六点和晚上六点，对比这两个时间，肠子的状态的确发生了一些变化。

再过十二个小时，能看出肠子的状态又变了。

随着实验的进展，林格氏液的温度一点点升高，而浓度则在一点点降低。

到了实验的第四天，装着肠子的玻璃管里，原本的液体几乎全都变成了水。

到了实验的第六天，玻璃管里的液体彻底不见了，取而代之的是淡红的气体，像云雾一般浮动着。

那根肠子好像不知道玻璃管里的液体消失了，依然痉挛般持续蠕动着。

医学生吹矢的脸上像神乐的面具一样，贴着僵硬的笑容。

“嗯，嗯。即使只做到这儿，也已经出色地打破世界医学史的纪录了。活在气体中的肠子！啊，真是绝佳的实验啊！”

他一个接一个地准备新的装置，替换旧装置。

到了实验的第八天，玻璃管里的气体变成透明无色的了。

到了实验的第九天，本生灯的火焰消失了，“噗噗”冒泡的气体停止了。

到了实验的第十天，压力泵的声音也戛然而止。实验室里安静得宛如一片废墟。

那时刚好是凌晨三点。之后的二十四小时里，他抱着慎重的态度没去动实验装置。

二十四小时过后，第二天凌晨三点，他战战兢兢地把脸凑到玻璃管旁边。

玻璃管里的肠子，此刻正在常温常湿的空气中，柔软而活泼地蠕动着。

医学生吹矢隆二，通过自己想出的独特训练法，做到了世界上所有医学生都做不到的事，成功地完成了肠子在空气中的生存实验。

同居生活

医学生吹矢正跟躺在面前桌子上的活肠子一起学习游戏。

实在令人惊讶，活肠子甚至表现出类似感情的反应。

他拿着滴定管，给活肠子的口部滴了一点点糖水，活肠子立刻就活泼地蠕动起来。很快，肠子的一部分从桌子上朝他这边伸了过来，似乎在说：“再给点糖水。”

“啊，啊，想再要点糖水？给你，但是只有一点哦。”

说着，吹矢又给了活肠子一滴糖水。

多么高等的动物啊。

吹矢悄悄吐了吐舌头。

就这样，即便他看到训练出来的活肠子就在眼前玩耍，也经常会有种做梦的感觉。

从以前开始，他就怀有一个飞跃式的理论。

如果一片肠子能在林格氏液里生存，那么不用林格氏液，应该也能在其他的营养媒介中存活。

总之，林格氏液给活肠子提供了什么样的生存环境，其他营养媒介只要能提供与之相同的就可以了。

在此基础之上，他认为人类的肠子如果是活物，就会具有神经，也会让自身往适应环境的方向发展，那么只要给活肠子提供适当的营养，让肠子在空气中存活也不是不可能——他纸上谈兵地做了这番推理。

从这个基本理念出发，他做了多次详细的研究。直到一年前，他第一次获得了自信。

他的实验最终取得了巨大成功。虽然实际上，更像是通过简单劳动而获得的。

某位实验学者这样说过：与其苦苦思索，不如动手去做。这句话真的没错。

不过，他在思索中想到的、乍看荒诞不经的“活肠子”，就在面前的桌子上一圈一圈活生生地蠕动着，一想到这里，他还是觉得如在梦中。

值得大书特书的是，他没有料到，这经他的手在空气中喂养的肠子，做出了之前未曾想到的各种有趣的反应。

例如，像刚才所说的那样，他完全没有想到，活肠子会做出想要更多糖水的动作。

不仅如此，跟肠子玩耍的过程中，他陆续发现这活肠子能表现出种种不同的反应。

用一根细细的白金棒的一头抵住肠子，再给白金棒通上六百兆赫的振动电流，活肠子会立刻吐出黏糊糊的液体。

此外，吹矢将音叉贴在肠子的一部分肠壁上，按照特定的顺序，制造出准确振动频率的声音。结果发现，那一部分肠壁就变得对声音非常敏感，那里似乎产生了类似人类鼓膜的能力。他相信，不久之后，自己就能跟活着的肠子对话。

因为生活在空气中，活肠子的表面逐渐干燥，好几次都脱落了类似表皮的东西。到了最后，活肠子的外表蒙上了一层皮肤，像是有点褪色的人类嘴唇。

在活肠子诞生的第五十天——所谓诞生的那天，指的是肠子变得能在空气中存活的那一天——这个新生物已经成长到能在医学生吹矢隆二的房间里自由散步了，要么待在桌子上，要么待在书上。

“喂，阿肠，我把糖水做好放这儿了啊。”

“阿肠”是对活肠子的昵称。

说完，吹矢就用手在盛有糖水的烟灰缸所在处拍出声响。阿肠很高兴地耸起后背。当阿肠来了食欲，就会慢慢爬到烟灰缸（妈妈）旁边，“扑哧扑哧”地喝糖水。那番景象看着真是令人毛骨悚然。

医学生吹矢觉得，活肠子阿肠的培育实验可以告一段落了。接下来要开始准备完成比这个更厉害的大论文，让全世界的医学家都为之倾倒。

某一天——应该是阿肠诞生后的第一百二十天，他决定在次日动笔撰写那个大论文。在此之前，他打算出去一趟。

不知不觉间，秋意已浓，外面悬铃木的枯叶被风吹过街道。天气逐渐变冷了。如果只有他自己倒也罢了，但今年冬天要跟阿肠一起过，得去街上看看有没有电暖炉之类的东西。

之前囤积的罐头都吃完了，得补充上，还得给阿肠买各种各样的汤。

这一百多天里，他一步都没有出过房间。

“我出去一趟。糖水在角落的桌子上，我做了不少。”

他突然向往外面的世界了，关于食物随意提醒了阿肠几句以后，就锁上房间的门，跑到街上去了。

误算

医学生吹矢隆二，一不留神便在外面玩了七天。

一旦走出家门，等待他的便是外面的精彩世界。他的本能立刻像洪水一样流过脊背。在本能的驱使下，他昼夜不停地在欢乐巷里游走。直到第七天，才稍微清醒过来。

他有些担心阿肠的进食。算算日子，那些糖水应该快要见底了。

“再玩一天应该没问题吧。”

这样想着，他又玩了起来。

那天傍晚，不知想起了什么，他向某监狱医院走去，并且拜访了熊本博士。

看到吹矢竟然很有人情味地坐在接待室里，博士很是惊讶。

“之前那件事，怎么样了？”博士悄悄询问。

“啊，活肠子吧？以后会发表的，嘻嘻嘻。”

“那个大约活了几天啊？”

“哎呀，我会发表的，但是熊本老弟啊，肠子这种东西能表达感情啊。不知怎么回事，还对我示爱了呢，真的。我可是吓了一跳。说起来，那个到底是什么犯人的肠子啊，告诉我。”

“……”

博士没有回答。

如果是平时，看博士没有回答，吹矢肯定会劈头盖脸地斥责一番，但那天他心情非常好，笑眯眯地抚摸着下巴。

“还有啊，熊本老弟。你给我收集点关于荷尔蒙的文献吧。说到荷尔蒙，你们医院那个漂亮的接线员怎么样了？就是那个已经二十四了还在单身打拼的姑娘。”

吹矢露出古怪猥琐的笑容，盯着博士的脸。

“那……那个姑娘啊……”

博士的脸色骤变。

“那个姑娘已经死了，是盲肠炎，挺……挺长时间了。”

“什么？死了？既然死了就没办法了。”

吹矢的声音表明他已经对那姑娘失去了兴趣。随后，他飞快地离开了这里，并扬言会再来的。

当天深夜凌晨一点。

医学生吹矢隆二，终于在第八天回到了自己的住处。

他不好意思地把钥匙插进钥匙孔。

稍微玩过头了啊。活肠子——对了，我给它起了阿肠这个小名。不知道阿肠是不是还活着。不过死了也无所谓，反正我已经搜集到足够能震惊世界医学界的论文资料了。

他拔出门钥匙，然后推开门走进房间。

一股发霉的味道扑鼻而来，其中好像还掺杂着女人的体味。

奇怪了。

房间里一片漆黑。他用手摸索着，打开墙上的开关。

灯亮了。

他被晃得眯起眼，环顾室内，阿肠没在桌子上。

嗯？阿肠死了吗，还是说从缝隙逃到街上了？

这时，他突然想起自己出门时为阿肠准备的糖水，于是看向装糖水的玻璃碗。

玻璃碗里，糖水还剩一半。他发出惊讶的声音。

“哎？我还以为现在糖水应该已经喝光了——阿肠那家伙是怎么了？”

变化就发生在刹那之间。

在吹矢眼前，一个白色手杖般的东西发出奇妙的呻吟声，“嗖”地飞了过来。

“啊！”

那东西立刻缠住了吹矢的脖子。

“嗯——”

吹矢的脖子被巨大的力道猛地勒紧。他在空中抓了两下，就倒在了原地。

医学生吹矢的尸体被人发现，已经是半年以后了。房东过来催收每年一交的房租，这才发现的。当时他的尸体已经变成白骨了。

没有一个人知道吹矢的死因。

他留下的关于“活肠子”的伟大实验，同样无人知晓。

“活肠子”实验，化作一片空白。

只有一个人，熊本博士，经常想起自己为吹矢而提供的“活肠子”。实际上，那段肠子并不属于任何一个犯人。

“活肠子”到底是从谁的腹腔取出来的呢？

正是那个在某监狱医院工作、二十四岁、还是处女的接线员。她因为盲肠炎去世，那时主刀的正是熊本博士，之后的事想必不用多说了。

从接线员腹腔切取下的“活肠子”缠住医学生吹矢的脖子，将他杀死，但这件事，连暗自窃喜于吹矢之死的熊本博士也不知道。

更何况，“活肠子”阿肠跟吹矢同居了一百二十天，对他产生了深深的眷恋，在第八天听到吹矢回到家中，过于欣喜而缠住了他的脖子，却不幸把他勒死了。这番原委，又有谁能想到呢？

医学生吹矢隆二完全没想到那“活肠子”竟是那样一位女性的肠子，所以才做出如此可怜之事。

恋爱曲线

小酒井不木

亲爱的A君！

为了庆祝这场你人生中的盛大典礼，现在我要送上一份发自内心的礼物——“恋爱曲线”。这份礼物，在结婚时就不用说了，就算其他任何场合，不要说日本，就是中国、西洋，不，哪怕开天辟地以来恐怕都没有任何人尝试过，我对此也深感得意。我不过是一介贫寒的医学研究者，就算倾尽身家去买礼物，也肯定没法让你这个百万富翁家的长子满意。所以我思量再三，才终于想到了这个“恋爱曲线”。这份礼物肯定能让你感到十二分的高兴，一想到这儿，我写这封信都觉得自己的心激动得怦怦直跳，这种感觉还是我有生以来的头一次。要和你结婚的雪江，我也不是不认识，所以为了祝你们二人幸福长久，我在此恭敬地送上“恋爱曲线”聊表心意。你可能会觉得，我这么一个一味冷硬固执的科学研究者竟然会用“恋爱”这种词，实在极为可笑。但我没有你想的那么“冷血”，我的血多少还有些温度。正因如此，我无法对你结婚漠不关心，还绞尽脑汁地想出了这个名字吉利的礼物。

你的婚礼就在明天，我却赶在今晚写这封信，在礼数上可能不太周到，但制作“恋爱曲线”必须要在今晚，所以我思前想后，还是决定让这封信在明天一早送到你手上。想必你一定忙得不得了，但我坚信，就算再忙你也一定会把我这封信看到最后。那么，就让我详细解释一下“恋爱曲线”到底是什么吧。简单来说，就是以曲线的形式将恋爱的至高意趣表现出来。如果不把这前所未有的礼物的来历讲清楚，你就会无法充分理解，我也会感到颇为遗憾。所以虽然麻烦点，你还是耐着性子读完吧。

要让你最清楚明白地理解这“恋爱曲线”的来龙去脉，首先就得说说我对你结婚这件事抱有什么样的心情。我们最后一次见面还是在半年多以前，这期间我始终音信全无，现在却突然为你送上一份世间绝无仅有的珍贵礼物，这其中必然有某种深刻的理由，这一点我想你早已经察觉了。不，聪明如你，一定已经知道理由究竟是什么了。

你所说的“流着冰冷血液”的我，是恋爱中的失败者，这你应该早就清楚了。那么，作为恋爱胜利者的你应该也能充分意识到，从某一方面来说，我的礼物中到底蕴含了怎样的悲伤思绪。不过，你只有过让众多女子失恋的经验，却从未品尝过失恋的痛苦，可能不会产生什么同情。你这家伙在女人那儿真是有不可思议的力量。在你眼里，我这种人肯定特别奇怪吧，不过是被抢走一个女人，就坠入失恋的深渊了。你怎么想都没关系。我对你那不可思议的力量羡慕得不得了。特别是对你的财力，甚至已经超过羡慕，变成怨恨了。在金钱的力量面前，雪江的父母首先顶礼膜拜了，接着雪江也不得不如此……不行，如果说这种话，看起来像我对你抱有多么可怕的敌意似的，但我一向是个意志软弱的人，对别人没有敌意。如果真对你有敌意，我也不会送上这样的礼物了。我这么说可能对你颇为失礼，但现在依然固执地爱着雪江的我，怎么会对要成为雪江丈夫的你怀有敌意呢？我现在一边写这封信，也一边思考着你们两人真正的幸福呢。

半年前，遭受失恋这一沉重的打击，我便与世隔绝，关在研究室里一门心思地做生理学研究。从那时开始，研究就是我的生命，也是我的恋人。就像下雨之前肋膜炎的旧伤疤会疼起来一样，有时候我心里的伤疤也会作痛，但一想到那些都已经过去了，我便放下伤痛投入研究之中。直到最近，我终于可以放下那些悲伤的回忆，甚至连你们结婚的日期都忘掉了。但是没想到，前些天我从某人那里收到一封信，说你明天就要结婚了。因为那封信，被我压下去的回忆一下涌上心头，然后我就策划出这次的礼物了。

你是个实业家，恐怕不了解科学研究者过着什么样的生活、脑子里在想些什么、做着什么样的研究。表面看来，科学研究者的生活极为冰冷，他们的研究内容也是极为单调无趣的，但真正的科学研究者始终把人类同胞放在心里，怀着对人类的无上大爱从事研究。因此，真正的科学研究者——冒牌的就不管了，身上流淌的血恐怕比任何人都热。实际上，如果没有流着比任何人都热的血，也做不成真正的科学研究者。

那么，在尝过失恋的痛苦之后，我选择的研究题目是什么呢？你不要笑，是心脏生理学。但是我绝对不是因为自己心碎才选了这个题目。我不是那种爱开玩笑的性格。如果说要修复破损的心就必须先做心脏研究，也未免太像小说了。我只是从学生时代开始就对心脏机能非常感兴趣，选了一个自己喜欢的题目而已。然而我没有想到，这个偶然选择的研究题目发挥了作用，能让我为你一生中最值得庆祝的仪式送上“恋爱曲线”。

“恋爱曲线”！接下来终于要说到“恋爱曲线”了，但在此之前，我得介绍一下通常用什么方法来研究心脏。要全面了解心脏的机能，最好的方法就是摘取心脏，进行体外检查。即便摘至体外，只要给予适当的条件，心脏还是可以继续跳动的。不仅是低等动物的心脏，从普通的恒温动物到人类，就算离开了身体，心脏依然能独立地重复扩张和收缩这两种运动。摘除了心脏，个体只有死亡，可就算个体死亡，心脏依然继续跳动！这是多么不可思议的现象！如果，我现在取出你的心脏让它跳动，会是什么状态呢？再如果，我现在取出雪江的心脏让它跳动，又会是什么状态呢？更进一步说，如果我把你的心脏和雪江的心脏摆到一起让它们跳动，会出现什么现象呢？你知道吗？具备手脚和身体的人类可以有种种伪装，但心脏是字面意义的赤裸裸，它谁都不用顾忌，只管跳动。你们马上就要结婚了，我现在想着你们俩的心脏，在这愚不可及的想象里写这封信。

不知不觉有点跑题了。动物自然不用说，就算是人类的心脏，哪怕个体已经死亡，只要切下来把它放在适当的条件下，它也会再次跳动。一个叫克里尔布克的人从死亡二十小时的人体上取下心脏，使之跳动并加以观察，发现它持续跳动了一个小时左右。人死后心脏还能存活二十几个小时，这足以说明心脏对生存有多么执着。从前的人们把心形当成爱情象征，恐怕也不是偶然的。所以根据这种想法，也许人生的一切秘密就隐藏在心脏里。于是，想要探寻人生奥秘的我把心脏当成研究对象，也无可厚非吧。

要解释“恋爱曲线”的由来，就必须讲清楚如何摘取心脏，用什么方法使之跳动。我知道你一定很忙，但我也同样非常着急，因为一写完这封信我就得立刻制作“恋爱曲线”。但是正如我反复说的，我希望你能够充分地理解，可能的话，我甚至希望能把这封信里的字句刻在你的心脏上，所以你就暂且忍耐，继续往下看吧。

最初我是摘取青蛙的心脏加以研究的，但医学是以人类为对象的科学，我想还是要尽可能选择与人相近的动物，所以后来我主要用兔子的心脏做研究。可是兔子的心脏处理起来远比青蛙的心脏复杂，需要相当熟练的操作。刚开始我需要助手协助，但后来自己一个人就都可以做到了。先把兔子仰面放在家兔固定器上绑好，用乙醚麻醉。等兔子完全麻醉后，用手术刀和剪刀将兔子胸壁的心脏部位尽可能大地切开，然后切开裹着心脏的心包，就可以看到不停地跳动的心脏了。藏在胸膛深处的心脏，即使暴露在外，也依然若无其事地继续跳动。你知道吗？心脏可太难对付了。是谁说过“心无法任意安排”？这话说得太对了。心脏露出来之后，接下来就是摘取了，如果直接下刀会造成出血，无法手术，所以要把大静脉、大动脉、肺静脉、肺动脉等大血管都用线绑住，然后再用手术刀切断这些血管。

摘取下来的心脏要立刻放入盛有加热至三十七摄氏度左右的洛克溶液的盘子里。栗子大小的兔子心脏果然无力地停止了跳动。这时要迅速绑好肺动脉和肺静脉的切口，将大动脉和大静脉切口连上玻璃管，然后再把心脏拿出来，装进特别设计的一尺立方的盒子里，放在适当的位置上，连接好玻璃管，让加热至三十七摄氏度的洛克溶液流进管中，心脏就成功地跳起来了。所谓洛克溶液是1%的氯化钠、0.2%的氯化钙、0.2%的氯化钾和0.1%的碳酸氢钠的水溶液，与血液中的盐类成分含量几乎一致。所以，能让心脏处于仍然有血液流入的状态，心脏自然就可以继续跳动。但是，如果只是让这种溶液流入，心脏的跳动还是会逐渐衰弱下来。即便是强烈执着于生存的心脏，若不依赖外界的能量，也无法持续跳动。浅显地说，就是没有食物就动不了。所以，还要在普通的洛克溶液中加入少量血清白蛋白或葡萄糖作为能量来源，也就是心脏的食物，这样心脏就可以长时间持续跳动了。当然，最理想的是用血液代替洛克溶液流入心脏，但是普通实验用洛克溶液就足够了。另外，心脏的自由跳动离不开氧气，所以还要给普通的洛克溶液里加入氧气。

那个盛放心脏的盒子，里面的空气温度也要保持在三十七摄氏度左右。让洛克溶液从盒子上方流入，流过心脏后再从盒子底部流出。盒子当中只有一颗心脏不停地跳动着，那景象有一种你无法想象的严肃感。摘取下来的心脏就是一个完美的生物。这魔性生物的肉体有着玫瑰红的底色，上面好似还散落着黄色小菊花的花瓣，如同游弋在岸边的水母，规律地重复着收缩和扩张这两个动作。凝视它的跳动，会觉得心脏好像本来就在按照它自己的自由意志跳动着。有时那颗心脏上好像长出了小小的五官，怨恨我把它取出来，让它与母体分离；有时它好像又为能与尘世的空气接触而欢喜；有时它似乎在嘲笑科学研究者的愚蠢，竟然为了研究生物原始的心脏机能而只把心脏摘取出来。然而，这些都不过是我的幻觉而已。无论留在体内还是被摘取出来，心脏都一直用尽全力地跳动。它严格执行“all or nothing（全有或皆无）”的法则，也就是说，一旦决意跳动，就会拼尽全力。可以说，像心脏这样努力工作的状态，是极为罕见的。也是因为这一点，我觉得它作为恋爱的象征最为合适。换句话说，心脏不会因为受到刺激的不同、多少而改变跳动方式，一旦跳动就用尽全力，一旦停止跳动就彻底停止，我觉得心脏的这个特质可以与真爱的特质相提并论，也就是不受金钱或其他任何外力的影响。真正相爱的人，就算彼此之间隔着怎样的阻碍，也能像接收收音机电波一样，接收到彼此心跳的波动。不知道你是否了解，心脏每次跳动都会产生电流，为了研究这种电流，人们发明了心电图仪。而这个心电图仪就是我制造“恋爱曲线”的基础。

不过，在解释心电图仪之前，我还必须说明该怎样去分析摘取下来的心脏，以及如何研究它的跳动。只靠肉眼观察，无法进行精确的比较研究，所以必须准确地记录心脏的跳动。把心脏跳动记录下来就是“曲线”。那么“恋爱曲线”这个词的含义就是恋爱中心跳的记录。你一定听说过通过地震仪可以把地震记录为曲线吧？把煤灰涂黑的纸卷成圆筒形，让它规律地旋转起来，再让一个活动物体上伸出细杆，使其一端接触纸面，之后随着物体的活动，纸筒上就会呈现出特殊的白色曲线。采用同样的办法，心脏的跳动也可以画在煤纸上，但是因为我对心脏产生的电流特别感兴趣，所以主要使用前面说的心电图仪来推进研究。

所有肌肉在活动时都一定会产生微弱的电流，所谓动物电流指的就是这个。心脏也是由肌肉构成的脏器，所以每次跳动都会产生电流，将这种电流的形成情况用曲线表现出来的仪器就是心电图仪。发明这种仪器的人是荷兰的爱因托芬。虽然也是曲线，但不像前面说的那种那么简单，其原理稍显复杂。通过特定的方法将心脏产生的电流引导出来，让电流通过比蛛丝还要细的镀铂金石英细丝。石英丝两侧放着电磁铁，根据通过电流的多少，石英丝会产生相应的左右振动，用弧光灯照在石英丝上，影子就会将细丝的振动放大呈现出来，又透过极小的空隙直接作用于照相用的感光纸，最后让感光纸成像，表示心脏电流变化的白色曲线就出现了。因为感光纸能像电影胶片一样卷起来，可以连续记录下二十分钟、三十分钟的心脏跳动情况。我要送给你的“恋爱曲线”就是这种用感光纸记录的曲线。

作为研究的前期准备，我首先研究了各种药物对摘取下来的心脏所起的作用。我先让洛克溶液流经心脏，拍出通常状态下的曲线，然后把想要实验的药品与洛克溶液混合，再拍下心脏产生变化时的曲线。肉眼看上去似乎毫无变化，但一对比曲线就会发现明显的不同，这样就能知道这种药物会对心脏产生什么样的作用。从毛地黄剂、阿托品、毒蝇蕈碱等剧毒药品，到肾上腺素、樟脑剂、咖啡因等药剂，作用于心脏的毒剂和药剂，我几乎全部一一制成了曲线。这些并不是什么新研究，已经有很多人做过了，总的来说，只是我研究的对比实验而已。

那么，我的研究到底是什么呢？用一句话概括，就是各种情绪与心脏机能之间的关系，也就是出现俗称的喜怒哀乐等种种情绪时，心脏产生电流的状态会发生什么样的变化。每个人都经历过，在惊吓和愤怒时，心脏的跳动会产生变化。我要做的就是以摘取下来的心脏为对象，客观地观察这个现象。人感到恐惧时，血液中的肾上腺素会增加，这一事实已经得到其他研究者的认同，那么只要让恐惧时的血液流过摘取下来的心脏，曲线上应该就会呈现出与肾上腺素通过时相同的变化。再由此类推，在恐惧之外的其他情绪下，血液也会产生一定的变化。因此，如果让动物产生喜怒哀乐等情绪，让其血液流过摘取下来的心脏，用心电图仪绘制曲线，就能够推断出种种情绪产生时，血液中会出现什么性质的物质。

然而，无须我多谈，这样的研究必然面临着诸多困难。在理想的状态下，研究应该用同一只动物，摘取心脏之后再让它愤怒或痛苦，使其血液流过心脏，但这当然无法实现。所以没办法，研究只能采用甲乙两只兔子，让乙兔产生种种情绪，提取血液，使之流过甲兔的心脏。可接下来，更为困难的是让兔子愤怒或悲伤。兔子本来就是看上去没有表情的动物，无法从面部来判断它喜怒哀乐的情绪。因此，可能我想让兔子愤怒，但它实际上并不生气，或者我想让它开心，可它反而并不高兴。真是让人十分为难。

于是我停止用兔子做实验，转而尝试用狗。也就是将甲犬的心脏摘取下来，让乙犬愤怒或开心，让其血液流过心脏。虽然能绘制出曲线，但结果还是不理想。其原因在于，好不容易让狗开心了，我一去采血，它就变得非常生气，最后得到的曲线跟愤怒状态的非常接近。可如果将狗麻醉，又只能得到毫无情绪的曲线，所以只有愤怒或恐惧状态下的曲线比较接近理想状态。

出于这些原因，如果要描绘出情绪状态下血液对心脏影响的理想曲线，除了用人来做实验，别无他法。如果以人为对象，不管是愤怒时、悲伤时还是开心时，血液都比较容易采集。然而人体实验的困难之处在于，人类的心脏没那么容易得到。就连死者的心脏都极难获得，更何况是活人的心脏呢？所以没办法，我只能用兔子的心脏。血液也是，因为没有人愿意提供血液，我就用自己的血液来做实验。我看各种各样的小说，或者想一些悲伤、愤怒、开心的事，每次用注射器从左手静脉抽取五克血液用来实验。跟用兔子和狗实验的方法一样，采血时为了防止血液凝固，还在注射器里放了一定量的草酸钠。

这样我就得到了多条曲线。观察发现，在高兴时、悲伤时和痛苦时，曲线存在着明显的不同。恐惧时的曲线果然与肾上腺素流过时的曲线相似，快乐时的曲线也与吗啡流过时的曲线相似，但也只是相似而已，在细节上还是存在各自特殊的不同。之后通过练习，我只要看一看，就能分辨出哪个是愉快的曲线，哪个是肾上腺素的曲线，哪个是吗啡的曲线。此外，我还发现用兔子的心脏也好、狗的心脏也好，或者羊的心脏也好，曲线都会呈现出同样的变化。

可是你知道吗，凡是做学问研究的人，对研究的欲望都会不断加深。已经用兔子、狗和羊得到了同样的结果，应该可以满足了，但我还想更进一步，无论如何都想用人的心脏实验看看。我在前面写过，人的心脏在死后二十多小时还可以跳动起来，那么就算尸体的心脏也行，于是我拜托解剖教室和临床教室的人帮忙，希望得到一颗人的心脏。

很快，我幸运地得到了一个女子的心脏。她是一位十九岁的结核病患者。因为被恋人抛弃，过度绝望之下损害了健康，住进内科后很快就去世了。她生前曾多次说过："我的心脏上肯定有了一道极大的裂缝。如果我死了，一定要解剖我的心脏，为医学提供参考。"刚好我的朋友是她的主治医生，便遵循她的遗愿，让我得到了她的心脏。

我早已能够熟练地切取兔子、狗和羊的心脏了，虽说这也是一具死尸，但是当我的手触碰到那蜡一般冰冷惨白的皮肤，手术刀对准她的时候，一种异样的战栗迅速从我的指尖神经传遍全身。不过，在依次切开薄薄的脂肪层、红得刺眼的肌肉层和肋骨，打开胸腔、划开心包、露出心脏的时候，我还是立刻恢复了平时的冷静。她的心脏当然没有裂缝，但是非常瘦小。我之前看的都是动物鲜活的心脏，所以最初，我甚至觉得那不像心脏。虽然距离死亡只过了十五个小时，却格外冰冷，我拿着摘取下来的心脏，竟有一时的出神。回过神以后，我立刻把心脏放进温热的洛克溶液里仔细清洗，再放到盒子里连接好，让洛克溶液流通。最初，心脏宛如沉睡一般没有动静，过了一会儿就轻轻跳动起来，没过多久它就充满活力地跳动起来。虽然是预料之中的，但我竟觉得那个女子好像也随之复活了，心里产生了一种无法言喻的庄严感。不知什么时候，我忘掉了实验，只是注视着这微妙的运动，思索着这颗心脏的主人。失恋！多么悲惨的命运！那时，我没觉得与我无关，但我自己不也一样是个饱尝失恋痛苦的人吗？过去，在它的主人还活着的时候，这颗心脏曾怎样激烈地跳动过，又曾怎样悲伤地跳动过啊。过去那些痛苦的回忆，现在似乎都被洛克溶液洗净了，它正毫无牵挂地重复着收缩和扩张这两个动作。恐怕在她失恋以后，这颗心脏一天都没有如此平静地跳动过。跳吧！跳吧！洛克溶液有的是，你就跳吧，一直跳下去吧。

接着，我突然发现，心脏跳动的力量明显变弱了。这也难怪，它已经跳动一个小时了。因为意外走神浪费了时间，把情绪研究忘得一干二净，我为自己失去科研工作者应有的冷静而感到惭愧，当然也觉得不能浪费了难得的珍贵研究材料。就在这电光石火之间，我想到的是失恋情绪研究。让失恋的我的血液，流过失恋之人的心脏，这样绘制而成的曲线，不正是理想的失恋曲线吗？

我迅速照惯例从左手腕采了血，让它流入这颗心脏，并启动了心电图仪。原本跳得越来越弱的心脏，在接触到我的血液后，立刻劲头大增，猛烈地跳动了大约三十次，之后又迅速弱化下来并且戛然而止了。也就是说，这颗心脏死了，永远地死去了。唯有曲线，鲜明地呈现出来。经过分析研究，这条曲线与悲哀、痛苦、愤怒和恐惧的曲线都不相同，但又与它们有相似的性质。

失恋曲线制成以后，我又想制作与失恋相反的情绪——恋爱的曲线了。这大概就是科研工作者不知满足的欲望吧。不过，虽然我曾恋爱过，现在心里却只有失恋之苦，该怎么去绘制恋爱曲线呢？对此，我束手无策。我思索着，越是觉得应该放弃，心里却越想要把它做出来。到了后来，甚至成了一种执念，明知没有办法，却始终无法摆脱。我这番话对你来说很是失礼，但我跟你不一样，除了雪江，我没爱过任何人。这样的我，现在又会对谁产生真正的爱意呢？实际上，我也没对雪江之外的人感到过真正的爱意。这样看来，恋爱曲线是无论如何都画不出来了。可是，想法一旦成了执念，就没那么容易消除。所以没办法，我开始频繁地思考有没有能让失恋变成恋爱的方法。我苦苦思索，想得几乎都要疯魔了。

但是没想到，前几天我从某人那里听说你和雪江就要结婚了。于是，好似死灰复燃一般，失恋的悲伤在我体内猛烈地燃烧起来。可以说，我抵达了失恋的极值。可就在这时，我也获得了一份坚定不移的信念，自己能直接利用这至痛的失恋绘制出恋爱曲线。

你在数学课上一定学过负负得正吧？我就打算运用这个原理，将失恋转化为恋爱。我想，如果用饱尝失恋至痛的我的血液，流过同样饱尝失恋至痛的女子的心脏，绘制出来的曲线一定可以呈现出恋爱的极致。这时你也许会问，我要从哪儿找来一个饱尝失恋至痛的女子呢？不过，这点你无须担心。我之所以能想出上述这番原理，就是因为已经找到了那个饱尝失恋至痛的女子。那女子不是别人，就是那个写信告诉我，你和雪江即将结婚的人。

想必你已经想到了。写信的人，正因为你要结婚而饱尝失恋之至痛。你爱过很多女人，应该多少明白女人的心情。正如我只爱着雪江一个人，那名女子也只对一个男人怀有真正的爱意，所以才会因为你要结婚而痛至极点。我和她都因为你们结婚而承受失恋之痛，那么根据前面说的原理，那条由我们共同绘制而成的曲线，不就是真正的恋爱曲线吗？而且因为过于绝望，那女子决意死去。你说，这世上还有比死更强大的力量吗？听了这女子的决心，我为自己失恋程度的软弱而感到羞愧。因为她，我产生了莫大的勇气。于是就在今晚，我和她见面了。我明白了她的决心，也说了我的想法。她非常高兴，不停地说等她死后，一定要把她的心脏摘取下来，让我的血液流进去，绘制出曲线，作为纪念送给你。我也下定决心，终于要开始绘制恋爱曲线了。

你知道吗？我现在就在研究室心电图仪旁边的桌子上写这封信。谁也不会想到，有人会在深夜的生理学研究室里制作恋爱曲线，所以不会有任何人过来打扰，我可以顺利地完成这个计划。夜色愈深，万籁俱寂。刚才，用于实验的狗在庭院的角落叫了两三声，之后就只剩下深秋夜风吹在研究室玻璃窗上发出的微弱声响。为我提供心脏的女子，现在在我脚边陷入了沉睡。刚才，我一说完制造恋爱曲线的顺序和计划，她就高兴而勇敢地喝下了大量的吗啡。她不会活过来了。她喝下吗啡之后，我开始加热洛克溶液。准备好心电图仪以后，我就开始写这封信了。喝完吗啡，她还高兴地看着我做准备，我动笔写信时，她已经陷入沉睡了。多么优美的死法啊。虽然现在她还有微弱的呼吸，但一想到再也听不到她的声音了，我写信的手就不住地颤抖。我肯定写了很多不得要领的话，可现在也没有时间从头读过了。接下来，我必须要摘取她的心脏了。

四十分钟过去了。我终于把她的心脏摘取下来，在盒子里安放好了，也通上了洛克溶液。手术时，她的心脏还在持续跳动着。这也是她生前的愿望。为了能准确地绘制出恋爱曲线，她希望我在她心脏依然跳动的时候将其摘取。我放上手术刀的时候，还担心她会不会中途睁开眼睛，可直到成功摘取了心脏，她一直安静地睡着。我甚至觉得她现在还在轻轻地呼吸着。在电灯灯光的照耀下，她死去的姿态是那么美丽。

现在，这颗心脏已经确确实实愉悦地跳动着，似乎在催促着，要我的血快些流进去。那么接下来，终于到了采集我的血液的步骤了。不过，为了满足她完成恋爱曲线这个悲壮的愿望，我打算采取一种此前没有试过的血液流通办法。此前我都用注射器从左腕的静脉采血，但是这一次，我将玻璃管插进了我左臂的桡骨动脉，然后连上橡胶管，打算让血液直接从我的动脉流进她的心脏。她提供了自己鲜活的心脏，为了回报她的这番厚意，我这么做也是理所当然的。再说，这也是完成恋爱曲线所必需的。

二十分钟过去了。

我的动脉血终于流进她的心脏了。血液汩汩流出，完全没有凝固，实验非常完美。心脏有力地跳动着。我看着它跳动的样子，觉得左手没有一丝疼痛。左手的伤口渗出一些血来。为了擦掉这些血，我不得不放下笔，用纱布擦拭。哎呀，血蹭到纸上了，抱歉。流入她心脏的血液不会再回到我体内。我的血液每时每刻都在减少，我的头脑却越发清晰了。我还是暂且放下笔，观察她的心脏，投入过去的回忆中吧。

十分钟过去了。

我浑身是汗，是因为缺血吧。好，接下来按动开关，打开弧光灯，让感光纸旋转起来。我早就准备好了，坐着也能打开开关。就算开着电灯，对绘制曲线也没有影响。

心电图仪在运行。除了机器的声音，我耳中还能听到奇怪的声音。这也是因为缺血！

现在曲线正在绘制。要送给你的恋爱曲线正在绘制。不过我没法让曲线成像了。至于原因，是因为我想就这样流尽自己全身的血液。血流干了，我就会倒下。那时，弧光灯、照相装置、电灯开关都会全部随之关闭。很快，我们两人的尸体就会被包裹在黑暗中。

我拿笔的手抖得厉害。眼前也昏暗下来了。所以，我要用最后一点力气，送给你最后一句话。实际上，在写这封信之前，我已经给教研室主任和同事们写了信，所以这封信就是我最后的遗书。明天一早，恋爱曲线会由我的同事显像，送到你手里，你就永远地保存起来吧。

你可能早就猜出为我提供心脏的女子是谁了吧？我现在感到无限的喜悦。虽然无法亲眼看到真正的恋爱曲线，但是真正的恋爱曲线正在一点一点地绘制出来，对此我深信不疑。我的血液流尽之时，她的心脏也会停止跳动。这难道不正是恋爱的极致吗？

……啊，我的血变少了，她的心脏现在就要停止跳动了。你知道吗？不愿屈服于金钱与你走入无爱婚姻、奔向我——她真心所爱之人的雪江，现在心脏即将停止跳动了……

斑点带子案

柯南·道尔

在过去的八年里，我研究了我的朋友夏洛克·福尔摩斯的破案方法。翻看记录了七十多起古怪案件的笔记，我发现其中不少是悲剧性的，一些是喜剧性的，一大部分仅仅是古怪，但没有一起是平平无奇的。因为他做这份工作，与其说是为了获得财富，不如说是他热爱自己的艺术。所以如果一个案件与不寻常甚至荒诞毫无关系，他一定会拒绝参与调查。不过，在所有这些形形色色的案件中，我想不到有哪一起案件会比萨里郡的知名家族——位于斯托克莫兰的罗伊洛特家族的案子更有特色。现在讨论的这起事件发生在我与福尔摩斯结识的早期，那时我们都是单身汉，在贝克街合住。我本可以在这之前就记录下这个事件，但当时我做了一个保守秘密的承诺。直到上个月，我答应过的那位女士不幸早逝，承诺因此得以解除。或许也到了真相大白的时候了。我知道，关于格里姆斯比·罗伊洛特医生的死亡，社会上有众多谣传。这些谣传让事情变得比真实情况更加可怕。

一八八三年四月初的一天，我早上醒来，发现夏洛克·福尔摩斯穿得整整齐齐站在我的床边。一般来说他起床很晚，而壁炉架上的钟显示当时刚刚七点十五分。我有些惊讶地对他眨眨眼，心里有一点不高兴，因为我的生活习惯是很有规律的。

“很抱歉把你叫醒，华生，”他说，“但我们今天早上都是如此。赫德森太太被敲门声叫醒了，她报复到我身上，我又来找你了。”

“那么，出了什么事——着火了？”

“不，是一个委托人。好像来了一位年轻女士，情绪非常激动，坚持要见我。她现在正在起居室里等着。好了，如果年轻女士在早上这个时间在大城市徘徊，把睡觉的人从床上叫醒，那我想一定发生了一些非常急迫的问题，让她们不得不跟人商量。如果能证实这是个有趣的案件，我敢肯定，你一定希望从一开始就参与其中。我想，我无论如何都应该把你叫醒，给你这个机会。”

“亲爱的朋友，我绝对不想错过这个机会。”

我最大的乐趣就是观察福尔摩斯进行专业调查，欣赏他迅速的推理。他的推理之迅速看似仅凭直觉，实则建立在坚实的逻辑基础之上，他正是凭借这些解决了委托而来的一个个难题。我快速穿好衣服，几分钟就收拾好自己，陪我的朋友下楼到了起居室。一位穿着黑色衣服、戴着厚面纱的女士正坐在窗边，在我们走进房间时站了起来。

“早上好，小姐，”福尔摩斯愉快地说，“我的名字是夏洛克·福尔摩斯。这是我的知己和伙伴，华生医生，在他面前你完全不用有任何顾虑，跟对我说话一样。啊！我很高兴看到赫德森太太很有判断力，已经点燃了炉火。请坐得离火近一点，我给你叫一杯热咖啡，因为我看你正在发抖。”

“我不是因为冷而发抖。”女士低声说，按照建议换了位子。

“那是因为什么？”

“因为害怕，福尔摩斯先生，因为恐惧。”说话时，她掀开了面纱，我们可以看出她确实处于非常焦虑的可怜状态，她脸色苍白，神情低落，眼中满是惊惧，像一只被猎人追捕的动物。她的相貌和身形都是三十来岁的模样，但头发已经过早地夹杂了银丝，面容也十分憔悴。夏洛克·福尔摩斯仔细而迅速地打量了她。

“你不要害怕，”他安慰地说着，俯身向前拍了拍她的胳膊，“我们会很快把事情处理好，我毫不怀疑。我想，你是今天早上坐火车来的。”

“这么说你认识我？”

“不，我注意到你左手手套里有后半张回程车票。你一定很早就出门了，而且在你到火车站之前，坐双轮马车走了很长一段泥泞的路。”

那位女士大吃一惊，迷惑不解地看着我的朋友。

“这没什么神秘的，亲爱的小姐。”他笑着说，“你外套的左臂上至少有七处溅上了泥，痕迹都很新。除了双轮马车，其他车都不会这样甩起泥巴，而且只有你坐在车夫左边才会这样。”

“不管你是怎么知道的，你都说得完全正确。”她说，“我六点之前就从家里出发了，六点二十到了莱瑟黑德，然后坐上开往滑铁卢的第一班火车过来的。先生，我再也受不了这种紧张了，如果继续下去，我会疯的。我没有人可以依靠——没有，除了一个人，他关心我，但那个可怜的人也帮不上忙。我听说过你，福尔摩斯先生，我从法林托什太太那儿听说的，你在她最迫切需要帮助的时候伸出了援手。我从她那儿要来了你的地址。哦，先生，你是不是也可以帮帮我呢？至少为身处黑暗中的我投下一线光明。现在我没有能力支付你的报酬，但再过一个月或六个星期我就结婚了，到时我就可以支配我自己的收入，那时你也会发现我不是一个忘恩负义的人。”

福尔摩斯走到他的桌子旁边，打开抽屉的锁，拿出一个不大的过往案件记录本。

“法林托什，”他说，“啊，对了，我想起那个案子了，关于一顶猫眼石王冠。那是你来之前的案子。女士，我只能说我很乐意为你效劳，正如我曾为你的朋友效劳一样。至于报酬，我的职业本身就是报酬，但你可以在合适的时候，支付一些我也许要付出的费用。现在，我希望你把所有的情况都告诉我们，以便我们判断这起案件。”

“唉！”拜访者回答道，“我的情况最为可怕的地方在于，实际上我的恐惧极为模糊，我的怀疑也都来自非常微小的事情，在别人看来可能是微不足道的。就连他，在所有人中我应该寻求帮助和建议的人，也觉得我告诉他的事不过是一个神经紧张的女人的幻想。虽然他没那么说，但我从他安慰的回答和回避的眼神中看出来了。但是我听说，福尔摩斯先生，你能看透人心中各种各样的邪恶。请你告诉我，在危险环绕之中，我该如何前行。”

“我在全神贯注地听，小姐。”

“我叫海伦·斯通纳，跟我的继父一起生活，他是英国最古老的撒克逊家族的最后一名后裔，也就是斯托克莫兰的罗伊洛特家族，在萨里郡的西部边界。”

福尔摩斯点点头说：“这个名字我很熟。”

“这个家族曾是英格兰最富有的家族，家族土地越过了萨里郡边界，北边到伯克郡内，西边进入汉普郡。但是在上个世纪，家族连续的四任继承人都放荡挥霍，并且最终因为摄政时期的一个赌徒而彻底毁灭。最后剩下的只有几英亩[①]土地和一座两百年的老房子，而房子本身也已经抵押得差不多了。最后一任地主在那里勉强度日，过着破落贵族的可怕生活，但他唯一的儿子，也就是我的继父，认识到自己必须要适应新环境，就跟一位亲戚借了钱，用这笔钱获得了医学学位，然后去了加尔各答。依靠专业的医术和坚毅的性格，他在那里将事业做得很大。但是因为家里几次被盗，他在盛怒之下把当地人的管家打死了，费了很大力气才躲过死刑，却也因此被监禁了很长时间。后来他变成了一个孤僻、暴躁的失意之人，回到英格兰。

“罗伊洛特医生在印度时，娶了我的母亲斯通纳太太，孟加拉炮兵部队斯通纳少将年轻的遗孀。我和我的姐姐茱莉亚是双胞胎，母亲再婚时我们才两岁。她有一笔可观的财产——每年不少于一千英镑——我们和他一起生活时，母亲立下遗嘱，将全部财产都留给罗伊洛特医生，但也留出了一笔钱，在我们结婚以后每年给我们一定的金额。回到英格兰以后，没过多久，我母亲就去世了——八年前在克鲁郡附近的一次火车事故中遇难。之后，罗

① 英亩：英美制面积单位，1英亩约等于4046.865平方米。

伊洛特医生放弃了在伦敦创立事业的计划，带我们前往斯托克莫兰的祖宅，与他一起生活。我母亲留下的钱足够我们生活所需，我们的幸福生活似乎没有任何阻碍。

“可就在这时，我们的继父身上出现了可怕的变化。最初，我们的邻居都很高兴看到罗伊洛特家的后人重返故地，但继父没有跟邻居们拜访来往，反而把自己关在宅子里，极少出门，一出门就跟碰到的人发生激烈争吵。这个家族的男人都遗传了近乎疯狂的坏脾气，而我的继父，我认为长期在热带居住加剧了他的坏脾气。他几次与人打斗，丢尽了脸面，其中两次还闹上了法庭。到最后，他成了村子里畏惧的对象，一看到他走近，人们就迅速躲开。因为他力大无比，一旦发起火来完全不受控制。

“上个星期，他把村里的铁匠掀过栏杆摔进小河里了，我花了所有能凑到的钱，才避免了又一次公开出丑。除了四处流浪的吉卜赛人，他没有任何朋友。他让那些流浪者在家族基业的代表——几英亩长满荆棘的土地上扎营，还接受回报，去他们的帐篷里做客，有时跟他们一起出去流浪好几个星期。他还非常喜欢印度动物，都是一个记者送给他的。现在他有一只印度豹和一只狒狒，都在他的土地上随意乱跑，村里的人像害怕他一样惧怕它们。

“从我刚才说的内容，你们不难想象，我和我可怜的姐姐茱莉亚过着毫无乐趣的生活。没有仆人愿意留在我们家，所以很长时间以来，我们俩做着所有的家务。她死的时候才三十岁，但她的头发已经开始变白了，就跟我现在一样。”

“这么说你姐姐已经死了？”

“她是两年前去世的，我也想跟你说一说她的死。你知道，过着我描述的那种生活，我们几乎见不到任何我们这个年龄和地位的人。不过，我们有一个姨妈，是我母亲一直未婚的妹妹，霍诺丽亚·韦斯特法尔小姐，她住在哈罗附近，继父偶尔允许我们去她家短暂拜访。两年前的圣诞节，茱莉亚在她家认识了一位领半薪的海军少校，并且跟他订了婚。我姐姐回家以后，继父得知她订婚的消息，也没有表示反对。但是，在距离婚礼不到两个星期的时候，可怕的事情发生了，夺走了我唯一的伙伴。”

夏洛克·福尔摩斯一直靠在椅子上，闭着眼睛，头枕在一个靠垫上，但这时他半睁开眼睛，看着他的委托人。

“请准确描述细节。”他说。

“这对我来说很容易，因为那可怕时刻里发生的每一件事都铭刻在我的记忆中。我已经说过，那栋宅邸非常老旧，只有一边的侧翼可以住人。卧室都在侧翼一楼，起居室位于房子的中央区域。卧室里第一间是罗伊洛特医生的，第二间是我姐姐的，第三间是我的。这些房间互不相通，但房门都开在同一道走廊上。我有没有说清楚？”

“非常清楚。”

“三间卧室的窗户都朝着草坪。发生不幸的那晚，罗伊洛特医生很早就回房间了，但我们都知道他没睡，因为我姐姐被他惯常抽的印度雪茄的烟味呛得不得了，过来找我。她在我这儿坐了一会儿，跟我聊了聊她即将到来的婚礼。十一点，她起身回去，却在门口停下来，回头看我。

“‘告诉我，海伦，’她说，‘你有没有听到过有人在深夜吹口哨？’

“‘从没听到过。’我说。

“‘我想你睡着的时候应该不会吹口哨吧？’

“‘当然不会，怎么了？’

“‘因为这几天晚上，大约凌晨三点吧，我总能听见声音很小却很清楚的口哨声。我睡觉轻，那个声音会把我吵醒。我说不出声音是从哪儿传来的——也许是隔壁房间，也许是草坪。我就想问问你有没有听到过。’

“‘我没听到过。肯定是园子里那些讨厌的吉卜赛人。’

“‘很有可能。可是，如果声音从草坪上传过来，你怎么会没听到呢？’

“‘啊，因为我睡得比你沉吧。’

“‘好吧，不管怎么看这都不是什么大事。’她对我笑笑，关上了门。过了几分钟，我听到她的钥匙在房门上转动。”

“是吗？”福尔摩斯说，“你们习惯晚上睡觉时锁门？”

“总是如此。”

“为什么？”

“我刚才说过，医生养了一只印度豹和一只狒狒。我们都觉得把门锁上会安全一点。”

“确实如此。你继续说。”

“那天晚上我没睡着，心里隐隐产生了一种噩运即将来临的感觉。你想必记得，我和我姐姐是双胞胎，你也知道，连接得如此紧密的两个人之间会有微妙的感应。那是个暴风雨的夜晚，狂风在外面呼号，雨点重重打在窗户上。但在风雨声中，突然响起一声女人惊恐的尖叫声。我听出那是姐姐的声音，于是立刻跳下床围上一条披肩，冲到走廊上。我打开房门时，听到一声低低的口哨声，跟我姐姐描述的一模一样，几分钟以后，还响起了叮当声，像是大量金属掉落的声音。我顺着走廊跑过去，我姐姐房间的门锁已经开了，房门的折页慢慢晃动。我吓坏了，盯着房门，不知道里面会出来什么。但在走廊的灯光下，我看见我姐姐出现在房门口，她脸色苍白，惊惧万分，双手摸索着求助，像醉鬼一样全身都在前后摇晃。我跑过去抱住她，但那时她的双腿似乎无力支撑，倒在地上。她好像处于剧烈的痛苦中，全身不停地扭动，四肢也在抽搐。最初我以为她没有认出我，但当我俯下身时，她突然发出一声我永远无法忘记的尖叫：'哦，天啊！海伦！是带子！斑点带子！'她似乎还想说些其他的，她的手指在空中指向医生的房间，但又一阵抽搐让她说不出话来。我冲出去大声喊我的继父，他穿着晨衣匆忙从房间里出来。当他来到我姐姐身边时，她已经失去意识了，他给她灌了白兰地，还派人去村里叫医生，可所有的努力都是徒劳的，因为她渐渐失去生机，到死都没再恢复意识。这就是我亲爱的姐姐的可怕结局。"

"稍等一下，"福尔摩斯说，"你确定听到了口哨声和金属撞击声？你可以发誓吗？"

"郡验尸官在询问时也问了我同样的问题。我坚信自己听到了，但是在暴风雨声和老房子的吱嘎声里，我也有可能听错。"

"你姐姐穿着白天的衣服吗？"

"没有，她穿着睡衣。她右手里有一根烧焦的火柴梗，左手拿着一盒火柴。"

"说明危险即将发生时，她点亮了灯四下查看。这点很重要。验尸官得出了什么结论？"

"他调查得非常仔细，因为罗伊洛特医生在郡里一直声名狼藉，但他没找到任何令人信服的死因。我的证词表明房门是从里面锁住的，窗户是那种带宽铁条的老式百叶窗，每天晚上都关得很严。墙壁被仔细看过，都非常坚固。地板也彻底检查过，同样非常结实。烟囱很宽，但被四根大钉子锁住了。因此可以确定，出事时我姐姐是单独待在房间里的，而且她身上也没有任何暴力的痕迹。”

“会是中毒吗？”

“医生们检查了，没查出什么。”

“那你觉得，这位不幸的女士的死因是什么？”

“我觉得她死于纯粹的恐惧和极度紧张，但我想不出会是什么东西吓到了她。”

“那时园子里有吉卜赛人吗？”

“嗯，他们几乎总待在那儿。”

“你觉得她说的带子——斑点带子，是指什么？”

“有时我觉得那可能只是她精神错乱时说的胡话，有时我觉得那也许指的是某一人群，也许就是园子里那群吉卜赛人。那些人里有不少会在头上戴斑点头巾，我不知道她指的是不是那个。”

福尔摩斯摇摇头，似乎很不满意。

“这的确复杂难测。”他说，“请继续说。”

“从那以后，两年过去了。直到最近，我的生活变得比之前更加孤独。但一个月之前，一位我认识多年的亲密朋友邀请我与他步入婚姻。他姓阿米蒂奇——珀西·阿米蒂奇——是阿米蒂奇先生的二儿子，住在里丁附近的克雷恩渥特。我的继父没有对婚事表示反对，我们计划在春天结婚。两天前，宅邸西侧翼开始维修，我卧室的墙被穿了洞，所以我必须搬到我姐姐离世的房间，睡在她睡过的床上。昨天晚上，我睁着眼睛躺在床上，想着她可怕的命运，却突然在安静的夜晚听到了那阵预示她死亡的口哨声。我吓得浑身发抖，从床上跳起来点上灯，但房间里什么都没有。我吓得不敢再上床睡觉，于是穿好衣服，天一亮就悄悄走出来，到宅邸对面的皇冠旅店雇了一辆双轮马车坐到莱瑟黑德，之后赶到这里，我唯一的目的就是见你，询问你的建议。”

“你做得非常明智，”我的朋友说，“但你把所有的情况都告诉我了吗？”

“是的，都告诉了。”

“罗伊洛特小姐，你没有。你在为你的继父遮掩。”

“怎么，你是什么意思？”

作为回答，福尔摩斯掀起委托人放在膝盖处那只手上的黑色蕾丝。白皙的手腕上有五点瘀青，是四根手指和一根拇指的。

“你被他虐待了。”福尔摩斯说。

女士满脸通红，遮住受伤的手腕。

“他是个强壮的人，”她说，“也许他不清楚自己的力气有多大。”

一阵长久的沉默，其间，福尔摩斯用手支着下巴，盯着噼啪作响的炉火。

“这个委托很复杂，”他终于开口，“在决定我们的行动方案之前，我有太多细节需要了解。但我们一刻也不能浪费时间。如果我们今天赶到斯托克莫兰，有没有可能瞒着你继父看看那几个房间？”

“很巧，他说今天要进城办几件重要的事。他应该一整天都待在外面，不会打扰到你。我们现在有一个管家，但她年纪很大，人也不聪明，我很容易就能支开她。”

“非常好。你不反对走一趟吧，华生？”

“完全不会。”

“那我们一起过去。你自己还有什么事要办吗？”

“既然已经进城了，我有一两件事要办。但我会坐十二点那班火车回去，能来得及等你们。”

“那你可以中午过后等我们。我自己有几件小事需要处理。你不留下吃个早饭吗？”

“不，我得走了。跟你们倾诉过后，我已经觉得心情轻松了很多。我很期待今天下午再次见到你们。”她放下厚厚的黑色面纱，悄然离开了。

“你对这件事怎么看，华生？”夏洛克·福尔摩斯靠在自己的椅子上问道。

“我觉得这件事似乎非常阴险邪恶。”

“足够阴险，也足够邪恶。”

“可如果那位女士没有说错，地板、墙壁坚固无损，门窗和烟囱都无法出入，那她姐姐神秘死亡时，毫无疑问是单独待在房间里的。”

“那么，那深夜的口哨声是怎么回事？女人临死之前的古怪话语又是怎么回事呢？”

“我想不明白。”

“深夜的口哨声；一群与老医生关系亲密的吉卜赛人；我们可以充分相信医生有意愿阻止继女结婚的事实；提到带子的临终话语。最后还有海伦·斯通纳小姐曾听到的金属撞击声，那可能是一根锁住百叶窗的金属栏杆落回原位发出的声音，当你把这些事联系到一起，我想我们有坚实的理由相信，沿着这些线索就可以解开谜团。”

“可是，那些吉卜赛人做了什么？”

“我不知道。”

“我看这类理论还存在不少问题。”

“我有同感。所以我们才要在今天到斯托克莫兰去。我想看看那些问题是致命的，还是能解释得通。但是见鬼，怎么回事！”

我的朋友惊叫出声，是因为我们的房门突然被撞开了，一个身材魁梧的男子堵在门口。他的打扮是专家和农民的奇怪组合，头戴高顶黑色礼帽，身穿长大衣，脚蹬一双长筒橡胶靴，手里挥舞着一根猎鞭。他非常高大，帽子擦着门框。他也非常魁梧，把门堵得严严实实。他脸盘很大，上面布满皱纹，皮肤被太阳晒得焦黄，还带着满满的邪恶神情。他挨个看着我们，那双深陷的鹰眼和又高又瘦的鼻子让他看起来像一只年老的凶恶猛禽。

“你们谁是福尔摩斯？”不速之客问道。

“是我，先生，但不知道你是哪位？”我的朋友平静地说。

“我是斯托克莫兰的格里姆斯比·罗伊洛特医生。”

“原来如此，医生，”福尔摩斯温和地说，“请坐。”

“不用那些。我的继女来过这儿，我跟踪她了。她跟你说了什么？”

“今年这个时候有点冷。”福尔摩斯说。

“她跟你说了什么？”老人狂暴地喊道。

“但我听说番红花会开得不错。”我的朋友平静地继续说。

“哈！你糊弄我，是吗？”来访者向前迈了一步，挥舞着猎鞭，“我知道你，你这个恶棍！我以前听说过你，你是福尔摩斯，那个爱管闲事的人。”

我的朋友笑了。

“福尔摩斯，管闲事的家伙！”

他的笑容更大了。

“福尔摩斯，苏格兰场自命不凡的芝麻小官！”

福尔摩斯发自内心地“咯咯”笑起来，“你说话真有趣。”他说，“你离开时请关上门，有穿堂风。”

“我说完话就走。你少掺和我的事。我知道斯通纳小姐来过这儿，我跟踪了她！我可不是好惹的！你看着。”他快步向前，抓起铁质的拨火棍，用那双棕色的大手把它掰弯了。

“小心别让我抓到你。”他咆哮着，把弯曲的拨火棍扔进壁炉，然后大步走出房间。

“他好像非常亲切和蔼。”福尔摩斯大笑着说，“我块头不大，但如果他留下来，我可以让他看看我的手劲儿不比他差多少。”说着，他拿起拨火棍，一使劲儿又把它掰直了。

“真有意思，他竟然那么无礼，把我说成官方警探！不过这件小事倒是给我们的调查增添了一些趣味。我只是希望，我们的朋友不会因为粗心被那个野兽跟踪而受什么罪。好了，华生，我们该吃早饭了，然后我要步行到医生协会去，希望能得到一些对这次事件有用的资料。”

福尔摩斯回来时已经快一点了。他手里拿着一张蓝色的纸，上面潦草地写着一些字句和数字。

“我看到那位去世妻子的遗嘱了。”他说，“为了确定其准确含义，我不得不计算出相关投资的现行价格。那位妻子去世时，总收入略小于一千英镑，而现在，由于农产品价格下降，不会多于七百五十英镑。如果结婚，每个女儿有权获得二百五十英镑收入。因此很明显，如果两个女儿都结婚了，这位先生的收入就只会剩下一点点。即使只有一个女儿结婚，也会损失掉让他伤筋动骨的一大笔。我上午的工作没有白费，因为可以证明他有强烈的动机阻止女儿结婚。华生，我们现在再不抓紧就危险了，特别是那老头已经清楚我们对这个案子很感兴趣，所以如果你准备好了，我们就叫马车去滑铁卢。如果你能把你的左轮手枪装进口袋，我会非常感激。对这位能把铁拨火棍打结的先生，一把埃利二号将会是绝佳的论据。我想，我们带上那个和一把牙刷就足够了。”

到了滑铁卢，我们很幸运地赶上一趟前往莱瑟黑德的火车，到那儿以后，我们在车站旅馆雇了一辆双轮马车，在萨里郡迷人的小路上行驶了四到五英里[①]。天气非常好，阳光明媚，天上还飘着些许蓬松的云朵。树木和路边的树篱刚刚冒出嫩绿的枝芽，空气中充满着湿润的泥土那令人愉悦的香气。我觉得这番甜美蓬勃的春日景象和我们从事的不祥调查之间，形成了一个古怪的对比。我的伙伴坐在马车前端，他抱着双臂，帽子被拉下来挡住眼睛，下巴垂到胸前，沉浸在深深的思考中。不过他突然拍拍我的肩膀，指向草地的另外一边。

“看那儿。”他说。

一片树木极为茂盛的园地沿着一道缓坡向上延伸，在坡顶最高处变成了小树林。从树木枝叶中间探出了灰色的山墙和高高的

---

① 英里：英制长度单位，1英里约等于1.61公里。

屋顶，那是一栋非常古老的宅邸。

“斯托克莫兰？”他问。

“是的，先生，那是格里姆斯比·罗伊洛特医生的宅子。”马车夫说。

“那儿正在修建，”福尔摩斯说，“我们就要去那儿。”

“村子在那边。”车夫指着左边稍远的一片屋顶说，“可如果你们要去宅邸，从这个台阶过去会更近，然后顺着地里的小路走。就在那儿，那位女士走的就是。”

“我想那位女士就是斯通纳小姐。”福尔摩斯用手搭在眼上，仔细看了看，“嗯，我想我们最好按你的建议做。”

我们下了马车，付了车费，马车掉头返回了莱瑟黑德。

“我想，”我们爬台阶时，福尔摩斯说，“那家伙应该觉得我们是建筑师，或者是来办事的。这很好，省得他说闲话。下午好，斯通纳小姐。你看，我们信守承诺。”

早上的委托人匆忙跑来迎接我们，表情非常高兴。“我一直急切地等着你们。”她高声说，热情地跟我们握手，“一切都非常顺利。罗伊洛特医生去城里了，晚上之前都不会回来。”

“我们已经有幸结识了医生。”福尔摩斯说，然后简短地描述了事情经过。斯通纳小姐听了，顿时面无血色，嘴唇都变白了。

“天啊，”她大声说，“这么说他在跟踪我？”

“看样子是的。”

“他太狡猾了，我不知道什么时候才能摆脱他的威胁。他说什么时候回来了吗？”

“他必须防范，因为他也许会发现有比他更狡猾的人正在跟踪他。你今天晚上一定要锁好门，不要让他进去。如果他采取暴力，我们就把你送到你在哈罗的姨妈家。现在我们必须抓紧时间，请马上带我们去那几个要检查的房间。”

这是一栋灰色的石砌建筑，墙上布满青苔，中央部分非常高大，两道弧形侧翼像螃蟹的两只钳子，分别伸向两侧。其中一边侧翼的窗户破了，用木板挡着，部分屋顶也已经凹陷，呈现出一幅破败景象。中央部分修补得稍微好一点，只有右手边的部分相对较新，窗户上的百叶窗和烟囱里升起的白烟表明，那里就是这户人家居住的地方。山墙旁边搭了脚手架，墙上的石头已经被打穿了，但在我们拜访的时刻，没看到任何一个工人。福尔摩斯沿着粗粗打理的草坪慢慢走上去，非常仔细地检查了窗户外侧。

“我想，这里是你之前睡觉的房间，中间的房间是你姐姐的，挨着主楼的是罗伊洛特医生的卧室？”

“正是这样。但现在我睡在中间的房间。”

“正如我理解的，需要改建。顺便说一下，那堵山墙似乎并不是迫切需要维修。”

“根本不用修。我想那只是让我从房间搬出来的借口。”

“啊！这就说明问题了。好了，侧翼的另外一边是一条狭窄的走廊，三个房间的门都冲着走廊。这道走廊上有窗户吧？”

“是的，但是都非常小。实在太小了，谁都钻不过去。”

“所以如果晚上你们都锁上门，就没有办法从另一侧靠近你们的房间。好，请你回到房间，关上百叶窗。”

斯通纳小姐照做了，福尔摩斯仔细检查了打开的窗户，还用各种办法尝试打开百叶窗，但是都没成功。窗户上没有缝隙，不可能把刀插进去撬起窗户搭扣。他又用放大镜检查了窗户铰链，但那都是铁的，嵌在大块石头上，非常坚固。“嗯！”他说着，有些困惑地挠挠下巴，“我的设想遇到了一些阻碍。如果关上百叶窗，没有人能从窗户进去。好吧，我们再看看里面会不会有什么发现。”

一道小门通往刷成白色的走廊，三个卧室的门都开在走廊上。福尔摩斯不看第三个房间，所以我们直接来到第二个房间，也就是斯通纳小姐现在睡的这间，她的姐姐就是在这里遭遇了不幸。这是一个朴素的小房间，天花板不高，有一个敞开式的壁炉，是旧乡村宅邸的风格。一个角落里放着一个棕色的五斗柜，另一个角落里是一张铺着白色床罩的窄床，窗户的左手边放着一个梳妆台。这些东西，再加上两把小柳条椅和房间正中的一张方形威尔顿地毯，就是这个房间里的全部家具。四周的壁板和墙上的镶嵌板是被虫子咬过的棕色橡木，都极为老旧，而且都褪色了，也许可以追溯到修建宅邸的时期。福尔摩斯拽了一把椅子放到角落，静静地坐下来，眼睛扫视房间上下，每个细节都没有漏掉。

“这个铃通向哪里？”最后，他指着一条很粗的铃绳问。铃绳垂在床边，流苏就在枕头上方。

“通向管家的房间。”

“看起来比其他东西新啊。”

“对，是两年前才装的。”

“我想，是你姐姐要求的？”

“不，我从没见过她用。我们要用什么都自己去拿。”

“确实，似乎没有必要装一条这么好的铃绳。请给我几分钟，我要弄清楚这个地板。”他趴到地上，手里拿着放大镜，迅速地前后爬动，详细检查了木板间的裂缝，又检查了墙上的镶嵌板。接着，他走到床边，仔细看了一会儿，眼睛上下打量墙壁，最后他握住铃绳猛地一拽。

“哦，原来是装样子的。”他说。

“不响吗？”

“不响，甚至都没连上电线。这太有意思了。你能看到这东西就绑在上面的钩子上，那儿有个通气用的小开口。”

“太荒唐了！我以前从没注意过。”

“真是奇怪！”福尔摩斯拽着绳子低声说，“这房间里有一两处非常奇怪的地方。比如说，造房子的人该有多笨，竟然开了一个通往另一个房间的通气孔，花同样的功夫完全可以让通气孔通往室外！”

“通气孔也是新装的。”女士说。

“跟铃绳差不多相同时间？”福尔摩斯问。

“对，那时家里做了几处小改动。”

“这些东西实在太有意思了——装样子的铃绳，不能通气的通气孔。如果你允许，斯通纳小姐，我们想去里面的房间看看。”

格里姆斯比·罗伊洛特医生的房间比他继女的大，但同样没几件家具。一张行军床，一个木书架，上面放满了书，大多是技术类的。床边放了一把扶手椅，墙边放着一把木椅，一张圆桌和一个很大的铁保险柜，放眼看过去就是这些。福尔摩斯慢慢地走了一圈，带着极大的兴趣将这些一一检查。

“里面是什么？”他拍拍保险柜问道。

“我继父的生意单据。”

“哦！这么说你看过里面的东西？”

“只有一次，是几年前了，我记得里面全是文件。”

“打个比方说，里面不会有一只猫吧？”

“没有，多么奇怪的想法！”

“那你看看这个！”他拿起保险柜上面的一小碟牛奶。

“不，我们没养猫。但是有一头印度豹和一只狒狒。”

“哦，对，当然了！好吧，印度豹也只是一只大猫，但我敢说，一碟牛奶可不够满足它的胃口。我还需要弄清楚一个问题。”他在木椅前蹲下来，聚精会神地检查了椅子面。

“谢谢，差不多搞清楚了。”他说着站起身，把放大镜装进口袋，“哦！这儿有个有意思的东西！”

吸引他注意的是一根挂在床头的小打狗鞭。不过鞭子是盘起来的，还绑上了，形成了一个鞭绳圈。

“你对这个怎么看，华生？”

“是根很常见的鞭子，但我不知道为什么要把它绑上。”

“并没有那么常见，不是吗？啊！这是个恶劣的世界，如果一个聪明人把他的头脑用于犯罪，那就糟糕透了。我想我已经看完了，斯通纳小姐，如果可以，我们去草坪上走走吧。”

我们离开调查现场，我从没见过他的表情如此严肃，或者说那么阴沉。我们在草坪上上下下走了几个来回，斯通纳小姐和我都不愿打断他的思考，直到他自己从沉思中回过神来。

“这非常重要，斯通纳小姐，”他说，“你必须严格做到我说的每一件事。”

“我一定照做。”

“情况非常紧急，不容半点犹豫。你的性命也许就取决于你是否听我的话。”

“我敢肯定，一切听你的吩咐。”

“首先，我和我的朋友今晚必须在你的房间过夜。”

斯通纳小姐和我都惊讶地看着他。

“是的，必须这么做。请听我解释。那个是不是村子的旅店？”

“对，那是皇冠旅店。”

“非常好。从那儿能看见你房间的窗户吗？”

“当然可以。”

“你继父回来以后，你必须躲到房间里，装头疼什么的。然后等到晚上，听到他睡觉了，你要打开窗户上的百叶窗，打开窗户搭扣，点亮你的台灯作为给我们的信号，然后带上你要用的东西，悄悄回到你之前的房间。毫无疑问，虽然那里正在维修，但你能对付一晚。”

“是的，没问题。”

“剩下的就交给我们吧。”

“可你们要做什么？”

“我们会在你房间待一晚，弄明白困扰你的声音究竟是怎么回事。”

“福尔摩斯先生，我相信你已经打定了主意。”斯通纳小姐抓着我朋友的袖子说。

“也许是的。”

“那么，请你可怜可怜我，告诉我，我姐姐的死因是什么。”

“我希望掌握更为清晰的证据以后再告诉你。”

“那你至少可以告诉我，我的想法是不是正确，她是死于突然的惊吓吗？”

“不，我不那么认为。我想她的死有一个更为明确的原因。好了，斯通纳小姐，我们现在必须离开，如果罗伊洛特医生回来看见我们，我们这趟就白跑了。再见，勇敢点，只要照我告诉你的话做，你就可以放心，我们会很快消除威胁你的危险。”

夏洛克·福尔摩斯和我毫不费力地在皇冠旅店订了一间卧室和起居室。房间都在二楼，透过窗户我们可以看到斯洛克莫兰庄园宅邸外面林荫路上的大门，以及住人的侧翼。傍晚时分，我们看到格里姆斯比·罗伊洛特医生驾车经过，他的块头被身边驾车的瘦小年轻人衬托得更为巨大。那男孩推开沉重的铁门时费了点工夫，我们听到医生嘶哑的咆哮，看到他狂暴地冲那男孩挥舞拳头。双轮马车继续前行，几分钟以后，我们看到树林中突然出现灯光，原来是一间起居室点了灯。

“你知道吗，华生？”我们一起坐在渐深的夜色中，福尔摩斯说，“今晚带你一起，我真的有不少顾虑，因为的确会有危险。”

“我能帮上忙吗？”

“你在场的作用是无法衡量的。”

“那我肯定去。”

“你真是太好了。”

“你说会有危险。显然，你在那些房间里看到的东西比我多得多。”

“没有，但我可能推理得多一点。我敢说，我看到的东西你也都看到了。”

“除了铃绳，我没看到什么重要的东西，而且我承认，我想不出它会起到什么作用。”

“你也看到通气孔了吧？”

“是的，但我觉得两个房间之间有一个小小的开孔，倒不算特别少见。那个通气孔太小了，老鼠钻过去可能都很困难。”

“在我们到斯托克莫兰之前，我就知道我们会找到一个通气孔。”

“亲爱的福尔摩斯！”

“哦，是的，我知道。你记得吗？她在讲述中说，她姐姐能闻到罗伊洛特医生的雪茄味。好了，这当然说明两个房间是相通的。只可能是一个非常小的通道，不然验尸官会在询问中重点关注。所以我推断是一个通气孔。”

“但通气孔能有什么害处呢？”

“嗯，至少在日期上有莫名的巧合。开了一个通气孔，挂了一条铃绳，一位睡在床上的女士死去。这些不够引起你的注意吗？”

“但我还是看不出这些事之间有任何联系。”

“你有没有注意到那张床的特别之处？”

“没有。”

“它是被固定在地板上的。你以前见过这种被固定在地上的床吗？”

“我不能说见过。”

“那位女士没法挪动她的床。这张床必然始终处在同一个相对位置上，对着通风孔，也对着绳子——或者我们应该这么叫它，因为它显然从没用作铃绳。”

“福尔摩斯，”我叫道，“我好像隐约明白你在暗示什么了。我们刚好来得及阻止某个隐蔽而可怕的罪行。”

“足够隐蔽，也足够可怕。如果一个医生走上歧途，他就是一流的罪犯。他有胆量，也有知识。帕尔默和普理查德是他们这个职业的顶尖人物。这个人做得更高明，但我觉得，华生，我们能更为高明地制止他。天亮之前，我们会遇到足够可怕的事。所以看在上帝的分儿上，让我们静静地抽一斗烟，在这几个小时里想一些更快乐的事吧。”

九点左右，树林间的灯光熄灭了，宅邸那边一片漆黑。两个小时慢慢过去了，突然，在十一点时，一道灯光在我们前方亮起。

“那是我们的信号，”福尔摩斯跳了起来，“来自中间那扇窗户。”

我们走出去时，他跟旅店老板说了几句话，说我们这么晚出去是为了见一位老朋友，可能要在那边过夜。我们很快走上漆黑的小路，寒风吹到我们脸上，一盏黄色的灯光穿过黑暗，在前方不停地闪烁，引导我们去完成阴森可怖的任务。

老旧的围墙年久失修，所以我们没费什么劲儿就进了庭院。我们在树林中穿行，越过草坪，正要从窗户进入房间时，一丛月桂灌木里突然蹿出个东西，看上去像个丑陋而变形的孩子，那东西扭动四肢跳到草坪上，然后飞快地跑过草坪，消失在黑暗中。

“天啊！”我低声说，“你看见了吗？”

福尔摩斯跟我一样吃惊。紧张之下，他的手像钳子一样牢牢攥住我的手腕。接着，他突然发出低低的笑声，嘴唇凑到我的耳边。

“真是和善的一家人，”他低声说，“是那只狒狒。”

我都忘了医生那些古怪的宠物。还有一只印度豹，说不定我们随时可能发现它趴在我们肩头。我得承认，等到我学着福尔摩斯的样子脱掉鞋，进入房间里面以后，我才觉得松了一口气。我的伙伴无声地关上百叶窗，把台灯挪到桌子上，环顾整个房间。一切都跟我们白天看到的一模一样。他蹑手蹑脚地来到我身边，拢着双手，再次在我耳边低语，声音低得我勉强能分辨出这句话：“一点声音也别出，不然我们的计划就完了。”

我点点头，表示听到了。

“我们得把灯关了，不然他会从通气孔看见。”

我再次点头。

“千万别睡着，不然会有性命危险。准备好你的手枪，说不定我们用得上。我坐在床边，你坐在椅子上。”

我拿出我的左轮手枪，放在桌子一角。

福尔摩斯带了一根细长的藤条，把它放到床上。在藤条旁边，他放了一盒火柴和一小截蜡烛。然后他关上台灯，我们陷入黑暗之中。

我怎么忘得掉那次可怕的守夜呢？我听不到一点声响，连呼吸声都没有，但我知道我的同伴正睁大眼睛坐在那里，离我只有几英尺①，而且他和我一样精神紧绷。百叶窗遮挡了最微弱的光线，我们在完全的黑暗中等待着。

外面偶尔传来猫头鹰的叫声，还有一次，就在我们窗外，响起了一声像猫似的长长的叫声，告诉我们那只印度豹的确是随意

---

① 英尺：1英尺约等于0.3048米。

奔跑的。我们能听到远处教堂低沉的钟声，每十五分钟就会响一次。每一个十五分钟都显得无比漫长！十二点，一点，两点，三点，我们依然静静地坐着，等待可能发生的情况。

突然，通气孔那边出现了灯光，可是非常短暂，马上就消失了，接着传来一阵煤油燃烧和金属加热的强烈气味。有人在隔壁房间点起了一盏遮光提灯。我听到一阵轻微的声音，然后是一阵寂静，可那气味变得强了。我竖着耳朵又坐了半个小时。突然，我听到了另一种响声——一种非常轻微、柔和的声音，很像水壶正持续喷出小股的蒸汽。一听到这个声音，福尔摩斯立刻跳了起来，划了一根火柴，然后用那根藤条猛烈地抽打铃绳。

“你看见了吗，华生？”他喊道，“你看见了吗？”

但我什么都没看见。福尔摩斯划亮火柴时我听到一声低而清晰的口哨声，但突如其来的亮光闪在我疲惫的眼睛里，让我没法看清我的朋友如此猛烈鞭打的到底是什么。不过，我能看到他的脸色像死人一样苍白，脸上满是恐惧和厌恶。他已经停下抽打的动作，抬头看着通气孔。这时，一阵我听过的最为可怕的喊叫声突然响起，打破了深夜的寂静。叫声越来越大，那是混合了痛苦、恐惧与愤怒的可怕嘶吼声。据说村子甚至远处教堂那边的人们都被这叫声从睡梦中惊醒。那叫声让我们毛骨悚然，我站在那儿看着福尔摩斯，他也看着我，直到叫喊声最终消失，一切再度恢复寂静。

“这说明什么？”我喘着气说。

“说明一切都结束了。”福尔摩斯回答，“也许，也许是最好的结局。拿上你的手枪，我们去罗伊洛特医生的房间。”

他表情严肃地点亮台灯，来到走廊。他在房门上敲了两下，里面没有回应。他转动门把手，走了进去。我跟在他身后，手里是打开保险的手枪。

出现在我们面前的是一幅怪异的景象。桌子上放着一盏遮光台灯，遮光板半开，向铁制保险箱投出一道亮光，保险箱门半开着。在桌子旁边的木椅子上，坐着格里姆斯比·罗伊洛特医生，他穿着长长的灰色晨衣，赤裸的脚踝露在外面，脚上穿着一双红色的土耳其无跟拖鞋。他的膝盖上放着那根我们白天注意到的短柄长鞭。他下巴向上翘起，可怕的眼睛死死盯着天花板的一个角落。在他的额头上是一条奇特的黄色带子，上面带有棕色斑点，那带子似乎紧紧缠在他头上。我们走进去时，他没发出一点声音，也没有任何动作。

“带子！斑点带子！”福尔摩斯低声说。

我向前迈了一步。这时，医生额头上那条古怪的发带竟然动了，接着从他的头发里出现了一个粗矮的钻石形的脑袋和鼓胀的脖子，那是一条令人厌恶的毒蛇。

“是一条沼泽蝰蛇！”福尔摩斯大叫，“印度最致命的毒蛇。医生被咬以后，不到十秒就死了。真是恶有恶报，阴谋家落入他为别人挖的陷阱里了。咱们把这个动物塞回它的巢穴吧，然后我们把斯通纳小姐转移到安全的地方，再告诉郡警察发生了什么。”

说着，他迅速拿起死者膝盖上的打狗鞭，将活结甩过去，套在那爬行动物的脖子上，把它从危险的栖木上拽下来，然后伸直胳膊举起来，把它扔进铁保险箱里，关上箱门。

这就是斯托克莫兰的格里姆斯比·罗伊洛特医生的死亡真相。故事已经太长了，所以我没有必要在这里过多描述：我们怎样将这个悲伤的消息告诉受到惊吓的姑娘；怎样说服她坐上早晨的火车，去哈罗接受善良姨妈的照顾；行动缓慢的官方调查怎样得出了最终结论——医生轻率地摆弄致命宠物并因此丧命。这起案件中我还不知道的情况，第二天回程的路上福尔摩斯都告诉我了。

“亲爱的华生，”他说，“我曾得出了一个完全错误的结论，这说明基于不充分的材料进行推理有多么危险。吉卜赛人的存在；可怜的姑娘用了‘band’这个词——毫无疑问，她用这个词解释自己在火柴光亮下匆匆看到的东西——这两件事足以把我推到一条彻底错误的路上。我只能说，我唯一的长处在于，当我意识到威胁房间主人的危险既非来自窗外、也非来自门外时，我立刻重新思考了自己的想法。于是，我已经跟你说过，我的注意力立刻来到通气孔和床边的铃绳上。当我发现铃绳没有实际作用，床又被固定在地板上时，我马上产生了一个念头，这条绳子放在那儿只是起到桥梁的作用，好让某种东西可以从通气孔来到床上。我立刻想到了蛇，再结合我们已经知道的，医生养着几只来自印度的动物，我想我的思路应该是对的。使用任何一种化学检验都测不出的毒素，像医生这种受过教育、又聪明又冷酷的人，是不难产生这个念头的。在他看来，这种毒药可以迅速发作也是一个优点。不得不说，如果验尸官能在尸体上找到两个毒牙咬过的黑色小洞，才真正称得上目光敏锐。然后我想到了口哨声。他当然要在早上之前把蛇唤回去，以免被受害人看见。他训练那条蛇听到召唤就回去，也许用的就是我们看到的那碟牛奶。他在一个自己认为最合适的时间把蛇放进通气孔，确保它可以顺着绳子爬到床上。蛇也许会咬，也许不咬，也许姑娘一个星期里每晚都能逃过一劫，但她迟早会遇害。

“在走进他的房间之前，我就已经得出了这些结论。查看过他的椅子，发现他经常站在上面，这是为了够到通气孔。看到保险箱、那碟牛奶以及鞭子上的活结，我仅剩的怀疑就都消失了。斯通纳小姐听到的金属撞击声，显然是她继父匆忙把那可怕的动物关进去时发出的。一旦打定主意，你知道我采取了什么方法加以验证。我听到蛇发出的嗞嗞声，我相信你也听到了，然后我立刻点亮灯攻击它。”

“结果就是你把它从通气孔赶了回去。”

“还让它攻击了通气孔那边的主人。我有几下打得特别狠，激起了它的毒蛇本性，所以它咬了见到的第一个人。从这个角度来看，我无疑对格里姆斯比·罗伊洛特医生的死负有间接责任，但我对此事不大可能产生任何良心上的负担。”

逃出十三号牢房

杰克·福翠尔

一

实际上，奥古斯都·S.F.X.范杜森名字后面的那一长串字母，都来自这位先生杰出的科学事业和荣誉头衔。因此，如果把他的名字和头衔完整地写出来，将是一个极为惊人的结构。他是Ph.D.、LL.D.、F.R.S.、M.D.、M.D.S.。[①]他还有其他身份——只是他本人不说——都是不同的外国教育和科研机构对他能力的认可。

他的长相与名字同样惊人。他身材单薄，瘦弱的肩膀上承载着学者的消沉，刮得干干净净的脸上是闭塞的书斋生活带来的苍白。他的眼睛总是冷冷地眯着——因为要研究微小的事物——

① Ph.D.：Doctor of Philosophy的缩写，哲学博士。LL.D.：Doctor of Laws的缩写，法学博士。F.R.S.：Fellow of the Royal Society 的缩写，（英国）皇家学会会员。M.D.：Doctor of Medicine的缩写，医学博士。M.D.S.：Master of Dental Surgery的缩写，牙科硕士。

如果能透过厚厚的镜片看到他的眼睛，也只会看到两道狭长的水蓝色。但在眼睛上方是他最为鲜明的特色，一个又高又宽阔的额头，高度和宽度都极不寻常。顶上是一头厚重而蓬乱的黄色头发。这一切都让他形成了一种古怪且近乎怪诞的性格。

范杜森教授有稀薄的德国血统。因为历代祖先都在科学界闻名，他是逻辑的产物，是思想的大师。最重要的是，他是个逻辑学家。在他存在的半个多世纪的时间里，至少有三十五年被用于证明二加二总是等于四，但在某些特殊的情况下，也可以等于三或五，要视具体情况而定。他基本上主张凡事发生必有其结果，并且能将自己祖先锐利的思想武器用于解决问题。顺便说一下，引人注意的是，范杜森教授戴八号帽子。

想必整个社会都有所耳闻，范杜森教授是“思考机器”。那是一家报纸描写他的标题，当时正值一场万众瞩目的国际象棋表演赛，他成功地证明了一个国际象棋的门外汉可以借助逻辑的力量，打败一位以毕生精力学习的国际象棋冠军。思考机器！也许这个称呼比所有荣誉头衔的缩写都更适合形容他，因为他日复一日、月复一月地待在那间与世隔绝的小实验室里，他的思想从那里起步，既震惊了他的科学同行，也让整个世界为之深深激动。

“思考机器”偶尔会有些访客，他们自己通常有很高的学术地位，偶然过来讨论一个观点，可能也是顺便说服自己。其中的两个人，查尔斯·兰塞姆博士和阿尔弗雷德·菲尔丁，某天晚上过来拜访，讨论一个在这里并不重要的理论。

“这种事是不可能的。”在谈话过程中，兰塞姆博士断然宣布。

“没什么事是不可能的。”“思考机器”同样强调说，他说话总是很暴躁，“思想是一切的主人。当科学充分认识到这个事实时，就会取得伟大的进步。”

“你对飞艇怎么看？”兰塞姆博士问。

“那绝对不是不可能的。”“思考机器”断言，“以后会发明出来。我就能做，只是我太忙了。”

兰塞姆博士宽容地大笑起来。“我以前就听你说过类似的话，”他说，“但那些话都没意义。思想可以是事物的主人，但它还没找到应用自己的方法。有些东西是不能被当成不存在的，或者更应该说，不会屈从于任何思考。”

“什么？比如呢？”“思考机器”问道。

兰塞姆博士抽着烟，想了一会儿。

“嗯，比如说监狱的墙，”他回答道，“没有人能把自己‘思考’到监狱外面。如果他能做到，那世界上就没有囚犯了。”

“一个人也可以充分运用自己的头脑和才智离开监狱，这是一回事。”“思考机器”不耐烦了。

兰塞姆博士觉得有点好笑。“咱们做个假设，”过了一会儿，他说，“假设有一个关押死刑犯的监狱——犯人都是分开关押的，而且恐惧到发狂，会抓住任何机会逃跑——如果你被关在这样的牢房里，你逃得出来吗？”

“当然。”“思考机器”断言。

“当然了，”菲尔丁先生第一次加入谈话，“你可以用炸药炸掉牢房，但是在监狱里，作为一个囚犯，你弄不到炸药。”

“不用那些东西。”“思考机器”说，“你完全可以把我当成死刑犯对待，而我会逃出牢房。”

“除非你进监狱的时候就准备好逃狱用的工具了。”兰塞姆博士说。

“思考机器”明显恼火了，他睁开那双蓝眼睛掷地有声地说：“你可以在任何时候把我关进任何一家监狱的任意一间牢房，只给我必要的衣物，我会在一个星期之内逃出来。”

兰塞姆博士在椅子中坐直身体，很感兴趣。菲尔丁先生点燃一支新的雪茄。

“你是说，你真能把自己‘思考’出监狱？”兰塞姆博士问。

“我会出去。”这就是回答。

“你是认真的吗？”

“我当然是认真的。”

兰塞姆博士和菲尔丁先生沉默了很长时间。

“你愿意试试吗？”最后，菲尔丁先生问道。

“当然。”范杜森教授说，他的声音里有一丝讽刺，“为了向别人证明更不重要的事实，我还做过比这更愚蠢的事。”

他的语气颇为无礼，但双方都同样怒火涌动。这事当然很荒唐，可范杜森教授再三表明他愿意尝试逃狱，于是事情就这么定下来了。

“现在就开始。”兰塞姆博士说。

“我更想明天开始，”“思考机器”说，“因为——”

“不，就是现在，”菲尔丁先生直截了当地说，“你被捕了，当然是象征性的，你被毫无征兆地关进监狱，没有机会跟朋友交流，被按照死刑犯的待遇带离此处。你愿意吗？”

“好吧，那就现在。”“思考机器”说着站起身。

"嗯，就去奇泽姆监狱的死刑牢房吧。"

"奇泽姆监狱的死刑牢房。"

"你要穿什么？"

"越少越好，""思考机器"说，"鞋、袜子、裤子和一件衬衫。"

"你接受自己被搜身吧？"

"可以完全按囚犯的待遇对待我，""思考机器"说，"不多也不少。"

在获得试验许可方面还要做一些准备。但这三个人都颇有影响力，打了几个电话，所有事情就都安排妥当了，只是监狱要员依然非常困惑。尽管他们解释了试验是出于纯粹的科学目的，他仍然表示范杜森教授将会是监狱有史以来最卓越的囚犯。

"思考机器"换好监禁期间所穿的衣服后，叫来一个小老太太，那是他的管家、厨师和女仆。

"玛莎，"他说，"现在是九点二十七分。我要出门。一个星期以后的九点半，这两位先生再加上另外的一到两位，会在这儿跟我共进晚餐。记住，兰塞姆博士非常喜欢洋蓟。"

三人驾车来到奇泽姆监狱，监狱长已经接到了电话通知，正在等他们。他只知道著名教授范杜森要成为他的犯人，如果可以，他要把教授关上一个星期。虽然教授没犯任何罪，但他还是要按囚犯的标准加以对待。

"搜他身。"兰塞姆博士建议道。

"思考机器"被搜身了。他身上没有任何东西，裤子口袋是空的，挺括的白衬衫没有口袋，鞋袜都脱下检查过再穿上。兰塞姆博士看着这些准备工作——死板的搜身，那人可怜得如孩童般脆弱、毫无血色的面孔和瘦削苍白的双手——他几乎后悔自己挑起这件事了。

“你确定要做这件事吗？”他问。

“如果我不做，你会相信我能做到吗？”“思考机器”反问道。

“不会。”

“好吧，那我要做。”

这句话让兰塞姆博士仅有的一丝同情烟消云散，也惹恼了他。他决意要将试验进行到底，这将是对狂妄自大的有力谴责。

“他不会联系上监狱外面的人吧？”他问。

“完全不会。”监狱长回答，“他不会获得任何形式的书写工具。”

“你的看守们会帮他传消息吗？”

“一个字都不会，不管直接还是间接的，”监狱长说，“这一点你可以完全放心。他说的话，他们都会报给我。他递的东西，他们也都会交给我。”

“这太让人满意了。”菲尔丁先生说，他对这件事非常有兴趣。

“当然，如果他失败了，”兰塞姆博士说，“要求获得自由，你知道你得放他出来。”

“我明白。”监狱长回答。

“思考机器”站在原地听着，但一句话都没有说，直到他们说完，他才开口：“我想提三个小要求。你可以同意也可以不同意，看你的意愿。”

“不可以提特殊要求。”菲尔丁先生警告道。

"不会。"回答非常坚定，"我想要一些牙粉——但你得自己确认它的确是牙粉——我还想要一张五美元和两张十美元的钞票。"

兰塞姆博士、菲尔丁先生和监狱长交换了一个惊讶的眼神。牙粉倒还好，但钱的要求让他们惊讶。

"你的人里有没有能让我们的朋友用二十五美元就收买的？"兰塞姆博士问监狱长。

"两千五百美元都不行。"监狱长积极地回答。

"那就给他吧。"菲尔丁先生说，"我想这点钱应该是无害的。"

"第三个要求是什么？"兰塞姆博士问。

"我希望能把我的皮鞋擦亮。"

他们再次交换了惊讶的眼神。这最后一个要求实在太过荒谬，当然，他们也同意了。这些事都被安排妥当后，"思考机器"被领进他要设法逃出来的监狱。

"这是十三号牢房，"监狱长在钢铁走廊的第三扇门前停下来说，"里面关的都是判了死刑的杀人犯。没有我的许可，没有人能离开这里，里面的人也不能跟外界交流。我可以用我的名誉保证。这间牢房跟我的办公室只隔了三道门，有任何不寻常的动静，我随时都能听见。"

"这间牢房可以吗，先生们？""思考机器"问道，他的声音里有一丝嘲讽。

"非常好。"两人回答。

沉重的铁门被打开，里面传出一阵惊惶的碎步奔跑声，"思考机器"穿过铁门，走进阴森的牢房中。门关上了，监狱长上了两道锁。

“里面是什么声音？”兰塞姆博士隔着栏杆问。

“老鼠——成群结队的。”“思考机器”简洁地回答。

三位先生道了晚安，转身离开。

这时“思考机器”高声问道：“现在的准确时间是什么，监狱长？”

“十一点十七分。”监狱长回答。

“谢谢，一个星期以后的八点半，我会去你的办公室跟这几位先生会合。”“思考机器”说。

“如果你做不到呢？”

“没有如果。”

二

奇泽姆监狱是一个巨大的花岗岩建筑，共有四层，位于一片几英亩的开阔地的中心。监狱被一道十八英尺高的实心砖墙环绕，砖墙内外都做得无比光滑，无处落脚，无论多么专业的人都无法攀爬。作为进一步的预防手段，墙顶还有五英尺高的铁篱，尖端锋利无比。这道铁篱在自由和监禁之间划下了一道无法逾越的死亡边界，因为即便一个人能逃出他的牢房，也绝对无法翻过这道墙。

院子，也就是监狱大楼和围墙之间的空地，有二十五英尺宽。在白天，偶尔得到部分自由奖励的囚犯可以在那儿活动。但十三号牢房的囚犯与之无缘。白天院子里始终有全副武装的警卫，共有四人，每人巡视监狱大楼的一边。

到了晚上，院子被照得亮如白昼。四边的围墙上都悬挂着巨大的弧光灯，为了给看守提供清晰的视野，那些电灯也同样照亮围墙顶端。给电灯供电的电线以绝缘体支撑，从监狱大楼侧面拉上去，再从顶层连到弧光灯的灯柱。

这些东西都被“思考机器”看到并牢记于心，他现在只能站在自己的床上，从防守严密的牢房窗户往外看。那是他进入监狱的第二天早上。他推断在围墙远处的某个地方应该有一条河，因为他听到了微小的汽艇轰鸣声，还看到空中有一只水鸟。在同一个方向，他听到男孩们玩耍的喊叫声，偶尔还能听到击球声。于是他知道，在监狱围墙和那条河中间是一片开阔空间——一个运动场。

奇泽姆监狱被认为是绝对安全的，没有人能从那里逃出来。“思考机器”站在他的床上，居高临下看到这些东西，能够明白其原因所在。据他推断，牢房的墙修建于二十年前，却依然十分坚固。窗户上的铁栏杆是新的，上面没有一点锈迹。就算没有那些栏杆，窗户本来也极难出去，因为它太小了。

但是，看着这些东西，“思考机器”并没有感到心灰意冷。他反而沉思地眯眼看着那个巨大的弧光灯——现在外面阳光明亮——并且用眼睛沿着连接电灯和大楼的电线看过来。他推断，那根电线一定是从大楼侧面拉下来的，而且离他的牢房不太远。这很有了解的价值。

十三号牢房跟监狱办公室在同一层——既不在地下室，也不在楼上。只上四个台阶就可以进入办公室楼层，所以地板的高度一定只比地面高三到四英尺。他没法看到窗户正下方的地面，但他能看到远处的围墙。从窗户跳下去一定很容易，非常好。

接着，“思考机器”开始回想他是如何进入牢房的。首先是外部警卫的岗亭，那是围墙的一部分。那儿有两扇厚重的栅栏门，都是铁的。门边总有一个人在看守。在钥匙和锁叮当作响之后，警卫把人放进监狱，接到命令时才让人出去。监狱长的办公室在监狱大楼里面，从监狱院子到那间办公室，需要过一道厚重的铁门，门上只有一个窥视孔。从那间办公室走到十三号牢房，也就是他现在所处的地方，需要经过一道厚木门和两道铁门进入监狱走廊，最后还需要对付十三号牢房那扇两道锁的牢门。

总之，“思考机器”回想到从十三号牢房出去，要经过七道门才能走到外面的世界，也才会成为一个自由的人。但与此相反，他很少会被打扰。一个看守带着监狱配发的早餐在早上六点出现在他的牢房门边，中午还会过来一次，然后是下午六点、晚上九点看守会巡逻。就是这些了。

“这个监狱系统安排得很好。”这是“思考机器”在精神上的敬意，“我出去以后要研究研究。我从不知道监狱里把人照顾得这么好。”

他的牢房里什么都没有，完全没有，除了那张铁床。床被坚固地焊在一起，人根本没法把它拆开，除非有锤子或锉刀。他一样都没有。牢房里没有椅子、小桌子，也没有一点锡铁和陶器。什么都没有！他吃饭时，看守就站在门边，然后把他用过的木勺和木碗拿走。

这些东西一样样进入“思考机器”的大脑。思考过最后一种可能性以后，他开始查看他的牢房。从天花板开始，然后是四面墙，他查看了石头和石头缝隙中的水泥。他不断小心地在地板上跺脚，却发现地面是水泥的，而且非常坚固。查看过后，他坐在铁床边，陷入长长的沉思，“思考机器”——奥古斯都·S.F.X.范杜森教授，总有东西要思考。

一只老鼠打断了他的沉思，那只老鼠跑过他的脚背，仓皇钻进牢房的一个黑暗角落，被它自己的大胆吓到了。“思考机器”眯着眼睛看了一会儿老鼠跑进去的那个黑暗角落，能分辨出有许多双机警的小眼睛正在黑暗中盯着他。他数出六双眼睛，也许还有别的，他没怎么看清楚。

“思考机器”坐在窗边，第一次注意到牢房门的底部，在铁栏杆和地面之间有一个两英寸[①]的空隙。“思考机器”平静地看着那个空隙，然后突然走到老鼠所在的角落。那里先响起一阵细碎的奔跑声，然后是几声害怕的吱吱叫声，最后归于沉静。

没有一只老鼠是从门跑出去的，但牢房里已经没有老鼠了。所以牢房里一定有其他通道可以出去，只是非常小。“思考机器”四肢着地，开始在这个角落寻找，用他细长的手指在黑暗中摸索。

他的寻找终于有了结果。他发现地上有一个很小的开口，跟水泥地面齐平。那个开口是规整的圆形，比一美元银币稍微大点。这就是老鼠跑出去的地方。他把手指伸进去，那似乎是个废弃的排水管，干燥而充满灰尘。

他对自己在这个角落的发现感到满意，又在床上坐了一个小时，然后再次通过牢房的小窗观察周围环境。外面的一个警卫站在正对面的墙边，“思考机器”的脑袋出现时，警卫刚好看着十三号牢房的窗户，只是他没注意到警卫。

到了中午，看守带着监狱乏味的食物出现了。在家时，“思考机器”也仅仅为了活着而吃东西，在这里他更是不用多说，给

① 英寸：1英寸约等于0.0254米。

什么就吃什么。偶尔还跟站在门外看着他的看守说几句话。

“最近几年这里做过什么改进吗？”他问。

“没什么特别的，”看守回答，“新围墙是四年前修的。”

“对监狱本身做过什么吗？”

“粉刷了外面的木制品，我记得七年前还安装了新的排水管道系统。”

“啊！”囚犯说，“那边的河离这儿有多远？”

“大约三百英尺。在围墙和河之间有一个男孩们的棒球场。”

“思考机器”没再说什么了，但是当看守准备离开时，他开口要了一些水。

“我特别渴，”他解释道，“你能用碗给我留点水吗？”

“我问问监狱长。”说完，看守离开了。

一个半小时以后，看守回来了，带着一个装了水的小陶碗。“监狱长说你可以留下这个碗。”他告诉犯人，“但我要检查时，你必须拿给我看。如果碗破了，就不会再给你了。”

“谢谢。”“思考机器”回答，“我不会打破它的。”

看守接着去做自己的工作。有那么一瞬间，“思考机器”似乎想问一个问题，但他没问。

两个小时以后，还是同一位看守经过十三号牢房门口，听到里面的声音便停了下来。“思考机器”正四肢着地趴在牢房一角，那个角落里还传出几声惊惶的“吱吱”尖叫声。看守很感兴趣地看着。

“啊，抓到你了。”他听犯人这样说，马上厉声问道，“抓到什么了？”

“一只老鼠，”犯人回答，“看见了吗？”看守看到一只小灰鼠在科学家细长的手指里挣扎。

犯人把老鼠拿到灯光下，仔细看了看，说：“是只河鼠。”

“除了抓老鼠，你没有更好的事情要做吗？”看守问。

“它们根本就不应该在这儿出现，”犯人恼火地回答，“把这只拿走杀了。它跑出来的地方还有更多老鼠。”

看守接过不停地扭动的老鼠，用力摔到地上。老鼠尖叫一声就不动了。过后，看守向监狱长报告了这件事，监狱长只是笑笑。

当天下午，外面的武装警卫在十三号牢房旁边，再次抬头看向窗户，看到犯人正在往外看。他看见一只手伸到铁窗，接着一个白色的东西飘飘悠悠掉到地上，落在十三号牢房窗户的正下方。那是一小卷亚麻布，明显是白衬衫的布料，外面包着一张五美元钞票。警卫再次抬头看向窗户，但那张脸已经不见了。

警卫冷酷地笑笑，捡起那一小卷亚麻布和五美元，拿到监狱长的办公室。他们发现，那上面用某种古怪的墨水写了什么，已经很模糊了。外面写的是：“发现此物者请交给查尔斯·兰塞姆博士。”

“啊，”监狱长轻声笑道，“逃跑计划一号已经出问题了。”接着又想到，“可他为什么写要交给兰塞姆博士呢？”

“而且他从哪儿弄来写字的笔和墨水呢？”警卫问。

监狱长看看警卫，警卫看看监狱长。这个谜题显然没有答案。

监狱长仔细研究了那些字，摇了摇头。“好吧，咱们看看他要对兰塞姆博士说什么。”他终于说话了，而且依然非常困惑，他打开卷在钞票里的那一小片亚麻布。

“嗯，如果——什么——你觉得那是什么？”他茫然地问道。

警卫接过那一小片亚麻布，看到了这个——

Epa cseot d'net niiy awe htto n'si sih. “T”.

三

监狱长用了一个小时思考这是什么密码，又用了半个小时思考犯人为什么要联系兰塞姆博士，博士可是导致他被关进这里的直接原因。之后，监狱长又琢磨了其他问题，比如犯人从哪儿弄来的书写工具，以及他的书写工具是什么。为了弄清这些，他再次查看了那片亚麻布。这块布是从白衬衫上撕下来的，边缘都不整齐。

布料的来源有了合理的解释，但另一个问题是犯人究竟用了什么写字。监狱长知道犯人根本不可能拿到钢笔或铅笔，再说，这也不是用钢笔或铅笔写的。那到底是什么呢？监狱长决定亲自调查。“思考机器”是他的犯人，而他奉命关押犯人。如果这个犯人想给外面的人传递密码以图逃狱，他会加以制止，就像制止其他犯人一样。

监狱长走到十三号牢房，发现“思考机器”正四肢着地，只是在抓老鼠。听到监狱长的脚步声，犯人立刻看向他。

“太丢人了，”犯人厉声说，“这些老鼠，这里有这么多。”

“别人都能忍受。”监狱长说，“给你一件新衬衫，把你现在穿的给我。”

“为什么？”“思考机器”迅速问道。他的语调不太自然，态度也显得很不安。

“你试图联系兰塞姆博士，”监狱长严厉地说，“你是我的犯人，我的职责就是制止那种行为。”

“思考机器”沉默了片刻。

“好吧，”他终于回答，“尽你的职责吧。”

监狱长冷酷地笑了。犯人从地上站起来，脱下白衬衫，换上监狱长带来的条纹囚服。监狱长急切地接过白衬衫，当场对比了写着密码的那片亚麻布和衬衫上撕破的地方。

“思考机器”好奇地看着。

“警卫把那些东西拿给你了？”他问。

“当然，”监狱长胜利地回答，“终结了你的一号逃跑计划。”

“思考机器”在一旁看着，见监狱长经过对比，满意地确认了碎亚麻布就是从白衬衫上撕下来的。

“你用什么写的？”监狱长问。

“我想找出答案也是你职责的一部分。”“思考机器”暴躁地说。

监狱长本想骂人，但他控制住了自己，迅速搜查了牢房和犯人。他一无所获，连一根火柴或可以当成笔的牙刷都没有。用来书写密码的液体也同样是个谜团。监狱长离开十三号牢房时明显十分恼火，但他得意扬扬地带走了那件撕破的衬衫。

“呵，在衬衫上写字可没法让他逃出去，这是当然的。”监狱长有些得意地说。他把撕破的衬衫放进他的桌子，等待后续发展。“如果他能从那个牢房逃出去，我就——该死的——我就辞职。”

在监禁的第三天，“思考机器”竟公然贿赂看守。看守给他送来晚饭，靠在铁栅门上等他吃完，这时“思考机器”说话了。

“监狱的排水管通向那条河，是吗？”他问。

“对。”看守说。

“排水管都非常小吧？”

“小到爬不进去，如果你正有此打算的话。”看守咧嘴一笑。

“思考机器”沉默了，直到吃完饭才开口说：“你知道我不是犯人，对吧？”

“是的。”

“只要我要求，我完全有权获得自由？”

“没错。”

“好吧，我确信自己可以逃出去才进来的。”犯人说着，眯着眼睛观察看守的表情，“如果给你一笔报酬，你是否考虑帮我逃出去？”

这位看守是个诚实的人，他看了看犯人瘦弱的身形，又看了看犯人的大脑袋和蓬乱的黄头发，心里几乎产生了同情。

“我想，我们这样的监狱不是你一时兴起就能逃出去的。”他说。

“但你愿意考虑我的提议吗，帮我逃出去？”犯人近乎恳求地坚持问道。

“不。”看守简短地回答。

“五百美元，”“思考机器”怂恿道，“我可不是犯人。”

“不。”看守说。

“一千？”

“不。”看守再次回答，匆忙迈步逃离进一步的诱惑，但转过身以后，他说，“就算你给我一万美元，我也没法把你弄出去。你要过七道门，而我只有两道门的钥匙。”

然后，他把全部过程汇报给监狱长。

“二号计划失败，”监狱长冷酷地笑着说，“先是密码，再是贿赂。”

六点钟，看守再次带着“思考机器”的食物走向十三号牢房，他停下脚步，惊讶地听到确定无疑的刮擦声，是铁器摩擦发出的声音。听到他的脚步声，那声音停了。这位老练的看守正处在一个犯人看不见的位置，他继续踏步发出声响，好像有人正从十三号牢房外面经过，可实际上他还留在原地。

过了一会儿，稳定的刮擦声再次响起。看守踮着脚，小心地走到牢房门边，从铁栏缝隙往里看。“思考机器”正站在铁床上，对小窗的铁栏杆做着什么。从胳膊的前后摆动来看，他正在用锉刀。

看守小心地退回办公室，喊来监狱长，两人一起踮着脚回到十三号牢房。稳定的刮擦声依然清晰可闻。监狱长满足地听了一会儿，突然出现在牢房门口。

“哦？”他脸上带着一丝微笑。

“思考机器”从床上回头看了一眼，突然跳到地上，紧张地试图藏起什么。监狱长走进去，伸出手。

“交出来。”他说。

“不！”犯人大声说。

“快点交出来！”监狱长催促道，“我不想再次搜你的身。”

“不！”犯人重复道。

“那是什么？锉刀？”监狱长问。

“思考机器”沉默不语，只是站在那里，眯着眼看着监狱长，脸上的表情极为近似失望——只是近似，并不完全是。监狱长几乎要同情他了。

“三号计划失败，嗯？”监狱长好脾气地问道，“太糟了，不是吗？”

犯人没说话。

“搜他身。”监狱长指示道。

看守仔细地搜了犯人，最后发现了一根两英寸长的铁条，一边像半月一样弯，被巧妙地藏在裤腰处。

“啊。”监狱长从看守手中接过铁条，“是你鞋跟上的。”说完，他愉快地笑了。

看守继续搜，又从另一侧搜出一根一样的铁条。铁条的边缘都已经磨损了，说明之前被用来磨窗户栏杆了。

“你用这些东西可磨不断窗户栏杆。”监狱长说。

“我可以。”“思考机器”坚定地说。

“用六个月还差不多。”监狱长好脾气地说。

监狱长看着犯人微微变红的脸，慢慢摇了摇头。

“准备放弃吗？”他问。

“我还没开始呢。”犯人立刻回答。

之后是对牢房的又一次彻底搜查。两个人小心地检查了一遍，最后连床都翻过来了。监狱长还亲自爬到床上检查了犯人之前在锯的窗户栏杆，看完，他乐了。

“你那么使劲儿地磨，也只是让栏杆变亮了点。”他对犯人说，后者正有些气馁地站在一边看着。监狱长用有力的手握住铁栏杆，试着晃动。栏杆纹丝不动，牢牢地立在花岗岩里。他挨个检查了每根栏杆，发现都很牢固。最后，监狱长从床上下来。

“放弃吧，教授。”他建议道。

“思考机器”摇摇头，监狱长和看守从他身边走了过去。当他们的身影从走廊上消失，“思考机器”在床边坐了下来，双手抱着脑袋。

“竟然想逃出那间牢房，我看他是疯了。”看守评论道。

“他当然逃不出去。”监狱长说，“但他很聪明。我很想知道他那段密码到底是什么意思。”

第二天凌晨四点，一阵可怕而撕心裂肺的惊恐尖叫声响彻整个监狱。叫声来自一间约在监狱正中间的牢房，声音里饱含痛苦和极度的惧怕。监狱长听到叫声，带着三个人冲进了通往十三号牢房的长长走廊。

四

他们跑过去的时候，可怕的叫声再次响起，但又以哀哭而结束。囚犯们苍白的脸出现在楼上楼下的牢房门边，他们好奇地向外张望，惊惧不已。

“是十三号牢房那个蠢货。”监狱长抱怨道。

他停下脚步，看向牢房里面，一位看守点亮了提灯。

“十三号牢房那个蠢货”正舒服地仰面躺在床上，嘴巴大张，鼾声阵阵。就在他们查看时，刺耳的尖叫声再次响起，是楼上。监狱长往楼上走，脸色有些发白了。到了顶层，他在四十三号牢房找到一个缩在角落里的人，这间牢房在十三号牢房正上方，只是高了两层。

“怎么了？”监狱长问。

“感谢老天，你总算来了。”犯人扑到牢房门栏杆上大声说。

“出什么事了？”监狱长再次问。

他打开牢门走进去。犯人一下跪到地上，紧紧抱住监狱长。犯人脸色苍白，面带恐惧，双眼圆睁，浑身都在发抖。他两手冰凉，一把攥住监狱长的手。

“别让我待在这间牢房，求你让我出去。”犯人恳求道。

“你到底是怎么了？”监狱长有些不耐烦地坚持问道。

“我听到一些动静……一些声音。”犯人说着，眼睛紧张地环视牢房。

“你听到什么了？”

“我……我不能告诉你。”犯人结结巴巴地说，接着，他突然因恐惧而崩溃了，“让我离开这间牢房……去哪儿都行……只要让我离开这儿。”

监狱长和三名看守交换了眼神。

“这家伙是谁？犯了什么罪？”监狱长问。

“约瑟夫·巴拉德。”一个看守回答，“他被指控朝一名妇女脸上泼强酸，导致了她的死亡。”

“但是他们没证据，”犯人喘着气说，“他们没有证据。求你把我关到别的牢房吧。”

犯人依然紧紧抓着监狱长。监狱长粗暴地甩开他的胳膊，看了一会儿这个畏缩的恶棍，他似乎有着孩子般疯狂而毫无缘由的恐惧。

“听着，巴拉德。”监狱长终于开口了，“不管你听到什么声音，我都要知道。快告诉我。”

“我不能，我不能。”犯人哭着回答。

“声音从哪儿传出来的？”

“我不知道，从所有的地方……不存在的地方，我就是听到了。”

“是什么——说话声吗？”

“求你别让我回答。”犯人恳求道。

“你必须回答。”监狱长严厉地说。

“是说话声……但……但不是人的。”犯人啜泣着回答。

“说话声，却不是人的？”监狱长迷惑地重复。

“听起来很低沉含混，而且……而且很远……像鬼魂。”犯人解释说。

“是从监狱里面还是外面传来的？”

“不是从哪儿传来的……它就在这里，这里，在所有的地方。我听到了，我听到了！”

监狱长花了一个小时，试图弄明白整个经过，但巴拉德突然变得极为固执，什么都不肯说——只是一味恳求换到其他牢房，或者让一个看守在他旁边待到天亮。这些要求都被粗暴地拒绝了。

“听着，”监狱长最后说道，“如果你再大喊大叫，我就把你扔进禁闭室。”

说完，监狱长困惑不已地转身离开了。巴拉德在自己牢房的门边坐到天亮，他的脸压在牢门铁栏上，憔悴、苍白而恐惧，瞪着眼睛，茫然地盯着监狱。

那天，也就是“思考机器”监禁的第四天，这位主动监禁的囚犯活泼了不少，大多数时间都站在牢房的小窗旁边。他又向警卫扔了另一片亚麻布，警卫尽职尽责地捡起来交给了监狱长，上面写着——只剩三天。

看到这行字，监狱长并不惊讶，他知道“思考机器”的意思——监禁期只剩三天了。他觉得这不过是在吹牛，但这东西是怎么写出来的？“思考机器”从哪儿找到的新亚麻布？在什么地方？怎么写的？他仔细检查了这片布。是白色的衬衫布料，质地非常好。他拿出之前没收的衬衫，将前后两片亚麻布跟衬衫撕破的地方做了仔细比对。这片新的碎布非常可疑，它跟衬衫完全对不上，但明显是同一个材质。

“还有，从哪儿——他到底从哪儿来的书写工具呢？”监狱长发出了困惑的疑问。

还是在第四天，晚些时候，“思考机器”透过牢房的窗户，跟外面的武装警卫说话。

“今天是这个月的几号？”他问。

“十五号。”警卫回答。

“思考机器”在脑海中做了天文计算，满意地发现今天晚上九点钟以后，月亮不会升起来。他又问了另一个问题：“谁负责维护那些弧光灯？”

“公司的人。”

“你们这个楼里没有电工吗？”

“没有。”

"你们要是有自己的电工，应该能省下不少钱。"

"这不关我的事。"警卫回答。

警卫注意到，那天"思考机器"频繁出现在窗边，但他的表情总是无精打采的，眼镜后面那双眯着的眼睛里总是带着一丝渴望。过了一段时间，警卫觉得那狮子般的脑袋出现在窗边是理所当然的，其他犯人也会做一样的事，那是对外面世界的渴望。

当天下午，在白班警卫离开之前，那个脑袋再次出现在窗口，"思考机器"的手从栏杆中间递出了什么东西，飘到地上。警卫捡起来一看，是一张五美元钞票。

"给你的。"犯人高声说。

跟往常一样，警卫拿给监狱长。监狱长怀疑地看了看，对十三号牢房出来的东西，他总是带着怀疑。

"他说是给我的。"警卫解释道。

"我想，可能是某种小费吧。"监狱长说，"我想不出有什么理由不让你收下——"

监狱长突然停住了，他想起来了，"思考机器"进十三号牢房的时候，带的是一张五美元和两张十美元的钞票，那张五美元钞票之前已经包在第一片亚麻布外面扔出牢房了，现在还在他这儿呢。为了确认，他拿出来看了看，的确是五美元。可现在又有一张五美元，而"思考机器"只应该有两张十美元钞票。

"可能有人跟他换了一张钞票。"监狱长想着，放松地叹了口气。

但接下来，他决定了，他要彻底搜查十三号牢房，彻底地搜一遍。如果一个人可以随心所欲地写字、换钱，做出其他完全没法解释的事，就说明他的监狱一定出现了根本性的问题。他打算在晚上去十三号牢房——半夜三点就是一个绝佳的时间。“思考机器”肯定会在某个时间做他那些古怪的事情，晚上应该是最合理的。

于是，当天半夜三点，监狱长悄悄来到十三号牢房。他在门口停下来，仔细听了听。除了犯人平稳规律的呼吸声，没有任何声音。监狱长打开牢门上的两道锁，钥匙没发出任何响动。然后他走进牢房，关上牢门，突然打开遮光提灯，照在正休息的犯人脸上。

如果监狱长打算吓“思考机器”一跳，那他可想错了，因为那个人只是安静地睁开眼睛，伸手拿来眼镜，用最平静的语调问道：“是谁？”

没有必要描述监狱长的搜查，因为实在是太细致了。他把牢房的每一寸都查到了，床也没有忽略。他发现地板上的圆洞，顿时灵光一现，立刻把手伸进去。翻找了一会儿后，他拽出一个东西，拿到提灯下一看。

“啊！”他大叫出声。

他拽出来的东西是一只老鼠——一只死老鼠。他的灵感立刻有如阳光下的雾气，烟消云散了。但他继续搜查。“思考机器”一言不发，站起身把那只老鼠从牢房踢到了走廊上。

监狱长爬到床上，试着摇晃小窗上的铁栏杆，都非常坚固，门上的每根栏杆也一样。

监狱长又搜查了犯人的衣物，先从鞋子开始。鞋里竟然什么都没藏！然后他查看裤子的裤腰，还是什么都没有！接着是裤子口袋，他从一边口袋拿出几张钞票，检查了一番。

“五张一美元的钞票。”他喘着气说。

"没错。"犯人说。

"但是——你本应有两张十美元和一张五美元——你到底——你是怎么做到的？"

"那是我的事。""思考机器"说。

"是我的人给你换的钱吗？你老实说。"

"思考机器"只停顿了不到一秒。

"不是。"他说。

"好吧，是你自己造的吗？"监狱长问。他已经准备相信任何情况了。

"那是我的事。"犯人再次回答。

监狱长怒视这位杰出的科学家。他觉得——他知道——这个人在愚弄他，但他不知道这人是怎么做到的。如果这是一个真正的犯人，他会得到真相的——但是，如果真是那样，也许所有这些无法解释的事并不会被如此鲜明地摆到他面前。在很长一段时间里，两人都没说话，之后监狱长猛地转身离开了牢房，把牢门摔在身后。他并不敢说什么。

监狱长看了看表，差十分四点。他刚躺到床上没一会儿，撕心裂肺的尖叫声又一次响彻监狱。监狱长低声说了几句毫不优雅却充满表现力的话，再次点亮提灯，跑到监狱的上层牢房。

巴拉德又一次扒在铁门边，用他最高的音量不停地尖叫。当监狱长用提灯照亮牢房时，他才停下来。

"带我出去，带我出去。"他尖叫着说，"是我做的，是我，我杀了她。把它弄走。"

"把什么弄走？"监狱长问。

"我朝她脸上泼了强酸，是我做的，我招了。把我从这儿带走。”

巴拉德的状况实在太过可怜，出于同情，他被带到了走廊上。他像一只陷入绝境的动物，在一个角落里缩成一团，还用手堵着自己的耳朵。过了半个小时，监狱长终于让他平静了一点，也能说话了。他语无伦次地讲述了发生的事情。晚上不到四点的时候，他听到了说话声——一个阴森森的声音，含混低沉，还是哭腔。

“它说了什么？”监狱长好奇地问。

“酸——酸——酸！”犯人喘着气说，“它在指控我，酸！我泼了强酸，那女人死了。啊！”他发出一阵长而颤抖的恐惧哀号。

“酸？”监狱长迷惑地重复道。这件事超出了他的理解范畴。

“酸，我只听到了那个——就那一个词，重复了好几次。也说了别的，但我没听清。”

“那是昨天晚上，嗯？”监狱长问，“今天晚上发生了什么，刚才是什么吓到了你？”

“是同一件事，”犯人喘息着说，“酸——酸——酸！”他双手捂住脸，坐在地上发抖，“我是给她泼了强酸，但我没想杀她。我只听到那些话。它在指控我，在指控我。”他含混地说着，然后沉默了。

“你还听见别的了吗？”

“嗯……可我不明白……就听到一点……只有一两个词。”

“是什么？”

“我听到三次‘酸’，然后听到一声长长的呻吟，然后……

然后，我听到‘八号帽子’，一共听到两次。”

“这家伙疯了。”一个看守一锤定音地说。

“我相信你，”监狱长说，“他肯定疯了。他应该是听到了什么，吓坏了。他现在还在发抖呢。八号帽子！这他妈——”

五

“思考机器”监禁的第五天过去了，监狱长一脸疲惫。他希望这件事赶快结束。他不由自主地感觉到，那位卓越的犯人一直在自娱自乐。如果事实确实如此，那“思考机器”完全没有失去一点幽默感。因为在第五天，他又朝外面的警卫扔下一张亚麻布片，上面写着：“只剩两天。”这次还扔下一个五十美分硬币。

监狱长知道——他知道得清清楚楚——十三号牢房里的那个人没有任何五十美分硬币——他不可能有任何五十美分硬币，同样地，他也不可能有钢笔、墨水和亚麻布，但他确实有那些东西。那是一个状态，不是一个理论。这也是监狱长一脸疲惫的原因之一。

那个可怕、离奇的东西也是。“酸”和“八号帽子”依然在他心头挥之不去。这两句话当然没有任何意义，不过是一个疯狂杀人犯被恐惧逼疯，承认自己罪行时说的胡言乱语。可是自从“思考机器”来了以后，这个监狱里还发生了很多“没有任何意义”的事。

在第六天，监狱长收到一封信，说兰塞姆博士和菲尔丁先生会在第二天晚上——星期四来到奇泽姆监狱，如果范杜森教授还没逃出来——他们觉得他没逃出来，因为他们没有收到他的任何消息——他们会在监狱见他。

“如果他还没逃出来！”监狱长冷酷地笑了。逃出来！

这一天，“思考机器”用三条信息让监狱长忙个不停。三条信息还是都写在亚麻布上，内容都与星期四晚上八点半的约定有关，这个时间是科学家进入监狱时自己定下的。

第七天下午，监狱长经过十三号牢房，往里看了一眼。“思考机器”躺在铁床上，很明显正放松地睡着。牢房看上去也跟平时完全一样。监狱长发誓，没有人能在当时——那时是下午四点——和当天晚上八点半之间从这里离开。

返回的路上，他再次经过十三号牢房，又一次听到平稳的呼吸声。监狱长走到牢房门边往里看。如果“思考机器”醒着，他是不会这么做的，可现在——好吧，情况不一样。

一缕阳光从高高的小窗照进来，落在熟睡之人的脸上。监狱长这时才第一次发现，他的犯人看上去憔悴又疲惫。就在那时，“思考机器”轻轻动了一下，监狱长迅速愧疚地回到走廊上。那天晚上六点以后，他叫来看守。

“十三号牢房一切正常？”他问。

“是的，先生。”看守回答，“不过，他没吃多少东西。”

七点钟刚过，监狱长就带着尽到职责的心情接待了兰塞姆博士和菲尔丁先生。他打算给他们展示那些亚麻布条，还要把整个闹心的故事讲给他们听，那可真是说来话长了。但在他开始之前，守卫监狱靠河一侧的警卫穿过监狱的院子，走进办公室。

“我那边院子的弧光灯不亮了。”警卫告诉监狱长。

“该死，那家伙简直是个扫把星。”监狱长怒道，“他来了以后，什么坏事都有了。”

警卫返回他黑暗中的岗位，监狱长开始给电灯公司打电话。

“这里是奇泽姆监狱。”他对着电话里说，“尽快派三四个人过来修理弧光灯。”

那边的回答显然让人满意，监狱长放下电话走到了院子里。兰塞姆博士和菲尔丁先生坐着等候，这时外门的警卫把一封特别投递信件送了进来。兰塞姆博士碰巧注意到信封上的地址，等警卫出去以后，凑近看了看。

“天啊！”他大叫。

“怎么了？”菲尔丁先生问。

博士默默递出那封信，菲尔丁先生仔细看了看。

“巧合，”他说，“肯定是巧合。”

快八点了，监狱长返回办公室。电工开着一辆小货车过来了，现在正在工作。监狱长按下通话按钮，跟外门围墙的警卫说话。

“进来几个电工？”他在简短的电话里问道，“四个？三个工人，穿套衫和工装裤。还有一个管事？双排扣礼服大衣和丝绸帽子？很好。要确保只有这四个人出去。好了。”

他转向兰塞姆博士和菲尔丁先生，“我们这儿必须得小心——特别是，”他语气中带上了明显的讽刺，“从我们关进科学家以后。”

监狱长漫不经心地拿起那封特别投递信件，把它拆开。

“看这封信的时候，我会给你们二位讲讲——天啊！”他看了一眼那封信，突然停下了。他大张着嘴坐在原地，一动不动，惊讶万分。

“怎么了？”菲尔丁先生问。

“一封特别投递信件，来自十三号牢房，”监狱长喘着气说，“是一张晚餐请帖。”

“什么？”那两个人也一起站了起来。

监狱长茫然地坐着，盯着那封信看了一会儿，然后对走廊上的警卫高声喊道：“跑去十三号牢房，看看那人在不在。”

警卫听令而行，兰塞姆博士和菲尔丁先生则查看了那封信。

“是范杜森的笔迹，这点没什么疑问。”兰塞姆博士，“他的笔迹我见过太多次了。”

就在这时，连通外门警卫的电话响了，监狱长恍惚地拿起话筒。

“你好！两个记者，嗯？让他们进来。”他突然转向博士和菲尔丁先生，“他不可能在外面，肯定还在牢房里。”

话音刚落，警卫回来了。

“他还在牢房里，长官。”警卫报告道，“我看到了他，他已经躺下了。”

“看，我跟你说了，”监狱长说，再次松了口气，“这封信他是怎么寄的？”

从监狱院子通往监狱长办公室的铁门上，传来一阵敲门声。

“是那些记者，”监狱长说着，对警卫下令道，“让他们进来。”然后他对两位先生说，“别在他们面前说这件事，让他们知道就没完没了了。”

门开了，两个人从大门走进来。

“晚上好，先生们。”其中一个人说。他是哈钦森·哈奇，监狱长跟他很熟悉。

“哎，”另一个人不悦地说，“我在这儿呢。”

是“思考机器”。

他好斗般眯起眼睛看着监狱长，后者已经目瞪口呆了。有好一会儿，监狱长一句话也说不出来。兰塞姆博士和菲尔丁先生同样非常惊讶，但他们不了解监狱长掌握的信息，所以他们只是惊讶，而监狱长已经惊讶得动弹不得了。哈钦森·哈奇，那位记者，用贪婪的目光看着这一幕。

“你——你——你是怎么做到的？”监狱长终于喘息着问。

“回牢房去。”“思考机器”用他的科研同伴都非常熟悉的急躁语调说。

还处于近似恍惚状态里的监狱长为众人带路。

“在那儿打开灯。”“思考机器”发出指令。

监狱长照做了。牢房里的光景并无半点不寻常之处，而且——而且床上正躺着“思考机器”。当然了！还有他的黄色头发呢！监狱长又一次看看旁边这个人，不知道自己是不是处于一场怪异的梦中。

监狱长用颤抖的手打开牢门，“思考机器”走进牢房。

“看这儿。”他说。

他踢向牢门底部的铁栏杆，三根栏杆被踢离原位，第四根掉了下来，滚到走廊上。

“还有这儿。”曾经的犯人站在铁床上指着小窗。他伸手一挥，所有的铁栏杆都倒了。

“床上是什么？”监狱长问道，他的状态正慢慢恢复。

“一顶假发，”“思考机器”回答，“把被子掀开。”

监狱长掀开被子，下面露出一大卷三十英尺长的粗绳——可能还会更长点，一把匕首，三把锉刀，十英尺长的电线，一把小而有力的铁钳，一个带把的小平头铁锤，以及——一把德林格手枪。

“你怎么做到的？”监狱长问。

“几位跟我约好在九点半共进晚餐，”“思考机器”说，“走吧，不然我们就晚了。”

“可你到底是怎么做到的？”监狱长坚持问道。

“千万不要认为你能关住一个善用脑子的人。”“思考机器”说，“走吧，我们要晚了。”

六

范杜森教授家的晚宴氛围急迫且稍显沉默。客人是兰塞姆博士、菲尔丁先生、监狱长和记者哈钦森·哈奇。按照范杜森教授一个星期前安排的时间，晚餐准时开始上菜，兰塞姆博士发现洋蓟非常美味。最后，晚餐终于结束了，“思考机器”正对着兰塞姆博士，眯着眼用力盯过去。

“现在你相信了吗？”他问。

“相信了。”兰塞姆博士回答。

“你承认这是一次公平的测试吗？”

“我承认。”

在座的人——特别是监狱长、兰塞姆博士，都在急切地等着一个解释。

“要不，你给我们讲讲你是怎么——”菲尔丁博士开口道。

“对，给我们讲讲。”监狱长说。

“思考机器”调整了一下他的眼镜，眯着眼看了看他的观众，开始讲述他的故事。他按照逻辑顺序从最初讲起，在座的众人都聚精会神地听着。

“我当时答应，”他开始说，“进到牢房里，除了必要的衣物什么都不带，而且要在一个星期之内离开。之前我从没见过奇泽姆监狱。当我进到牢房以后，我提出要一些牙粉、两张十美元和一张五美元钞票，另外还要把我的鞋子擦亮。就算你们拒绝这些要求，对我也没什么影响。但你们都同意了。

“我知道，牢房里不会有任何我能用上的东西。所以监狱长锁上门以后，我显然孤立无助了，除非我能把那三样看似无害的东西派上用场。这些东西，任何判了死刑的犯人都可以获准得到吧，监狱长？”

“牙粉和擦鞋可以，但钱不行。”监狱长回答。

“在掌握用途的人的手里，任何东西都是危险的。”“思考机器”继续道，“第一天晚上，除了睡觉和追老鼠我什么都没做。”他看了一眼监狱长，“这件事被提出来的时候，我就知道那天晚上我什么都做不了，所以我等到第二天。你们几位以为我需要时间联系外界安排逃狱，但这并不是真的。我知道自己能在愿意的时间跟我想联系的人沟通。”

监狱长盯着他看了一会儿，继续严肃地抽烟。

“第二天早上，看守六点送来早餐，把我叫醒了。”科学家继续说，“他告诉我午饭在十二点，晚饭在六点。我想，其他的时间我都可以充分利用。所以吃完早饭，我迅速通过牢房窗户查看了外面的环境。一看就知道，翻墙逃狱是没有用的，就算我能从窗户离开牢房也不行，因为我的目的不是单纯离开牢房，而是要离开监狱。当然了，我能翻过围墙，但那样要花更多时间去设置我的计划。所以当时我就放弃了那个计划。

“通过第一次观察，我知道监狱的一侧有一条河，旁边还有一个运动场。随后，我的猜测被一个警卫证实了。于是我知道了一件重要的事——任何人在必要时都可能靠近那一侧的监狱围墙，而且不会引起特别的注意。这点值得记住，我记住了。

“但是，外面最吸引我注意力的，就是连接弧光灯的电线，离我的牢房窗口只有几英尺——三四英尺吧。我觉得这点很有价值，如果有必要，我可以断掉那盏弧光灯。”

“那你今天晚上就把灯关了？”监狱长问。

“从窗户获得了能得到的所有信息以后，”“思考机器”没理监狱长的插话，继续说道，“我开始思考逃狱的真正办法。我回想自己是如何进入牢房的，我知道那是唯一的通路。共有七道门横在我与外界之间。于是同样由于时间问题，我放弃了这个逃狱方法，而且我也不可能穿过牢房坚固的花岗岩墙。”

“思考机器”停了一会儿，兰塞姆博士点燃一支新雪茄。房间里静了几分钟，然后这位科学逃狱者继续说道：“在我思考这些事情的时候，一只老鼠跑过我的脚面。它给我带来了一个新思路。牢房里至少有半打老鼠——我能看到它们明亮的小眼睛。但我也注意到，没有一只老鼠跑过牢房门的下面。我故意吓它们，看它们会不会跑向牢房门那边。结果并没有，但它们都跑掉了。很明显，它们走了另一条路，而另一条路意味着另一个出口。

“我寻找那个出口，并且找到了。那是一根旧排水管，很久没用了，里面积满了泥土和灰尘。但老鼠就是从这条路来的。它们从某个地方来，是哪儿？排水管通常通往监狱外面。这条管子很可能通往那条河，或者河的附近。所以老鼠一定是从那个方向过来的。它们也有可能从半路过来，但我推测它们是一路过来的，因为除了出口，一个坚固的铁管或铝管中间完全不可能有任何洞。

“送午餐过来的时候，看守告诉我两件重要的事，只是他自己不知道。一是监狱七年前安装了新的排水系统，另一个是那条河距离监狱只有三百英尺。于是我知道，那条管子极有可能是旧排水系统的一部分。同时我也知道，它极有可能通往那条河。但管子的出口是在河里还是在地上呢?

“这是我接下来要解决的问题。我在牢房里抓了几只老鼠来判断。看守看到我做这件事，非常惊讶。我检查了至少一打老鼠。它们都是完全干燥的，它们都从那条管子跑进来，而最主要的是，它们都不是家鼠，而是田鼠。也就是说，管子的另一个出口在地上，在监狱围墙的外面。目前为止，一切都很顺利。

“接下来，我知道如果我想顺着这个方向自由研究，我必须转移监狱长的注意力。监狱长知道我来的目的就是逃狱，这就让测试变得更困难了，所以我必须用些假动作来迷惑他。”

监狱长抬起头，眼神里带着悲伤。

“首先要让他认为我正试图跟你联系，兰塞姆博士。所以我在从衬衫上撕下来的亚麻布上写了字，表明给兰塞姆博士，外面包了一张五美元钞票，扔到窗户外面。我知道警卫会拿给监狱长，但我其实更希望监狱长把那东西交给你。你带那片亚麻布了吗，监狱长？”

监狱长拿出那个密码。

“这究竟是什么意思？”他问。

“从后往前读，从T开始，不要管单词中间的间隔。”“思考机器”指导道。

监狱长照做了。

“T–h–i–s，这个，”他拼读起来，研究了一会儿，笑着读出整个句子，“This is not the way I intend to escape（我不打算用这种方式逃狱）”。

“现在你对这个怎么看？”监狱长依然笑着问。

“我知道这会转移你的注意力，也确实如此，”“思考机器”说，“如果你真读出了真实的含义，那就会是一种温和的批评。”

“你用什么写的？”兰塞姆博士问，他刚查看了那片亚麻布，然后递给菲尔丁先生。

“这个。”曾经的犯人说着伸直腿，那是他在监狱里穿的鞋，但打上的鞋油都没有了——被刮得干干净净，“鞋油用水打湿就是我的墨水，鞋带头的金属可以当一支很好的笔。”

监狱长抬起头，突然哈哈大笑，一半是放松，一半是被逗笑了。

“你真了不起，”他佩服地说，“继续讲。”

“这导致监狱长来搜查我的牢房，也是我故意的。”“思考机器”继续说道，“我迫切希望监狱长养成搜查我牢房的习惯，而持续的一无所获会让他最终感到厌烦，并且停止这个行为。实际上最后这也确实发生了。”

监狱长脸红了。

“他拿走了我的白衬衫，给了我一件囚服。他满意地发现衬衫上一共只撕下了那两片布。但在他搜查我的牢房时，我还有另一片来自那件衬衫的布料，大约九英寸，团成小球藏在我嘴里了。”

“那件衬衫上九英寸大的布？”监狱长问，“那是从哪儿来的？”

“所有浆过的白衬衫的胸口部分都有三层，”“思考机器”解释道，“我撕下了最里面的一层，在胸口处只留下两层。我知道你看不出来。就是这样。”

又是一阵短暂的停顿，监狱长窘迫地咧嘴笑笑，挨个看了看在座的众人。

“暂时给监狱长安排了可以琢磨的事情以后，我朝自由迈出了真正的第一步。”范杜森教授说，“通过合理推断，我知道管子通往外面运动场的某一处。我知道有一大堆男孩在那儿玩，我知道老鼠通过管子从外面跑进我的牢房。那么，我可不可以用手头的东西跟外面的某人联系呢?

“首先，我需要一根长而结实的线，所以——看，”他拽起裤腿，展示自己两只袜子的袜筒，上面结实的上好棉线都不见了，“我把线拆了下来，掌握方法以后一点都不难——于是我很轻易地有了一条四分之一英里长的结实棉线。

“然后，我在剩下的亚麻布上写了一封信——我向你保证，那实在是太费劲儿了——给这位先生解释了我的处境。”他指指哈钦森·哈奇，“我知道他会帮我——这个故事有登报的价值。我在亚麻布信上牢牢绑了十美元钞票——不然没法吸引人们的注意——还在亚麻布上写了‘发现此物者请送交《美国日报》哈钦森·哈奇，并会另得十美元报酬’。

“然后我要做的是把布条送到外面的运动场上，好让一个男孩发现。有两种方法，但我选了最好的。我抓来一只老鼠——我已经成捕鼠专家了——把亚麻布和钱牢牢绑到老鼠的一条腿上，把我的棉线绑到它另一条腿上，然后把老鼠放进管子。我推测啮齿类动物天生的恐惧会让它不停地奔跑，直到跑出管子来到地面，它才可能停下来把亚麻线和钱咬掉。

“老鼠消失在满是灰尘的管子里以后，我就变得非常焦虑。我冒了很多风险。老鼠可能会咬断棉线——线的另一头握在我手里，其他老鼠也可能把线咬断；老鼠可能跑出管子，把亚麻布和钱留在没有人会发现的地方……会有一千种可能性。我紧张地等了好几个小时，那只老鼠一直跑到我手里的棉线只剩下几英尺，我想它应该跑出管子了。我详细地告诉哈奇先生收到布条以后该怎么做。问题是他能收到吗？

“做完这件事，我能做的只有等待，还要制订其他计划，因为这个计划有失败的可能。我公开表示要贿赂看守，从而得知他有七道门中两道的钥匙。然后我又做了一些事让监狱长紧张。我拿出鞋跟里的钢支架，做出要锯断牢房窗栏杆的样子。监狱长为此大闹了一番。他也因此养成了摇晃我牢房窗栏杆的习惯，想看看它们是否坚固。它们很坚固——那时候是。”

监狱长再次咧嘴笑了，他已经不惊讶了。

“在这个计划上，我已经把能做的事都做了，只能等待结果。”科学家继续说，“我不知道自己送出的布条会不会被送到，甚至会不会被人发现，或者老鼠会不会已经把它咬掉了。我也不敢顺着管子拽回那根连接我与外界的细线。

“那天晚上上床以后，我没睡，因为我担心会错过那根细线上任何微弱的拽动，告诉我哈奇先生已经收到了信息。大概在三点半，我感到绳子被拽动了，对一个判了死刑的犯人来说，最大的欣喜莫过于此了。”

“思考机器”停下来，看向记者。

“你的行动还是你自己解释吧。”他说。

“一个打棒球的小男孩给我送来了亚麻布条。”哈齐先生说，“我立刻看到一个大新闻，于是给那男孩拿了十美元，然后弄来几卷丝线、几卷双股绳、一卷轻而柔韧的金属线。按照教授布条上的指示，让小男孩把我带到他找到布条的地方，然后我按教授的指示，凌晨两点开始在那儿搜索。如果找到了棉线的一头，我就先轻轻拽三下，过会儿再拽第四下。

“我拿着一个小手电开始搜索，用了一小时二十分钟，终于找到了半掩在草丛里的排水管出口。那管子不小，直径大概有十二英寸吧。我发现了棉线的一头，按照指示拽动后，那边马上拽了拽作为回应。

“我把丝线绑到棉线上，范杜森教授开始往他的牢房里拽。我特别担心线会断，都要犯心脏病了。我在丝线的另一头绑上双股绳，等它拽进去以后我又给双股绳绑上金属线。金属线也被拽进管子以后，我们就有了一条连接牢房和排水口出口的稳固的线，还不用担心被老鼠咬断。”

“思考机器”抬起手，哈奇停下了。

“做所有这些事时，都是绝对安静的。”科学家说，“但当金属线到我手里的那一刻，我真想大喊出来。之后我们还做了另一个实验，哈奇先生做的实验准备。我测试了排水管作为通话管道的效果，我们谁都没法听清楚对方说了什么，我不敢说得太大声，怕引起监狱长的注意。最后我终于让他明白我要的是什么了。我要硝酸的时候他好像特别难明白，我只好把‘酸’这个词重复了好几次。

“接着我听到楼上的牢房传来了一声尖叫，我马上意识到有人听到了，这时我听到你过来了，监狱长先生，我开始装睡。如果那时你走进我的牢房，整个逃狱计划就到此结束了。但你走过去了。那次是最险的，我差一点就要被你抓到了。

“建立了临时通道，我就可以很容易地把东西弄进牢房，也可以随心所欲地让它们消失，只要把它们扔回排水管就可以了。你，监狱长先生，摸不到管子里的金属线，因为你的手指很粗。而我的手指，你看，更细更长。而且，我还用一只老鼠给排水管开口做了掩护——你应该记得。”

“我记得。”监狱长表情痛苦地说。

“我想如果有谁想搜查那个洞，那只老鼠会立刻让他打消念头。直到第二天晚上，哈奇先生才能给我送来有用的东西，不过作为测试，他给我换了十美元零钱，所以我可以继续执行计划的其他部分。之后我逐渐形成了逃狱计划，也就是我最终采用的方案。

“要成功实施这个计划，就要让院子里的警卫习惯性地看到我在窗口出现。我的方法是给他扔亚麻布条，语气非常自负，如果可能的话，要让监狱长相信他的一个手下正在帮我跟外界联系。我会在窗边站几个小时，一直往外看，这样警卫能看到我，我还会偶尔跟他说几句话。通过这种方式，我知道监狱没有自己的电工，如果出了问题，只能依靠电灯公司。

“这为通往自由的道路提供了极大便利：在我监禁的最后一天傍晚，我计划等天一黑，就切断电灯的供电线，那根电线离我的窗户只有几英尺，用我手里的金属线蘸上硝酸一碰就行。监狱的那一侧会随之变得一片漆黑，电工会被叫来查找原因，哈奇先生也就跟着到监狱院子里来了。

“在我真正奔向自由之前，还有一件事要做，就是通过我们的通话管道跟哈奇先生敲定最后的细节。在我监禁的第四天，监狱长离开我的牢房以后，我只用半个小时就完成了这件事。哈奇先生依然很难听明白我的意思，我把‘酸’这个词对他重复了几次，最后的话是‘八号帽子’——那是我的尺寸——这些话让楼上的犯人承认了谋杀，这是第二天一个看守告诉我的。这个犯人听到了我们的声音，搞不懂声音是从哪儿传来的。我们通过管子沟通，声音也传到了他的牢房。我正上方的牢房没有人，所以没有别人听到。

“当然，有了用细瓶子从排水管送进来的硝酸，要弄断窗户和门上的铁栏杆就容易许多了，只是要花不少时间。第五、第六和第七天，下面的警卫盯了我好几个小时，而我一直在用蘸了硝酸的金属线磨蚀窗户上的栏杆。我用牙粉来防止酸液外溢。磨的时候我始终茫然地看向别的地方，而金属线每分钟都更深地切进铁栏杆。我注意到看守们查看铁门的时候总是摇晃上面的栏杆，从来不管下面的，所以我切的都是下面的。最后只留一条薄薄的金属，让它们能立在原处。但这有点大胆，我不应该轻易那么做。”

“思考机器”沉默了几分钟。

“我想所有事都解释清楚了，”他继续道，“我没解释的东西只是用来迷惑监狱长和看守的。我床上的那些东西是应了哈奇先生的要求，他想增加故事的趣味性。当然了，假发是我计划里必须有的。那封特别投递的信，是我用哈奇先生的钢笔在牢房里写的，然后转给哈奇先生，由他邮寄的。我想就是这些了。”

“可你到底是怎么离开监狱，又从外面进到我办公室的呢？”监狱长问。

“非常简单。”科学家回答，“之前说过，我用带硝酸的金属线切断了电线。所以有电流，但是弧光灯不亮。我知道，找出问题所在并且修好需要花些时间。警卫去向你报告时，院子是黑的。我从窗户爬了出去——窗户确实很小——我站在狭窄的窗台上把栏杆恢复原位，然后一直待在黑暗中，直到电工过来。哈奇先生就混在其中。

“看见他以后，我跟他打招呼，他给了我一顶帽子、一件套衫和工装裤，我穿上了，离你身边不到十英尺，监狱长先生，当时你就在院子里。然后，哈奇先生叫我，我装成工人的样子，跟他一起到大门外从货车里取东西。大门警卫很轻易地就让我们出去了，因为有两个工人刚刚进去。我们换了衣服再次出现，要求见你，然后我们就见到你了。就是这样。”

众人沉默了几分钟。兰塞姆博士第一个开口了。“太精彩了！”他高声说，“真是令人叹为观止。”

“哈奇先生怎么会跟电工一起过去呢？”菲尔丁先生问。

“他父亲是那家公司的经理。”“思考机器”回答。

“可如果没有哈奇先生在外面帮你呢？”

“每个犯人在外面都会有一个朋友，只要能真心对待朋友，朋友就愿意帮他越狱。”

“假如——只是假如——监狱里没有旧排水系统呢？”监狱长好奇地问。

“有其他两种办法可以出来。”“思考机器”神秘地说。

十分钟以后，电话铃响了，找监狱长的。

“灯都修好了？”监狱长对着电话问，“很好，十三号牢房外面的电线断了，是的，我知道。多了一个电工？那是怎么回事？出去了两个？”

监狱长迷惑不解地看向其他人。

“他只放进来四个电工，出去了两个，说现在监狱里还有三个电工。”

“我就是多出来的那个。”“思考机器”说。

“哦。”监狱长说，“我明白了。”然后他对着电话说，“让第五个人走吧，他没问题。”

芬彻奇街迷案

奥希兹女男爵

一、芬彻奇街迷案

坐在角落的老人把他的杯子推到一边，靠在桌子旁。

"迷案！"他评论道，"任何犯罪，只要调查时运用了智慧，就不会存在难解的迷案这回事。"

波莉·波顿大为惊讶，从手中的报纸上抬起头，一双极为严厉、带着冷漠询问的棕色眼睛盯在老人身上。

从那个老人拖着脚步走过店铺坐到她对面的那一刻起，她就对他心生反感，因为这张大理石面桌子上已经放了她的大杯咖啡（三便士）、面包卷和黄油（两便士）和一盘牛舌（六便士）。

这个角落，这张桌子，这个华丽大理石大厅——加气面包公司诺福克街分店的茶室——的独特景致，本是波莉自己的角落、桌子和景致。她一直在这里享用价值十一便士的午餐和一便士的日报，这个习惯始于那个她终生难忘的光辉日子——成为《观察家晚报》（如果可以，我们就这样称呼它）的员工，成为世界知名的杰出组织——英国新闻界的一员。

她是个名人，是《观察家晚报》的波顿小姐。她的名片是这样的：

波莉·J.波顿小姐
观察家晚报

她采访过埃伦·特里小姐[①]、马达加斯加主教西摩·希克斯先生和警察局长。她也出席了上一次马尔伯勒宅邸的花园宴会——在衣帽间，也就是说，她看到了某某夫人的帽子、某某小姐的遮阳伞，以及种种或庄严或时尚的物品，这些物品都在“皇室与着装”的标题下做了适当描述，登在《观察家晚报》的下午版上。

（这篇文章署名为M.J.B，能在半便士的报纸档案里找到。）

由于这些——也有些其他的——波莉对角落里这个人感到气愤，并用她的眼神直接表达出来了。如果任何一双棕色眼睛会说话，都会是同样的直白。

她一直在看《每日电讯报》上的一篇文章，那篇文章非常有趣，令人激动。难道波莉在评论时说出声了？那个老人说的话明显是在回答她的想法。

① 埃伦·特里：英国女演员，有戏剧皇后之称。

她皱起眉头看他，可接下来她笑了。(《观察家晚报》的）波顿小姐本就有强烈的幽默感，在英国新闻界工作的两年都未能将之耗尽，而这老人的外表又足以令最孤僻的人发笑。波莉心中暗想，她从没见过一个人如此苍白、如此消瘦，头发不仅颜色浅得如此好笑，还梳得十分平整，遮住了头上一块明显的秃顶。他看起来极度羞怯紧张，一直不停地摆弄一条绳子，细长而颤抖的手指将绳子打结又解开，编成一个个精巧复杂的绳结。

仔细观察过这个怪人的每一个细节后，波莉的态度变得友好了。

“可是，”她和善却颇有权威地评论道，“这篇文章——它所登载的报纸也算消息灵通——会告诉你，仅在去年就有不少于六起罪案让警方一筹莫展，案件的罪犯还依然逍遥法外呢。”

“请原谅，”他温和地说，“我从来也没说过警方不会有迷案，我只是说只要在调查犯罪时运用智慧，就不会有迷案。”

“那我想，芬彻奇街迷案就没用智慧吧？”她讽刺地问道。

“所谓芬彻奇街迷案，是智慧用得最少的。”他平静地回答。

芬彻奇街迷案——这起异乎寻常的犯罪被人们这样称呼——据波莉所知，在过去的一年里，已经难住了每一个爱思考的人。当然，这起案件也大大难住了她。她十分关注，并为之着迷。她仔细研究了案件，形成了自己的观点，时时在脑中思索，甚至还就案件给报社写过一两封信——建议、争论、提出种种可能和概率，举出各种例证，其他的业余侦探也同样做好充分的准备加以批驳。因此，这个坐在角落里的羞怯之人的态度，让她感到格外恼火。她讽刺地反唇相讥，决意要击败这位自以为是的谈话对象。

“那样的话可真是太遗憾了，你怎么没把你宝贵的意见提供给善良却迷失方向的警察呢？”

“是吗？”他极为幽默地回应，“你知道，首先，我怀疑他们是否愿意接受。另外，如果我积极参与调查，我的意愿和我的责任必然会直接冲突。因为我往往会同情足够聪明狡猾、能牵着整个警察队伍鼻子走的罪犯。”

“我不知道对这起案件你还记得多少。”他平静地继续说道，“当然了，最初，它甚至把我也难住了。去年十二月的十二号，一个穿着虽然寒酸，但无疑曾经有过好日子的女人到苏格兰场报案，说她的丈夫威廉·克肖失踪了，威廉·克肖没有工作，显然也居无定所。一个朋友——一个肥胖油滑的德国人——陪着她，两人讲述的情况让警方立刻展开了行动。

“应该是在十二月十号下午三点左右，卡尔·穆勒，就是那个德国人，去拜访他的朋友威廉·克肖，目的是讨要一笔小小的债务，克肖大概欠了他十英镑吧。他来到位于夏洛特街菲茨罗伊广场的肮脏的寄宿处，发现威廉·克肖正处于一种极度亢奋的状态，而他的妻子正在流泪。穆勒试图表明自己来访的目的，但克肖粗鲁地把他拽到一边，然后——用他自己的话说——让他大吃一惊的是，克肖直截了当地提出想跟他再借两英镑，并且声称这笔钱将为他和他愿意伸出援手的朋友赚来一笔快钱。

“克肖含含糊糊地说了十五分钟，发现谨慎的德国人顽固无情，于是决定把他拉进那个秘密计划。克肖断言，这个计划能让他们得到几千英镑。”

波莉早已不自觉地放下了手中的报纸，这个温和的陌生人紧张羞怯，双眼水润，但这种独特的讲故事的方式，让她为之着迷。

"我不知道，"他继续说道，"你是否记得德国人对警察说的故事，那位妻子，也可能是寡妇，还补充了所有细节。故事梗概是这样的：大约三十年前，克肖当时二十岁，是伦敦一家医院的医学生，有一个叫巴克的室友，他们俩一起跟另一个人同住。

"这第三个人的情况是，一天晚上他带回来一大笔钱，是赌马赢的。然后在第二天早上，人们发现他被杀死在自己的床上。克肖很幸运，能够提供准确的不在场证明，因为那天晚上他在医院值班。而巴克已经不见踪影了。这是警方得出的结论，但克肖有一双敏锐的眼睛，根据他的观察，情况并非如此——至少他自己是这么说的。巴克非常聪明，已经设法逃到国外了，经过种种周折辗转，最终在西伯利亚的符拉迪沃斯托克落了脚。他化名为斯梅瑟斯特，通过贩卖皮草积累了巨额财富。

"好了，请注意，每个人都知道斯梅瑟斯特，那个西伯利亚的百万富翁。在克肖的故事里，他曾经叫巴克，三十年前还犯了一桩谋杀罪，但这些都未经证实，对吧？我只是对你转述在十二月十号那个难忘的下午，克肖对他的德国人朋友和他的妻子说过的话而已。

"据他说，斯梅瑟斯特在他精明的职业生涯里犯了一个巨大的错误——他给自己的老朋友威廉·克肖写过四封信。其中两封与案件无关，因为那两封信都写在二十五年前，更主要的是，据克肖自己说，很久之前他就已经把那两封信弄丢了。按照他的说法，写第一封信的时候，斯梅瑟斯特，也就是巴克，把杀人得来的钱都花光了，在纽约穷困潦倒。

"克肖那时经济状况很好，看在过去的情分上，给他寄了一张十英镑的钞票。到第二封信时，风水轮流转，克肖开始走下坡路了，而斯梅瑟斯特——那时他已经这样叫自己了——给老朋友寄了五十英镑。之后，据穆勒推测，克肖对斯梅瑟斯特不断增长的财富提出了种种要求，与之相伴的还有各种威胁。考虑到那位百万富翁身在遥远的异国，那些威胁其实毫无作用。

“但接下来就是故事的高潮，经过最后一番犹豫，克肖递给德国朋友两封信，说是斯梅瑟斯特最近写的。如果你还记得，这两封信在这起迷案的罪行中，起了至关重要的作用。我有这两封信的副本。”角落里的老人补充道，他从一个非常老旧的笔记本里取出一张纸，小心地将其展开，开始读了起来。

“先生，你对金钱的荒谬要求是完全不合理的。我已经给过你应得的。但是，看在过去的情分上，你又在我极度困难的时候帮助过我，我愿意让你再一次利用我的善良。我在这边的一位朋友，一个俄国商人——我把自己的生意卖给了他——打算几天后开他自己的游艇去好几个欧洲和亚洲的港口，邀请我跟他一起去英国。我已经厌倦了异国生活，渴望能在阔别三十年后再次看到祖国，所以我已经决定接受他的邀请。我不知道我们具体什么时候到欧洲，但我向你保证，我们一到合适的港口，我就再次给你写信，约定好让你到伦敦跟我见面。但是记住，如果你的要求过于荒谬，我是不会接受的，因为我是这个世界上最不会屈服于长期且不合理的勒索的人。你真诚的弗朗西斯·斯梅瑟斯特。

“第二封信是从南安普顿寄出的。”角落里的老人冷静地继续说道，“奇怪的是，在克肖拥有的来自斯梅瑟斯特的信里，只有这封他保留了信封，上面还有日期。信的内容很简短。”他补充道，再次看向那张纸。

“亲爱的先生，关于几个星期前的那封信，我要通知你，沙皇别墅号将在下周二，也就是十号抵达蒂尔伯里。我会上岸，然后立刻乘坐最近的一班火车去伦敦。如果你愿意，可以在那天傍晚，到芬彻奇街车站的头等厢候车室跟我见面。我想，一别三十年，我的相貌对你而言已经相当陌生了，你可以通过衣着来辨认。我会穿一件很厚的阿斯特拉罕毛皮大衣，戴同样材质的帽子。到时你可以对我介绍自己，我会亲自听听你想说什么。你忠诚的弗朗西斯·斯梅瑟斯特。

“就是这最后一封信引来了威廉·克肖的亢奋和他太太的眼泪。用那个德国人的话说，克肖一直像一头野兽般在房间里走来走去，狂乱地比着手势，嘴里还念叨着各种叹词。然而克肖太太满怀忧虑。她不相信那个外国人——在她丈夫讲述的故事里，那人已然犯下了违背良知的罪行——她担心，为了摆脱一个危险的敌人，那人也许还会犯下另一桩罪行。出于女性的心理，她认为这个计划是可耻的。而在法律层面，她也知道敲诈勒索是严重的罪行。

“这次见面也许是一个狡猾的陷阱，不管怎么说都极不寻常。她竭力论证，为什么斯梅瑟斯特不选择第二天在旅馆见克肖？有上千种原因和结论让她焦虑不安，可那个肥胖的德国人已经被克肖描述的远景征服了，无数的金币出现在他眼前，勾动人心。他借出了那必要的两英镑，他的朋友打算用这笔钱收拾一番，然后再去见那位百万富翁。半个小时以后，克肖离开了住处，那是那个不幸的女人最后一次见到自己的丈夫，也是穆勒，那个德国人最后一次见到自己的朋友。

“焦虑的妻子等了一个晚上，但他没有回来。第二天，她似乎花了一整天在芬彻奇街漫无目的地徒劳询问。十二号，她去了苏格兰场，把自己知道的细节都说了出来，还把斯梅瑟斯特写的两封信交给了警方。”

二、被告席上的百万富翁

角落里的老人已经喝完了他那杯牛奶。他水润的蓝眼睛看向桌子对面波莉·波顿小姐热切的小脸，那张脸上再不见一丝严厉，只有明显而强烈的激动。

“三十一号，”过了一会儿，他继续说道，“两个驳船夫在一艘废弃驳船的底部发现了一具尸体，已经腐烂得无法辨认了。那艘船曾经停在一道灯光昏暗的台阶底部，台阶位于两座高大的货仓中间，向下可以通到伦敦东部的一条河。我有那个地方的照片。”他补充道，从笔记本里挑拣出一张照片，放在波莉面前。

“你看，我拍这张照片时那艘驳船已经被挪走了，但你能意识到那个窄巷是一个多么完美的地方，一个人可以放心地在那里割断另一个人的喉咙，完全不用担心被人发现。我说过，那具尸体已经腐烂得无法辨认，放在那儿可能有十一天了，但很多小东西还是能认出来，比如银戒指、领带夹，经过克肖太太证实，这些都属于她的丈夫。

“她当然大声指控斯梅瑟斯特，警方的证据无疑也对他极为不利，发现尸体的两天后，这位西伯利亚的百万富翁——激动的记者们都这样称呼他——在塞西尔宾馆的豪华套房里被捕了。

“老实说，那个时候我是相当疑惑的。克肖太太的故事和斯梅瑟斯特的信都登在报纸上了，接下来是我通常的方法——需要提醒你，我只是一个业余人士，推理案件只是出于爱好。警方断定这起案件是斯梅瑟斯特所为，而我试图寻找他犯案的动机。

人们普遍认为他想彻底摆脱一个危险的敲诈者。但是你有没有想过，这个动机是多么的微不足道！”

波莉小姐不得不承认，她从没想过这个问题。

“当然了，一个通过自己的努力赚来巨额财富的人，绝对不是一个傻瓜，能相信自己需要害怕克肖那种人。他一定知道克肖手里没有对他不利的证据——至少完全不足以吊死他。你见过斯梅瑟斯特吗？”说着，他再次在笔记本里翻找。

波莉回答说，她在当时的插图报纸上看过斯梅瑟斯特的照片。老人把一小张照片放到她面前，说道：“这张脸给你最深的印象是什么？”

“嗯……满脸古怪、震惊的表情，因为完全没有眉毛，还有可笑的外国发型。”

“头发剪得太贴近头皮，看起来像被剃过。非常正确，那天早上我挤进法庭，第一眼看到被告席上的百万富翁时，那也是我最深刻的印象。他很高，看起来像个军人，站得笔直，他的脸被晒成了古铜色。他没留一点胡子，头发剪得离头皮很近，像个法国人。当然了，最引人注目的是他完全没有眉毛，甚至连睫毛也没有，这让他的脸具有一种特殊的样貌——就像你说的，一种持续惊讶的表情。

“但他似乎非常冷静，他在被告席上有把椅子——毕竟是位百万富翁——在为公诉人传唤证人的间隙，他愉快地跟他的律师亚瑟·英格伍德爵士说话。在那些证人接受询问时，他用手遮着头，非常平静地坐在那儿。

“穆勒和克肖太太重复了他们讲给警察的故事。我想你说过，因为工作压力，你那天没能到法庭旁听这个案子，所以你大概没见过克肖太太。没有？好的。这是我设法拍到的她的照片。那是她，站在证人席上——打扮得过于讲究——穿着繁复的黑纱，戴了一顶软帽，上面曾别过粉色的玫瑰，一些零散的粉色花瓣还冒失地沾在一片漆黑的衣服上。

“她不愿意看向犯人，坚决扭过头看着治安官。我想她一定很爱她那位无赖丈夫，因为她手上还戴着一枚很大的婚戒，那枚戒指也被黑色包着。她坚定地认为杀害克肖的凶手就坐在被告席上，她的的确确是在他面前炫耀她的悲伤。

“我莫名地为她感到难过。至于穆勒，他只是肥胖、油滑、浮夸，非常清楚自己作为证人的重要性。他肥胖的手指上戴满黄铜戒指，牢牢抓着那两封足以证明被告罪行的信。那两封信就是他的‘护照’，将会把他带到一片重要且声名远播的乐土。但我想，亚瑟·英格伍德爵士让他失望了，因为爵士表示没有问题要问他。而穆勒早就准备了一大堆答案，打算用最完美的控诉、最精心的谴责去对付那位生活奢侈的百万富翁，就是他诱骗了自己最好的朋友克肖，并且在伦敦东部一个天知道多么偏僻的角落里将其杀害。

“但在这之后，庭审迅速变得激动起来。穆勒已经退席，领着已经彻底崩溃的克肖太太，一起离开了法庭。

“警员D21正在讲述逮捕的情况。他说犯人似乎非常惊讶，不明白起诉他的原因。但是当他完全了解了情况，意识到任何抵抗都无疑是徒劳无益的，他就安静地跟着警察坐进出租马车。在时尚而拥挤的塞西尔宾馆里，甚至没有一个人察觉到发生了非同寻常的事件。

“接着，每个旁听者都发出了充满期待的巨大叹息，‘好戏’就要登场了。詹姆斯·巴克兰德，芬彻奇街车站的行李搬运工，刚刚宣誓要说出所有的真相，其实那也没多大意义。他说十二月十号下午六点，在他记忆中最浓的雾里，五点零五分自蒂尔伯里开出的火车冒着蒸汽开进车站，刚好晚点了一个小时。他在到站月台上，被一位头等厢乘客叫去搬行李。他没怎么看到那位乘客的脸，只看到一件巨大的黑色毛皮大衣和一顶旅行毛皮帽子。

“那位乘客行李不少，都带了F.S.标记，他领着詹姆斯·巴克兰德把行李都放到一辆四轮出租马车上，只有一个小手包由他自己拿着。见他所有的行李都妥善放好了，这位身穿毛皮大衣的陌生人给了行李搬运工钱，告诉车夫等他回来，他自己向候车室走去，手里还拿着那个小手包。

“‘我待了一会儿，’詹姆斯·巴克兰德补充道，‘跟车夫聊了聊大雾什么的，然后就去干我的活了，正好看见从绍森德过来的火车进站的信号。’

“公诉人强烈要求他确认那位身穿毛皮大衣的陌生人见行李放好，走向候车室的具体时间。行李搬运工很坚决地说：‘不会超过六点十五分。’

“亚瑟·英格伍德爵士依然没有问题，接下来被传到庭上的是马车夫。他证实了詹姆斯·巴克兰德关于时间的说法，那位穿毛皮大衣的绅士雇了他，用行李把他的车堆满了，告诉他在原地等候。车夫确实等了。他在浓雾中等待——直到他筋疲力尽，直到他严肃地考虑把所有行李送到失物招领处，再去找另一个生意——等到最后，在八点四十五分时，他看见有人急匆匆地朝他的马车走来，正是那位穿着毛皮大衣、戴着毛皮帽子的先生。这位先生迅速坐进车里，让车夫马上载他去塞西尔宾馆。车夫断言，这一切都发生在八点四十五分。亚瑟·英格伍德爵士依然没做评论，而在拥挤憋闷的法庭里，弗朗西斯·斯梅瑟斯特先生已经平静地睡着了。

“下一位证人，警员托马斯·泰勒，注意到有一个衣着破旧的人，头发胡子都乱七八糟的，于十二月十号下午在车站和候车室附近游荡，那个人似乎在观察着到站月台上来自蒂尔伯里和绍森德的火车。

“警方还聪明地找到两位彼此毫无关联的独立证人，十二月十号星期三，他们都看见同一个衣着破旧的人，在六点十五分左右溜溜达达走进头等厢候车室，径直走向一位穿着厚重毛皮大衣、戴着毛皮帽子的先生，那位先生也刚刚走进候车室。两人聊了一会儿，没人听见他们说了什么，但他们很快一起离开了。没人知道他们朝哪个方向走了。

“弗朗西斯·斯梅瑟斯特从冷漠中醒来，对律师低声说了什么，律师露出一个鼓励的温和笑容。塞西尔宾馆的员工证实，斯梅瑟斯特先生在十二月十号星期三晚上约九点三十分钟抵达，坐着马车，带着一大堆行李。至此，公诉结束。

“法庭里的每个人都已经‘看到’斯梅瑟斯特吊在绞刑架上。这些优雅的观众仅仅出于无关紧要的好奇，等着听亚瑟·英格伍德爵士要说些什么。当然，这位爵士是时下法律界最受欢迎的人。他懒洋洋的态度、慢吞吞的说话方式都让社会上的纨绔子弟争相模仿，十分流行。

“即便这位西伯利亚百万富翁的脖子正真真切切地悬于一线，当亚瑟爵士舒展修长的四肢懒懒地靠在桌子上时，旁听席里还是响起了一阵预料之中的吃吃笑声。他停下来以营造他的效果——亚瑟爵士是个天生的演员——毫无疑问，他成功了，他用最缓慢、最拖长的声调平静地说：‘法官大人，关于十二月十号星期三，下午六点十五到八点四十五之间，对威廉·克肖的谋杀指控，我现在要传唤两位证人，他们都在十二月十六号星期四下午，也就是所谓谋杀的六天以后，看到了同一位活生生的威廉·克肖。’

“这句话像炸弹一样在法庭里炸开。连法官都惊呆了。我敢肯定，我旁边的女士从震惊中恢复过来，只是为了考虑到底要不要推迟她的晚宴。”

“至于我，”角落里的老人有一种混合了紧张和得意的古怪态度，让波莉·波顿小姐感到极为诧异，“你知道，很早之前我就意识到这起案件的症结所在，所以不像其他人那么惊讶。

“也许你记得，案件的神奇发展让警方——实际上是让所有人都大为迷惑，除了我自己。商业路一家宾馆的老板托里安尼和一个服务员都证明，十二月十号下午三点半左右，一个穿着破旧的人懒洋洋地走进宾馆的咖啡厅，点了杯茶。他很高兴，话也很多，告诉服务员他的名字是威廉·克肖，很快整个伦敦都会谈论他，因为他马上就要得到一大笔意外之财，成为一个有钱人，诸如此类没完没了的废话。

“喝完茶，他懒洋洋地走了出去，但没等他拐过街角失去踪影，服务员发现那个衣着寒酸又话多的人不小心落下一把旧伞。出于这家相当体面的饭店的习惯，托里安尼先生小心地把伞收进自己的办公室，以备顾客发现丢失回来寻找。他确定大概一个星期以后，在十六号星期二下午一点左右，同一位穿着破旧的人来到饭店，问起自己的雨伞。他用了午饭，又一次跟服务员闲聊。托里安尼先生和服务员对威廉·克肖的描述与克肖太太对她丈夫的描述完全一致。

"奇怪的是，他似乎是一个十分心不在焉的人，因为第二次出现时，他刚一离开，服务员就在咖啡厅的桌子下发现了一个笔记本。里面夹了很多信件和账单，都是寄给威廉·克肖的。笔记本被呈上法庭，已经返回法庭的卡尔·穆勒一下就认出，那些东西是他已故挚友威廉的。

"这是对公诉的第一个打击，你得承认，这一击相当厉害。指控就像纸牌堆成的房子，已然开始坍塌。不过那个约会依然存在，斯梅瑟斯特和克肖的会面是毋庸置疑的，在浓雾下的夜晚，那两个半小时的会面仍有待做出解释。"

角落里的老人停顿了许久，让对面的姑娘焦躁万分。他心不在焉地摆弄着他的细绳，直到其每一英寸都打满了极为复杂精巧的绳结。

"我向你保证，"他终于继续说道，"在那个时候，整个案件在我眼里就像日光一样清楚。我只是惊讶，法官怎么会如此浪费他和我的时间，去问那些他认为与被告的过去有关的问题。弗朗西斯·斯梅瑟斯特已经从昏昏欲睡的状态中彻底清醒，他说话时带着一种古怪的鼻音和小得几乎无法察觉的外国腔调。他冷静地否认了克肖对他过去的描述，表示自己从没有叫过巴克，三十年前当然也没有犯下任何杀人罪。

"'但你认识这个克肖，'法官坚持道，'因为你给他写过信。'

"'请原谅，法官大人，'被告平静地说，'据我所知，我从来没见过这个克肖，我也可以发誓，我从没给他写过信。'

"'从没给他写过信？'法官警告地反驳道，'你这个观点

很奇怪，因为此时此刻，我手里就有两封你写给他的信。’

“‘这很容易证明，’亚瑟·英格伍德爵士懒洋洋的声音插了进来，他把一沓文件递给法官，‘这是我的当事人到这个国家以后写给我的信，其中有几封就是当着我的面写的。’

“正如亚瑟·英格伍德爵士所说，这很容易证明。在法官的要求下，被告在一张便笺纸上写了几行字，也把他的签名写了好几遍。从治安法官惊讶的表情可以看出，两种笔迹没有一点相似之处。

“一个新的迷案诞生了。那么，到底是谁约了威廉·克肖在芬彻奇街火车站见面？被告对他抵达英国以后的时间做了令人满意的解释。

“‘我是乘坐沙皇别墅号来的，’他说，‘这艘游艇属于我的一个朋友。我们抵达泰晤士河口时，雾非常大，等了二十四小时以后我才安全上岸。我的朋友是个俄国人，根本不愿意上岸，这片浓雾之地总让他感到害怕。他马上启程前往马德拉群岛了。’

“‘我实际上是十号星期三上岸的，然后立刻坐火车进城。正如行李搬运工和马车夫之前陈述的，我的确找人搬行李到马车上，之后我想找个餐厅，好好喝上一杯。我走进候车室，一个衣着寒酸的人跟我搭讪，给我讲了一个悲惨的故事。我不认识那个人。他说他是一个老兵，忠诚地服务于自己的国家，现在却被抛弃，就要饿死了。他恳求我陪他去他的住处，我能看到他的妻子和饥饿的孩子，相信他的悲惨遭遇没有半句假话。’

“‘法官大人，’被告的话中满是高尚的坦诚，‘那是我第一天抵达这个古老的国家。我时隔三十年重返旧地，口袋里装满钱财，而那是我听到的第一个悲惨故事。但我是个生意人，讲究

眼见为实。我跟着那个人穿过浓雾来到街上。他安静地在我身边走了一会儿。我完全不知道自己在什么地方。'

"'我突然转向他提问，这才发现那个人已经溜走好一会儿了。也许他觉得我不见到所谓饥饿的妻子儿女就不会给他钱，所以他把我扔下了，自己跑掉去寻找一个愿意上当的人。'

"'我发现自己所在的地方既荒凉又空旷，看不到马车或公共汽车的痕迹。我跟着自己的脚步，想方设法回到火车站，却发现自己的周遭越来越偏僻，在大雾中无望地迷失了方向。我在漆黑荒凉的街道上徘徊，没想到已经过去了两个半小时。唯一惊讶的是，那天晚上我竟然找到了火车站，或者说我找到了一位警察，他给我指了路。'

"'但你怎么解释克肖知道你的所有行踪？'法官坚持道，'他还知道你抵达英国的准确日期。你又怎么解释那两封信呢？'

"'我没法解释，法官大人，'被告平静地说，'我不是已经向您证明了吗？我从没写过那些信，那个人——呃——是叫克肖吧——也不是被我杀的。'

"'你能不能告诉我，在这里或者国外，有没有人可能知道你的行踪，掌握你抵达的日期？'

"'我的员工都在符拉迪沃斯托克，他们当然知道我离开，但他们中间没有人能写那些信，因为他们全都连一个英语单词也不认识。'

"'那你无法对这些神秘的信件提供线索？关于这起古怪的事件，你也没有任何能帮到警方的地方吗？'

"'这起事件对我、对您以及这个国家的警察来说，都同样是个谜团。'

“弗朗西斯·斯梅瑟斯特当然被释放了，因为没有任何证据来审判他。在他的辩护里，有两个压倒性的观点彻底击败了对他的控诉：首先，他证明了自己从没写过信约见克肖；其次，那个本该在十号被杀死的人，被人目睹在十六号还好端端地活着。那么，那个把百万富翁斯梅瑟斯特的行踪告知克肖的神秘人物，究竟是谁呢？”

三、他的推论

角落里的老人把他好笑、头发稀薄的脑袋歪向一边，看着波莉。接着他拿起那条心爱的绳子，解开自己打好的每一个绳结。等绳子恢复平滑以后，他把绳子放到桌子上。

“如果你愿意，我想一点一点带你进入我所遵循的推理思路，正如曾引导我那样，它必然会引导你前往这桩迷案唯一可能的答案。

“首先是这点，”他很紧张，坐立不安，又一次拿起他的绳子，随着谈及的每一点，编出一串让航海教练都相形见绌的精致绳结，“很明显，克肖不可能不认识斯梅瑟斯特，因为通过那两封信，他完全了解后者即将抵达英国。我从一开始就非常清楚，除了斯梅瑟斯特，没人能写出那两封信。你也许要说，那两封信已经被证实不是被告席上那个人写的。没错。要记住，克肖是一个粗心的人——他扔掉了两封信的信封。对他来说信封不重要。现在，人们永远无法证实那两封信不是斯梅瑟斯特写的。”

“可是——”波莉想说话。

“等一等，”他打断了波莉的话，同时第二个绳结出现了，“警方已经证实，在谋杀的六天以后，威廉·克肖还活着，还去了托里安尼宾馆，那儿的人本就记得他，这次他又碰巧落下一个笔记本，所以他的身份是毋庸置疑的。但是，从来没有人想过，在同一个下午，百万富翁弗朗西斯·斯梅瑟斯特先生身在何处。”

“当然，难道你的意思是？”姑娘倒吸一口凉气。

“请再等一会儿，”他得意地补充道，“托里安尼宾馆的老板到底是怎么被带到法庭上的？亚瑟·英格伍德爵士，或者他的当事人，是怎么知道威廉·克肖在那两个重要的时刻去过那家宾馆，宾馆老板又会带来如此确凿的证据，让这位百万富翁彻底洗清谋杀的嫌疑呢？”

“当然是，”波莉争辩说，“常用的办法，警方——”

“直到去塞西尔宾馆逮捕嫌疑人之前，警方对整个案件都秘而不宣。他们没像平时那样在报纸上发布公告：‘如果有人了解情况诸如此类。’如果宾馆老板是从普通渠道获得了克肖失踪的消息，他自己应该会去找警方。亚瑟·英格伍德爵士把他带上法庭。那么亚瑟·英格伍德爵士怎么知道他的行踪呢？”

“所以你是说？”

“第四点，”他冷静地继续说，“克肖太太从没被要求提供她丈夫的笔迹样本。为什么？因为警方就像你说的那样聪明，从一开始就没走在正确的路线上。他们相信威廉·克肖被杀害了，所以他们一直在找威廉·克肖。

“十二月三十一号，两个驳船夫发现了一具被认定为威廉·克肖的尸体，我给你看过发现地点的照片。公平地说，那里黑暗、荒凉，不是吗？正适合恶棍或胆小鬼把一个没有疑心的陌生人骗过去，先杀死他，拿走他的财物、他的文件、他的身份证，最后把他留在那里直至腐烂。尸体在一艘废弃的驳船里被发现，那艘船已经在台阶底部的墙边停了一段时间了。尸体正处于腐烂的最后阶段，当然已经无法确认其身份，但警方相信那就是威廉·克肖的尸体。

“他们半点都没有想过，那是弗朗西斯·斯梅瑟斯特的尸体，而威廉·克肖就是杀害他的凶手。

“啊！真是太聪明了，艺术般的构思！克肖是个天才。从整体上想想吧！他的伪装！克肖有邋遢的胡子、头发。他甚至连自己的眉毛都剃掉了。难怪连他妻子在法庭上都认不出他，别忘了，当他站在被告席上，她甚至都没怎么看他的脸。克肖衣着破旧、没精打采、弯腰驼背。而百万富翁斯梅瑟斯特，似乎曾在普鲁士军队待过。

“然后，这个机灵的家伙打算再去一次托里安尼宾馆。只需要几天时间，他就能买到跟自己原先非常相似的胡子和假发。打扮得完全像他自己！太精彩了！然后落下那个笔记本！他！这个人！这个家伙！克肖没有被杀！当然没有。他在谋杀的六天以后去了托里安尼宾馆，与此同时，百万富翁斯梅瑟斯特正在公园里跟公爵夫人亲密交谈！吊死这个人！呸！”

他摸索自己的帽子，用紧张、颤抖的手指恭谦地将之拿在手里，从桌边站起身。波莉看着他大步走向柜台，为自己的牛奶和面包付了两便士，很快穿过店铺离开了。而她依然处于无望的混乱之中，面前放着好几张照片。她依然盯着那条打满了绳结的长绳，它混乱、令人恼火，充满谜团，正如那个刚才还坐在角落里的老人。

利物浦迷案

奥希兹女男爵

一、利物浦迷案

“一个头衔——我是说，一个外国头衔——对骗局和诈骗来说，总是非常有用的。”一天，角落里的老人对波莉评论道，“当代最聪明的盗窃案就于近期发生在维也纳，犯人自称为西摩爵士。而在这里，同样级别的窃贼通常自称为什么公爵，一般是‘欧’结尾的，或者什么亲王，一般是‘欧夫’结尾的。”

“幸好我们那些宾馆、旅店的管理员，”波莉回应道，“已经对外国骗子的招数越来越敏感了，他们会把所有带头衔、说蹩脚英语的贵族都看成潜在的骗子和小偷。”

“其结果有时令人相当不愉快，特别是对那些来访的真正贵族而言，他们的来访是我们的荣幸。”角落里的老人回答，“拿塞米奥尼兹亲王来说吧，其家族谱系中的十六个纹章在哥达王朝都有明确的记载。[1]他随身带了足够多的行李，需要把一家宾馆的每个房间都用上，而且至少要用一个星期，连镶着钻石和绿松石的金烟盒被偷了，都不想费上一丁点儿麻烦去找回来。还是这位亲王，当他的秘书——一个衣冠楚楚却多少有些粗俗的法国小个子——代表亲王本人，为亲王及其随从预订最好的套房时，利物浦西北宾馆的经理毫无疑问地投去怀疑的眼光。

“很显然，那些怀疑并没被看出来，因为那位小个子秘书表示，等塞米奥尼兹亲王一到，就会在经理这儿存放一大堆银行票据，还有证券和债券。即便这位高贵的访客最终消费了令人咋舌的天价账单，这些东西的总价也超过账单金额的十倍。另外，阿尔伯特·兰伯特先生还解释道，亲王只会在利物浦待短短几天，他此行的目的地是芝加哥，去拜访他的姐姐安娜·塞米奥尼兹公主，公主的丈夫就是铜矿大王、千万富翁格尔文先生。

“不过，就像我跟你说的，尽管有这么多无可怀疑的抵押物，跟这位富有的俄国亲王有生意往来的利物浦人心里，还是难免生出一些怀疑。亲王在西北宾馆住了两天以后，派秘书去了博尔德街的珠宝店温斯洛瓦沙尔，请他们派一个代表拿些上好的珠宝去宾馆，要以钻石和珍珠为主，他要为自己在芝加哥的姐姐挑选一个礼物。

“温斯洛先生彬彬有礼地对阿尔伯特先生鞠了一躬，接受了亲王的要求。接着，他立刻走进内部办公室，跟自己的合伙人瓦沙尔先生商量最佳的应对方式。两位先生都希望能做成这笔生意，因为最近店里的生意非常不好。他们既不希望拒绝一位潜在

① 欧洲判定贵族血统的传统方式是计算其家族谱系中的纹章数量。十六个纹章表明该贵族的高祖父母、高外祖父母一代十六人都是贵族，是相当高贵纯正的贵族家族。

的客户，也不愿意得罪西北宾馆的经理佩蒂特先生，就是他向亲王推荐了他们。但那个外国头衔，还有粗俗的法国小个子秘书，真的让这两位自大而富有的利物浦珠宝商如鲠在喉，无法放心。最后他们达成了共识：首先，绝不赊账；其次，如果亲王用支票或银行汇票付钱，他们要等支票或汇票兑现以后再交珠宝。

“接下来的问题是，由谁把珠宝送到宾馆呢？如果由资深合伙人亲自出马做这样的差事，实在过于违背商业礼仪。更主要的是，如果让小职员去，解释起来会更加容易，也不会冒犯，他只要说在支票或汇票兑现之前自己无权交付珠宝就可以了。

“下一个问题是，他们很可能会面对外国口音。他们的首席店员查尔斯·尼德汉姆已经在温斯洛瓦沙尔工作超过十二年了，是彻底的英国做派，除了自己的母语，其他一概不理。所以他们最终决定，派才来没多久的舒瓦茨先生去做这个棘手的差事，他是个年轻的德国职员。

“舒瓦茨先生是温斯洛先生的外甥和教子，因为温斯洛先生的一个姐妹嫁给了德国知名公司舒瓦茨的老板，这家公司专做银器，开设在汉堡和柏林。这个年轻人很快就得到他舅舅的喜爱，大家都认为他可能会继承这家珠宝店，因为温斯洛先生没有孩子。

“最初，瓦沙尔先生不太同意让舒瓦茨先生去，因为舒瓦茨先生要独自带那么多贵重的珠宝出去，而他才来没多久，还不熟悉这个城市。但最后瓦沙尔先生还是被自己的合伙人说服了。于是，他们选出一系列上好的项链、吊坠、手镯和戒指，总价值超过了一万六千英镑，并决定由舒瓦茨先生在第二天下午三点坐出租马车带到西北宾馆。舒瓦茨先生照此安排做了，第二天是星期四。

“珠宝店的生意在首席店员的管理下一切如常，到了七点钟，温斯洛先生从俱乐部回来——他每天下午都要在那儿看上一小时报纸——立刻问起自己的外甥。令他惊讶的是，尼德汉姆先生告诉他，舒瓦茨先生还没回来。这有点奇怪，温斯洛先生露出些许焦虑的神情，走进内部办公室跟自己的合伙人商量。瓦沙尔先生表示愿意去宾馆一趟，问问佩蒂特先生。

“‘我自己也开始着急了，’他说，‘但我不太想说。我已经回来半个多小时了，每时每刻都希望你能回来，也许你能给我带来一些让人安心的消息。我以为你也许能碰到舒瓦茨先生，你们会一起回来。’

“不管怎样，瓦沙尔先生去了宾馆，还询问了大堂行李搬运工。后者记得清清楚楚，舒瓦茨先生递了名片，要见塞米奥尼兹亲王。

“‘那是在什么时候？’瓦沙尔先生问。

“‘大概三点十分吧，先生，他那时候来的，一个小时以后离开了。’

“‘他离开了？’瓦沙尔先生这句话更像喘气，而不是说话。

“‘没错，先生。舒瓦茨先生大概是三点四十五从这儿走的，先生。’

“‘你确定吗？’

“‘相当确定。他离开的时候，佩蒂特先生就在大堂，还问了他几句生意上的事。舒瓦茨先生大笑着说‘不错’。我希望没出什么问题吧，先生？’那个人补充道。

“‘哦——呃——没什么——谢谢你。我能见佩蒂特先生吗？’

“‘当然，先生。’

“当宾馆经理佩蒂特先生听说年轻的德国人还没回家，立刻变得跟瓦沙尔先生一样焦虑。

“‘四点之前我跟他说了几句话。我们刚接通电灯，冬季这几个月我们总是在那个时间开灯。但你也别太担心了，瓦沙尔先生，那个年轻人可能在回去的路上做别的事去了。说不定等你回去就发现他已经到了。’

“瓦沙尔先生明显放心了一些，他谢过佩蒂特先生急忙赶回珠宝店，却发现舒瓦茨先生依然没回来，那时已经快八点了。

“温斯洛先生看上去非常憔悴而且沮丧，此时此刻，无论对他大加批评责备，还是提出一种微小的怀疑——年轻的舒瓦茨有可能带着一万六千英镑的珠宝和钱永远消失了，都实在过于残忍。

“现在还有最后一种可能，但在那种情况下，恐怕希望也极为渺茫。温斯洛的私宅在伯肯海德那边。年轻的舒瓦茨到了利物浦以后，就一直跟他们住在一起，他有可能——也许是不舒服或有其他原因——没给店里打电话，直接回家了。这不大可能发生，因为他们从不把贵重的珠宝放在私人住宅里，但——这总是一个可能性。

“如果我接着给你讲，”角落里的老人往下说道，“温斯洛和瓦沙尔两位先生对下落不明的年轻人感到如何焦虑，将毫无用处，而且绝对非常无聊。只这样说就足够了，温斯洛先生回到家里，发现他的教子既没有回来，也没发来任何电报。

“温斯洛先生不想平白让妻子受惊，尽量正常地吃了晚饭，但吃完就立刻赶到西北宾馆，请求会见塞米奥尼兹亲王。可亲王带着秘书去了剧院，可能要到半夜才会回来。

“温斯洛先生惊惶无措，尽管他害怕让公众知道自己外甥失踪，但去警察局跟警员说明情况是他的责任。在利物浦那样的大城市里，这类新闻的传播速度总是令人称奇。第二天的早报上就已经全是这起最新的轰动事件：‘知名商人离奇失踪’。

“温斯洛先生在早餐桌上发现了一份让人为之惊悚的标题的报纸。报纸旁边放着一封写给他的信，是他外甥的笔迹，信是从利物浦寄出的。

“温斯洛先生把这封外甥写给他的信交给了警方。因此，信中的内容迅速成了公共资产。舒瓦茨先生在信中的惊人陈述，在宁静而高效的利物浦立刻成为无可匹敌的特大新闻。

“事情似乎是这样的：十二月十日星期三下午三点十五分，这个年轻人的确带着一包总价达一万六千英镑的珠宝拜访了塞米奥尼兹亲王。亲王表示了适度的赞赏，最终从中挑了一条项链、一枚吊坠和一只手镯，根据舒瓦茨先生的计算，价格为一万零五百英镑。塞米奥尼兹亲王在交易上是极为爽快和干脆的。

“‘你会要求立刻付款，这是当然的。’亲王用标准的英语说，‘我知道你们生意人更喜欢现金而不是支票，特别是在跟外国人做生意的时候，所以我总是带着大量英格兰银行的票据。’亲王愉快地微笑道，‘因为一万零五百英镑的黄金也许不太方便拿。如果你能开收据，我的秘书兰伯特先生会跟你处理所有相关问题。’

“亲王随即把选好的珠宝锁进他的化妆箱里，舒瓦茨先生只瞥到箱子上漂亮的白银装饰。纸和墨水都准备好了，年轻的珠宝商人开具账单和收据，与此同时，秘书兰伯特先生在他面前数出一百零五张脆生生的英格兰银行一百英镑的票据。然后，舒瓦茨对那位极为彬彬有礼而且非常满意的顾客深施一礼，告辞离开了。在宾馆大堂他碰见佩蒂特先生，说了几句话，然后就走到街上了。

“他刚离开宾馆，正要过马路往圣乔治大厅走的时候，一个穿着华丽毛皮大衣的绅士，飞快地从停靠在街边的出租马车里钻出来，轻轻搭上他的肩膀，递给他一张名片，同时用相当明显的权威语气说：‘那是我的名字。我必须立刻跟你谈谈。’

“舒瓦茨扫了一眼名片，借着头顶的弧光灯，他看到上面写着：德米特里·斯拉瓦尼安斯基·伯格热涅夫，沙皇俄国警察部第三局。

“这个拥有难念的名字和重要头衔的人，飞快地指了指他刚刚下来的那辆马车，舒瓦茨先生之前对亲王顾客的每一丝怀疑都在这时急剧萌发，他抓着自己的包，跟上了那位气势迫人的谈话者。等他们都舒服地在马车里坐好后，那个人用糟糕的英语礼貌地道歉说：‘这样擅自占用您宝贵的时间，我必须请您原谅，先生。可是，如果不是我们在我正处理的一个问题上利益一致，我是不会这么做的，在这件事上，我们应该都希望能战胜一个狡猾的无赖。’

“舒瓦茨先生的脑海里立刻充满了可怕的担忧，手不由得伸向自己的钱包，那里面满是他刚从亲王那儿收到的银行票据。

“‘啊，我知道了，’那个礼貌的俄国人微笑着说，‘他已经对你做了骗局，用的是常见的那种大量的所谓银行票据。’

“‘所谓的！’不幸的年轻人惊呼道。

“‘我对自己同胞的判断应该不会经常出错。’伯格热涅夫先生说，‘你别忘了，我对此经验丰富。因此，我不会认为我对塞米——呃——他管自己叫什么？——什么亲王——的评价是不公正的。就算不亲手摸你钱包里那些脆生生的票据，我也可以断言，没有银行会把它们兑换成金子。’

“舒瓦茨先生想起了他的舅舅和他自己的怀疑，暗骂自己的盲目和愚蠢，竟然如此轻易地接受了这些票据，丝毫没想过它们可能是假的。但现在，他提起了所有的怀疑，用紧张、焦虑的手指感受着那些票据。与此同时，泰然自若的俄国人冷静地划了一根火柴。

“‘看这儿，’他指着一张钞票说，‘总出纳签名里那个字母W的形状。我不是英国警员，但我能从一千个真的W里找出一个假的。你知道，我看过得太多了。’

“当然，可怜的年轻的舒瓦茨并没见过多少英格兰银行的票据，他也说不出来在博文先生的签名里，一个W是不是比另一个更好。但是，尽管他的英语说得没有这位浮夸的谈话者这么流利，他还是听懂了其令人震惊的话语中的每一个单词。

“‘这么说那个亲王，’他说，‘宾馆里的——’

“‘并不是什么亲王，就像你我一样，亲爱的先生。’沙皇陛下的警察平静地总结道。

“‘那珠宝呢？温斯洛先生的珠宝呢？’

“‘珠宝可能还有机会——哦！仅仅是有机会。这些假票据，你如此轻信收下的伪造票据，也许可以用来换回你的财物。’

“‘怎么换？’

“‘伪造和流通票据的罪行是很重的。你知道的。对七年劳役监禁的恐惧也许能让——呃——亲王的快乐心情迅速冷静下来。他应该会把珠宝交给我，你不用担心。他明白，’俄国警察冷酷地说，‘我和他之间有太多旧账要算，不差伪造票据这一笔。你看，我们的利益是一致的。我可以期待你的配合吗？’

“‘哦，我会按你的吩咐做。’年轻的德国人说，‘温斯洛先生和瓦沙尔先生那么相信我，我却是个大傻瓜。我希望不会太迟。’

“‘我想并不迟。’伯格热涅夫先生说，他的手已经放在马车门上了，‘我之前虽然跟你说话，但我一直盯着宾馆，我们的亲王朋友还没出门。我们这些俄国秘密警察都已经习惯了，你知道，眼睛时刻看着各个方向。我不需要你出现在对质现场，也许你可以在马车里等我。外面有讨厌的雾，你在车里也可以私密一些。你把那些漂亮的票据给我好吗？谢谢！别着急，我会很快回来。’

“他抬抬帽子行礼致意，然后把票据塞进他华丽毛皮大衣的内袋里。在他动作时，舒瓦茨先生瞥到一件华丽的制服和一条宽腰带，这两样东西无疑会承担起额外的道德重任，去面对楼上那个狡猾的骗子。

“接着，沙皇陛下的警官飞快地钻出马车，舒瓦茨先生被独自留下了。”

二、一个狡猾的无赖

“没错，无人打扰。”角落里的老人挖苦地轻笑，继续说道，“彻底独自一人，实际上，时间一刻钟接一刻钟地过去，那位身穿华丽制服的高尚警官却始终都没回来。到了很晚的时候，舒瓦茨再次责骂自己是个双料的傻瓜。他过于轻易地相信塞米奥尼兹亲王是个骗子，是个恶棍。出于这些不公正的怀疑，他又过于轻易地成为一个最为狡猾的骗子手中的猎物。

“来自西北宾馆大堂行李搬运工的询问充分表明，根本没有舒瓦茨先生描述的那么一个人进入宾馆。年轻人请求面见塞米奥尼兹亲王，心里怀的一线希望是所有的东西都还没丢。亲王亲切地接待了他，当时亲王正对秘书口述一些信件，贴身男仆正在隔壁房间为主人准备晚上的衣服。舒瓦茨先生发现，要对亲王说自己到底想做什么，实在是难以启齿。

“亲王锁进珠宝的化妆箱就放在那儿，秘书取出银行票据的包也在旁边。舒瓦茨先生犹豫再三，而亲王已经没有耐心了。年轻人终于将整件事和盘托出，那个所谓俄国警察的名片还攥在他手里呢。

“亲王看起来用极佳的脾气接受了整个事件，毫无疑问，他认为珠宝商是个无可救药的笨蛋。他给珠宝商看了珠宝、他手里的收据以及一大沓银行票据，舒瓦茨本来有一沓与之一样的，却愚蠢地全都交给了马车里那个狡猾的骗子。

“我用英格兰银行的票据支付我所有的账单，舒瓦茨先生。如果你在轻易相信一个我是骗子的荒唐故事之前，能跟宾馆经理聊一聊我的事，想必会更为明智。

“最后，亲王把一个小十六开本的书放到年轻的珠宝商面前，愉快地微笑着说：

“‘如果这个国家里那些生意做得很大、有可能跟外国人打交道的人，在跟有贵族头衔的外国人做生意之前，都能好好研究这本书，将会省下很多失望和大笔损失。在这个事件里，如果翻看这本《哥达年鉴》的第797页，你会看到我的名字，然后从一开始就会明白那个所谓的俄国密探才是骗子。’

“再没什么可说的了，舒瓦茨先生离开了宾馆。毫无疑问，他彻底被骗了。他不敢回家，心里却还有半分希望，想着去联络警方，也许他们能在骗子离开利物浦之前成功将其抓获。他见了沃特森探长，然后立刻遇到了一个巨大的难题，让找回那些银行票据变得彻底无望。他此前一直没有时间或机会记下那些票据的号码。

“温斯洛先生虽然对自己的外甥极为恼火，但也不希望把他拦在家门之外。他一收到舒瓦茨的信，就立即寻找其下落，并在沃特森探长的帮助下，到了舒瓦茨位于北街的临时住处。这个倒霉的年轻人本来想躲在那里，一直藏到可怕的风暴彻底结束，或者等到那个骗子被警方当场抓获，赃物也还在他手里。

“不用多说，警方虽然尽全力搜查把舒瓦茨骗到马车里的那个人，但这种好事却没有发生。他的外表如此与众不同，在他离开马车以后，利物浦不可能没有人注意到他。即便是在十二月一个有雾的下午，时间也过了四点，但那华丽的毛皮大衣和长胡子也应该能被注意到。但所有的调查都徒劳无果，没有任何人在任何地方见过舒瓦茨描述的那个人。报纸一直把这起案件称为‘利物浦迷案’。在利物浦警方的要求下，苏格兰场派著名警探费尔伯恩先生前来协助调查，但依然一无所获。

“塞米奥尼兹亲王带着他的随行人员离开了利物浦，而那个污蔑亲王名誉、骗走温斯洛瓦沙尔珠宝店一万零五百英镑的人却彻底消失不见了。”

角落里的老人理了理自己的衣领和领带，在他讲述这个有趣的迷案期间，领带已经顺着他如鹤般细长的脖子跑到那双松弛的大耳朵下面了。他的格子粗花呢上衣的图案特别花哨，让几个女服务员觉得好笑不已，一直站在一个角落盯着他看，还咯咯直笑。这显然让他感到紧张。他谦和地抬眼看向波莉，她看起来完全像一只打扮得花里胡哨的秃头鹳鸟。

“当然了，对骗子的种种猜测立刻传开了。最流行同时也是最快被击破的一种说法是，年轻的舒瓦茨根本就在编瞎话，真正的骗子其实就是他自己。

“但正如我刚才说的，这种说法很快就被击破了，因为作为一个极为富有的商人，老舒瓦茨先生不能无视自己儿子的粗心大意给他善良的雇主造成的损失。他一了解这起怪异事件的来龙去脉，就立刻给温斯洛和瓦沙尔两位先生开出一张一万零五百英镑的支票。这个举动是应该的，但也是高尚的。

“在温斯洛先生的有意安排下，所有的利物浦人都知道了这个慷慨的行为，对年轻的舒瓦茨先生的不良揣测也都迅速消失了。当然，也有的说法是关于亲王和他的随从的。我想直到今天为止，利物浦和伦敦都有不少人依然认为那个所谓的俄国警察其实就是亲王等人的同伙。不用说，这个说法似乎很有道理，温斯洛和瓦沙尔两位先生也花了一大笔钱，想证明俄国亲王是个冒牌货。

“但很快，这个观点也同样站不住脚了。尽管费尔伯恩先生作为犯罪调查员，名声与能力并不成正比，但他还真撞上了一个明显的调查方向，即约见伦敦和利物浦几家大型外汇交易所的经理。他很快发现，塞米奥尼兹亲王抵达这个国家以后，的确将大笔俄国卢布和法国法郎兑换为英国的银行票据。根据调查，超过三万英镑的货真价实又合理合法的资金都出自这位家谱中有十六个纹章的贵族的口袋。这么看来，这样一位富可敌国的人，显然不大可能去冒监禁和重劳役的风险，只为让自己的财富增加区区一万英镑。

“不过，亲王有罪的观点已经在我们警方愚蠢的脑子里深深扎根了。他们从俄国搜集了关于塞米奥尼兹亲王祖先的所有信息，他的地位和财富早已无须怀疑，但警方还是怀疑，甚至怀疑起亲王的秘书，乃至亲王本人，还联系了欧洲每个国家的首都警方。他们依然抱有希望，觉得能找到足够的证据证明他们怀疑的人有罪，但与此同时，他们却任由真正的犯人在一边尽情享受自己狡诈骗来的果实。”

“真正的犯人？”波莉说，“你觉得是谁——”

“我觉得，在那个时候有谁知道年轻的舒瓦茨身上带着钱？”他激动地说着，在椅子上扭来扭去，像一个吓人箱里的小丑，“很明显，谁知道舒瓦茨去见富有的俄国人，身上还极可能带着大笔钱财，谁就是这起事件的犯人。”

“除了亲王和他的秘书，到底会是谁呢？”她争辩道，“可你刚才说——”

“我刚才说了，警方决意找出亲王和他秘书的罪证，他们的眼睛也就能看到自己大鼻子底下那点地方。温斯洛和瓦沙尔两位先生在调查上慷慨地花了一大笔钱。温斯洛先生是珠宝店的资深合伙人，在案件中损失超过了九千英镑。可瓦沙尔先生就不一样了。

“当我看到警方在这起事件中表现得有多么愚笨，我便决定花些工夫，做做调查，这起事件让我如此感兴趣，最后我了解了所有想知道的情况。我发现，瓦沙尔先生只是珠宝公司的初级合伙人，只能获得营业利润的百分之十，而且他是最近才从资深店员升为合伙人的。但警方没有花工夫去调查这个情况。”

“你该不会是说——”

“我是说，在所有的案件中，如果后果影响了不止一个人，那首先要调查的就是案件对第二方的影响是否跟第一方相同。我在菲利莫尔街案件中给你证明过，不是吗？那起事件跟这个一样，两个受害人里，一个人相比于另一个，受害程度明显是非常小的——”

“可即使那样——”她开口道。

“等一下，因为我还发现了其他情况。一查明瓦沙尔先生每年的分红不会超过五百英镑，我就开始打听他的生活水准和主要的不良爱好。我发现，他在阿尔伯特街有一栋非常好的房子。那里的租金是一年二百五十英镑。所以要维持自己的开销，他应该会做投机生意、赌马，或者其他形式的赌博。投机生意和大多数形式的赌博是负债和破产的同义词，只是时间长短问题。我不敢说瓦沙尔先生在那个时候有没有负债，但我知道，在因为骗局不幸损失一千英镑以后，他反而把自己的房子装饰得更好了。现在他在兰开夏和利物浦银行还有个大账户，就是在‘巨大损失’的一年以后开设的。”

“但那一定很难——”波莉争辩道。

“什么？”他说，“计划整个事件？做到这件事简直轻而易举。他有二十四小时去实行自己的计划。他需要做什么？首先，去城里偏远点的地方找家印刷厂，印一些名字夸张的名片。当然了，那是‘立等可取’的。此外，还要从服装店买一身不错的二手制服、毛皮大衣、假胡子和假发。

“不，实行一点都不难，难的是做好全部计划，还需要极大的胆量。当然了，舒瓦茨是个外国人，来英国才半个多月。瓦沙尔蹩脚的英语误导了他，也许他跟这位初级合伙人本来就并不熟悉。我相信，如果不是他舅舅对俄国亲王抱有荒唐的英国式偏见和怀疑，舒瓦茨或许不会如此轻易地相信瓦沙尔的骗局。正如我所说的，如果英国商人对哥达王朝研究得再多点，将是大有益处的。不过，这个骗局很巧妙，不是吗？就算是我自己，也没法做得更好了。”

这最后一句话实在太有个人风格。在波莉能想出合理的观点反驳他之前，老人离开了，她却依然徒劳地寻找着对利物浦迷案的另一种解释。

莫格街谋杀案

爱伦·坡

塞壬唱的是什么歌？阿喀琉斯藏身于女子中用的是什么名？这些问题虽然令人迷惑，但并非无法猜测。

——托马斯·布朗爵士

我们谈论的分析性精神特征，其本身实际上是难以分析的。我们只能通过其效果加以理解。此外我们还知道，这种特征将是其拥有者一个最具活力的快乐之源。正如一个强壮的男子会因其体能而欣喜，因那些能调动其肌肉的运动而快乐，分析家也会在道德问题的解决中感受到喜悦。只要能施展才华，他甚至能从最琐碎的工作中获得快乐。他喜欢谜团、难题和神秘的文字，在解决方法中展示出他的无穷智慧，那种聪敏在常人看来是极为神奇的。他的成果，来源于所用方法的精髓，实际上，带有直觉的气息。

分析能力的一大推动力来自数学研究，尤其是数学中最顶尖的分支——这一分支仅仅因其逆向作用而被不准确却看似优秀地称为——分析。然而，计算本身并不等同于分析。举例来说，国际象棋棋手往往只做其中之一。所以，国际象棋对智力有提升作用其实是一个极大的误解。我写的不是论文，只不过是用一些随意的观察，为一个有些奇特的故事做个开场白。因此，我将借此机会断言：比起复杂轻浮的国际象棋，朴素的国际跳棋更加实用，而且毫无疑问更能反映出高层次的智慧。在国际象棋中，每个棋子都有不同且复杂的走法，具有各种可变值，只是复杂而已，却被误以为深刻（这也是常见的错误）。下棋需要极大的注意力。如果注意力有片刻停顿，就可能出现失误，导致受伤甚至落败。可以采取的走法不仅多样，而且非常复杂，所以引发失误的可能性成倍增加。最终获胜的十有八九是更为专注的棋手，而不是更为敏锐的。相比之下，在国际跳棋中，走法是独一无二的，而且变化很少，减小了疏忽失误的可能性，相对来讲，不仅仅需要注意力，更聪明的一方会占有更大的优势。具体来说，假设在一盘国际跳棋中，棋盘上只剩四枚王棋，这时当然不会有任何疏忽。很明显，胜者（如果棋手势均力敌）只能通过“妙手”决出，而这招“妙手”是其智力高度发挥的结果。在缺乏常见资源时，分析家会投身于他对手的精神之中，进而明确自身，他往往能一眼发现唯一的方法（有时那方法可能简单得出奇），并借此将对手引向错误或匆忙的误算。

长久以来，人们一直认为惠斯特牌[①]可以提升计算能力。智

① 惠斯特牌：一种纸牌游戏，下文提到的霍伊尔，撰写了一本介绍该纸牌游戏及其规则的书。

力出众者都从惠斯特牌中获得了非常多的快乐，并且认为国际象棋轻浮，大加嫌弃。毫无疑问，没有其他类似的纸牌游戏对分析能力提出如此高的要求。在基督教世界里，最好的国际象棋棋手也许就只是最好的国际象棋棋手，但如果一个人精通惠斯特牌，意味着他有能力在所有比拼智力的活动中获得成功。我所说的精通，指的是游戏中的完美表现，包括理解所有的信息，进而获得正当合理的优势。这些不仅是多方面的，也是多种多样的，并且往往存在于普通的理解能力难以抵达的思想深处。用心的观察就是清晰的记忆，目前为止，一个专心致志的国际象棋棋手会在惠斯特牌上表现得十分优秀，而霍伊尔纸牌规则（仅仅基于游戏机制）是充分且易懂的。因此，有一个极好的记忆力，并且按照“书本”进行，是打好牌的公认要点。但是，分析家的技巧只有在超出规则的问题上才能体现。他默默地做了大量观察和推断。也许他的同伴也是如此，而所获信息的程度差异更主要地在于观察的质量，而非推理的效果。重要的是要知道应该观察什么。我们的牌手完全不限制自己，也不会因为对象是游戏，而排除游戏之外的东西。他观察同伴的表情，仔细地与每个对手的表情加以比较。他考虑每一手牌的分类方式，经常通过持牌者的眼神一张张计算王牌和大牌的数量。在游戏进行中，他关注每张脸的表情变化，从确定、惊讶、胜利或懊恼的不同中获得大量信息。从一圈牌的收集方式上，他判断收牌的人能否组成另一组同花牌。从纸牌被扔到桌子上的方式上，他识别出虚张声势的目的。一个漫不经心或疏忽表露的词语，一张不小心掉落或翻开的纸牌，与之相伴的是对遮住纸牌的焦虑或毫不在意；根据发牌顺序计算这一圈牌；尴尬、犹豫、急切或忧虑——都能在他直觉的洞察力之下表明事情的真实状态。玩过两三圈之后，他完全掌握了每一手牌的内容，因此可以极为精准地出他的牌，就好像其他玩家把手里的牌亮给他看过。

分析能力不应该与机灵巧思混为一谈，分析家当然是灵巧的，但灵巧之人通常极不善于分析。推断或整合能力——灵巧往往借此二者体现，骨相学家（在我看来是错误的）将这两种能力指定给一个单独的器官，认为那是一种固有能力——常常被看到在一些智力有限者或白痴身上出现，这引起了道德作家的普遍关注。灵巧和分析能力之间存在着巨大差异，甚至比幻想和想象之间的差异更大，但这二者有极为相似的性质。实际上，人们会发现，灵巧的人总是充满幻想，而真正有想象力的人总是善于分析。

对读者来说，下面这段讲述也许可以成为前面那段观点的说明。

一八××年春夏之间，我住在巴黎，在那儿结识了C.奥古斯特·杜宾先生。这位年轻的绅士来自一个杰出的、极为辉煌的家族，但由于经过一系列不幸的变故变得穷困潦倒，他也因此一蹶不振，不再奋发上进，也不想东山再起。因为债权人的好意，他手里还留有一份小小的祖产，靠着这份收入，他极为节俭地过着基本限度的生活，不用多余的要求为自己增添烦恼。实际上，书籍是他唯一的奢侈品，而书在巴黎是很容易获得的。

我们第一次见面是在蒙马特街上一家鲜为人知的图书馆里，当时我们碰巧在找同一本极为稀有又极为精彩的书，这让我们聊了起来。此后我们频繁见面。我对他小小的家族史深感兴趣，他以每个法国人在谈论自我时都会有的全部坦诚为我做了详细的讲述。我同样惊讶于他的阅读广度，最主要的是，我感到我的灵魂被他想象力的狂野热情和生动新鲜所点燃。我当时在巴黎寻找一些东西，我觉得与这样一个人交往是我的无价之宝，我对他坦言了自己的感受。我们最后决定，在我待在巴黎期间，我们应该住在一起。因为我的世俗境遇没有他那么窘迫，他答应由我承担租房的费用，将房子布置成适合我们共有的、较为阴郁的形式。那是一栋老旧而古怪的宅邸，由于某种我们没有询问的迷信而被长期遗弃，在偏僻而荒凉的圣日耳曼郊区摇摇欲坠。

如果世人知道了我们在这里的生活习惯，我们一定会被人当成疯子——不过，或许会被当成无害的疯子。我们彻底隐居，谢绝任何来访者。实际上，我把这个隐居处的地址当成一个秘密，没有透露给我之前的熟人，而杜宾在巴黎已经好几年没有与人来往了。只有我们两个共同生活。

我的朋友有一个古怪的爱好（不然我还能称之为什么呢？），就是独独只喜爱夜晚。正如受到他所有其他怪异行为的影响一样，我也默默养成了这个习惯，让自己彻底沉浸于他的奇思妙想之中。黑夜女神并不总是在我们身边，但我们可以装作她存在。在清早的第一缕晨光中，我们关上老旧宅邸里所有脏兮兮的百叶窗，点亮几支香味浓郁的小蜡烛，为我们带来些许微弱而可怕的亮光。在这些东西的帮助下，我们让自己的灵魂在梦境中忙碌起来——阅读、写作或者交谈，直到时钟告诉我们真正的黑暗已经降临。那时我们就手挽着手来到大街上，继续白天的话题，或者四处游荡直至深夜，在这人口稠密的城市狂野的光影里，寻找安静观察所能提供的无限的精神愉悦。

在这些时间里，我发现了杜宾的一项独特的分析能力，并且感到由衷钦佩（其实看到他丰富的想象力，我早就认为他有这样的能力）。他似乎也乐于运用这个能力——倒不完全是为了炫耀，也不吝于坦诚自己从中获得快乐。他低声呵呵笑着对我夸耀，对他来说，大多数人的胸口上都装着一扇窗户，而且他往往会用一些直接又惊人的证据支持自己的论断，那些证据都表明他对我极为了解。每当这时，他的态度都冷淡而抽象，眼神茫然，平时洪亮的声音也会变得尖细，若非他深思熟虑而且发音非常清楚，听起来会显得暴躁易怒。看过他的这么多面，我不禁思考起过去哲学家所说的双重灵魂，还好玩地想象着双重杜宾——有创造力的和有分析力的。

请不要因为刚才的描述而认为我在写什么神秘故事，或者在创作什么浪漫故事。我描述的这个法国人的行为，只是一种被刺激的或者是病态的智力的产物。但下面这个例子将会更好地证明，在我们讨论的那个时期里他的言论的性质。

一天晚上，我们在王宫附近一条又长又脏的街上散步。我们两个显然都在思考，至少十五分钟我们俩都没说一句话。突然，杜宾说了下面这些话："没错，他特别矮小，更适合去游乐场剧场表演。"

"那是毫无疑问的。"我不假思索地回答，竟没立刻发现（因为我沉浸在思考中）说话人以一种极不寻常的方式与我的所思所想相呼应了。随后，我清醒过来，顿时大惊失色。

"杜宾，"我严肃地说，"这超出了我的理解范围。我承认我非常惊讶，几乎不敢相信自己的理智了。你怎么可能知道我刚才在想——"说到这儿，我停顿了，想弄清楚他是不是真的知道我正在想谁。

“——尚蒂利，”他说，“你为什么停下来了？你刚才在对自己说，他个子太小，不适合演悲剧。”

这正是我刚才想的内容！尚蒂利是以前圣丹尼斯街上的鞋匠，为戏剧着了魔，试图在克雷比荣[1]的悲剧里扮演薛西斯，却被人大加嘲讽，传得沸沸扬扬。

“天啊，告诉我，”我大声说，“那个方法——如果真的有方法——你用什么方法探测我的灵魂？”实际上，我比自己表现出来的要更为惊讶。

“是那个卖水果的，”我的朋友回答，“让你得出了这样的结论——那个修鞋匠的身高不足以扮演薛西斯。”

“卖水果的！你吓到我了——我不认识任何一个卖水果的。”

“我们走到这条街上时，那个撞上你的人——大概在十五分钟之前。”

我想起来了，那的确是一个卖水果的，头上顶着一大篮苹果，差点把我撞倒。当时我们从C大街过来，走进现在所在的这条街，但我不明白这跟尚蒂利有什么关系。

杜宾没有半点装神弄鬼的意思。“我会解释，”他说，“你会全部明白的。首先我们追溯你的思路，从我跟你说话那一刻开始，直到碰到我们说的那个卖水果的。你思路中主要的环节是——尚蒂利、猎户座、尼克尔斯医生、伊壁鸠鲁、切石法、街石、卖水果的。”

---

① 克雷比荣：法国小说家，中学毕业后投身戏剧界。

在人生中的某些时候，很少有人不曾追溯自己抵达某个特定结论的思考步骤，并以此愉悦自身。这项消遣充满乐趣，第一次尝试的人会惊讶于思路的起点和终点之间的距离是多么遥远且毫不连贯。所以，当我听到法国人说的话时大为惊讶，也不由自主地承认他说得非常正确。

他继续说道："如果我没记错，就在离开C大街之前，我们一直在讨论马。那是我们讨论的最后一个话题。我们走进这条街时，那个卖水果的头上顶着一个大篮子，飞快地从我们旁边过去，把你撞到用来修路的一堆铺路石上。你踩到一块碎石，脚底打滑，稍微扭到了脚踝，你似乎有些恼怒或生闷气，嘟囔了几个字，扭头看了看那一堆石头，然后就默默继续往前走了。我不是特意观察你的举动，只是最近喜欢观察而已。

"你一直低头看着地面，带着恼火的表情看着路上那些坑洼和车印（所以我知道你还在想着那些石头），直到我们走到那个叫拉马丁的小巷，那里的路面已经铺好了，用了一种尝试性的新铺法，砖石是交叠铆接的。到那里你的表情才明朗起来，我看到你的嘴唇动了，我相信你嘟囔的词是'切石法'，这个词特别适用于这条路。我知道，如果你说到了'切石法'，就不可能不想到原子、不想到伊壁鸠鲁的理论。而就在不久之前我们讨论过这个话题，我当时对你说过，这位卓越的希腊哲人的模糊猜测在最新的星云起源学说中得到了证实。这件事多么奇特，却又多么不为人所注意。我觉得你一定会抬起眼睛看向猎户座大星云，我当然希望你会这么做。你真的抬头看了，所以我确定自己准确地跟随了你的思路。但是昨天那期《博物馆》上刊登了一篇辛辣的批评尚蒂利的长篇文章，评论家用不光彩的暗讽挖苦鞋匠，说他穿上演员厚底鞋就改了名字，还引用了我们经常聊到的拉丁诗句，就是那句‘第一个字母已经失去了原来的发音’。

“我告诉过你，这句诗指的是曾写作Urion的猎户座[1]，我知道你不会忘记与之相关的那些嘲讽的评论，所以很显然，你不可能不把猎户座和尚蒂利联系到一起。你也的确将二者联系起来了，因为我看到你嘴边浮现了一丝微笑。你想到了可怜的鞋匠的牺牲。之前你走路时一直弓着腰，但我看到你一下站直了。所以我确定你想起了尚蒂利的矮小身材。这时我打断了你的思路，评论说他——那个尚蒂利——确实特别矮小，更适合去游乐场剧场表演。”

这件事情过去没多久，在浏览《法庭公报》的晚报时，下面的内容吸引了我们的注意力。

“离奇的凶杀案——今天凌晨三点左右，圣洛克街区的居民们被一阵可怕的尖叫声从梦中惊醒，叫声显然来自莫格街一栋房子的四楼，那里只住着一户人家，莱斯帕那耶太太和她的女儿卡米叶·莱斯帕那耶。众人耽误了一些时间，因为一开始他们按平常的方式敲门，却无人应答，最后只能用撬棍破开大门，八九个邻居和两名警官一起冲了进去。这时，尖叫声已经停了。但是，当这群人冲上第一个楼梯平台时，他们清楚地听到两个或更多激烈争吵的粗重声音，似乎是从房子上层传来的。当他们跑到第二个楼梯平台时，那争吵声也停了，一切都格外安静。众人分散开来，迅速地挨个去房间寻找。在抵达四楼的一个大房间时（房门锁着，钥匙在屋内，只能破门而入），一番惨烈的景象惊呆了在

① 猎户座英文为Orion。

场的每一个人，让他们都惊惧万分。

“房间里极为凌乱——破碎的家具被扔得东倒西歪。屋里只有一个床架，床垫被拽了下来，扔在房间地板正中。一张椅子上有一把剃刀，上面满是血迹。壁炉边有两三绺又长又粗的灰白头发，也沾了血，似乎是被连根拔下来的。地板上找到四枚二十法郎金币、一只黄玉耳环、三把大银勺、三把阿尔及尔小银勺，还有两个袋子，里面装着将近四千法郎金币。角落里立着一只柜子，抽屉都是打开的，显然被翻了一遍，不过里面还留着很多东西。床垫（不是床架）下面有一只铁制的小保险箱，也是打开的，钥匙还插在箱门上。里面除了几封老旧信件、一些没什么价值的文件，就没有其他东西了。

“这里没有一点莱斯帕那耶太太的踪迹，但人们发现壁炉里有大量的煤灰，搜查了烟囱之后，（真是可怕至极）他们从烟囱里拽出了这家女儿大头朝下的尸体，在烟囱里塞得挺深。尸体还是温的。经过查看，尸体上有不少摩擦伤痕，显然是被暴力塞进烟囱时产生的。尸体面部有不少严重的抓痕，喉部有深色瘀伤和深深的指甲痕迹，死者似乎是被人掐死的。

“众人细致地搜查了房子的每个角落，却没有进一步发现，于是来到房子后面一个铺了地砖的小庭院，在那儿看到了老太太的尸体。她的喉咙被彻底割断了，在人们要抬起尸体时，脑袋掉了下来。身体和头部一样，都残缺得可怕——尤其是身体，已经几乎不成人形了。

“我们相信，这件可怕的迷案依然没有任何线索。”

第二天的报纸提供了更多细节。

“莫格街悲剧——此次离奇可怕的事件已有多名相关人员被

调查。”（在法国，“事件”[①]这个词的用法比我们严肃得多。）但没有任何线索能使案件调查明朗起来。以下是我们引用的证人证言。

“洗衣女工波琳·迪布尔表示，她已经认识两位死者三年了，其间，一直为她们清洗衣物。老太太和女儿似乎关系融洽——彼此感情很深厚。她们付钱很大方。自己不了解她们的谋生方式，听说莱斯帕那耶太太靠算命谋生，似乎有不少存款。她去取送衣服时从没在房子里见过其他人，能确定她们没雇仆人。除了四楼，房子里其他地方好像都没有家具。

“烟草商皮埃尔·莫罗表示，最近四年来，他经常提供给莱斯帕那耶太太少量的香烟和鼻烟。他在这个街区出生，也住在这里。死者和她的女儿在那栋房子里至少住了六年。之前那里住了一个珠宝商，把楼上的房间转租给好几个人。那栋房子是莱斯帕那耶太太的财产。她对房客转租感到十分不满，于是不再租给别人，自己搬了进去。老太太有些孩子气。六年里，证人只见过那位女儿五六次。母女俩过着彻底隐居的生活——大家都说她们很有钱。他曾听邻居们说莱斯帕那耶太太给人算命——却并不相信。他从没见过任何人走进那栋房子，除了老太太和她的女儿，行李搬运工来过一两次，一个医生来过八九次。

“其他不少邻居都做了类似的证言。没有人表示自己经常去那栋房子，也没有人知道莱斯帕那耶太太和她女儿是否有在世的亲属。房子正面窗户的百叶窗很少打开。房子背面的百叶窗始终关着，只有四楼那间大卧室例外。这栋房子不错——不是很旧。

---

① 事件：英文为affair，也有“出轨”的意思。

“警官伊西多尔·穆赛表示他在凌晨三点被叫到那栋房子，发现大门口有二三十个人，正在想办法进去。最后他们用一把刺刀把门破开了——不是用撬棍。破开门并没费多少劲儿，因为那是一道双扇或者说折叠门，上下都没插门闩。门被破开以后，尖叫声立刻停止了。那叫声似乎来自某个（或某些）极度痛苦的人，叫声很大，也拖得很长，不是那种短促的声音。证人领着大家上楼。到达第一层楼梯平台时，听到两个响亮的声音在愤怒地争论——一个声音粗哑，另一个尖细刺耳——听起来非常古怪。能听出前者说的几个词，那显然是个法国人，也肯定不是女人，说的两个词是‘该死’和‘魔鬼’。尖细的声音是个外国人发出的，听不出来是男是女。也听不懂说的是什么，但说的应该是西班牙语。这位证人对房间和尸体的描述与我们昨天看到的一样。

“邻居亨利·杜瓦尔，职业是银器匠，表示他是第一批冲进房子的人。他的证词可以与穆赛警官相互印证。他们一破开大门进去，就把门重新关上了，把人群挡在外面，虽然当时还是凌晨，但人群却很快聚了过来。这位证人认为那个尖细的声音是一个意大利人发出的。很确定不是法国人，却不能肯定是个男人，有可能是个女人。证人不熟悉意大利语，听不出那些单词，但根据语调认为说话的人是意大利人。证人认识莱斯帕那耶太太和她女儿，经常跟她们二人说话。非常肯定那尖细的声音不是她们中的任何一个发出的。

“饭店老板奥登海默是主动做证的。证人不会说法语，通过译员做证。他是阿姆斯特丹人。尖叫声响起时，他刚好路过那栋房子。叫声持续了好几分钟——也许是十分钟。叫声很长，声音也大——听起来非常可怕痛苦。他也进到房子里了。跟前面几位证人的证词都能印证，只有一点除外。他肯定那个尖细的声音是个男人，还是个法国人。他听不出那人说了什么。那人说得又响又快，也很不稳定，明显又恐惧又愤怒。声音非常刺耳，与其说是尖细，不如说是刺耳。他不觉得应该称之为尖细。那个粗哑的声音重复着‘该死’和‘魔鬼’，还说了一次‘我的上帝’。

“银行家朱尔斯·米格诺德，来自德洛兰街米格诺德父子银行，是老米格诺德，表示莱斯帕那耶太太有些财产。一年春天（八年之前）在他的银行开了一个账户，经常有小额存款，却从没取过钱。直到死去的前三天，她亲自去取了四千法郎。这笔钱用金币支付，银行还派了一个职员拿着钱送她回家。

“米格诺德父子银行职员阿道夫·勒邦表示，那天中午，他拿着四千法郎陪莱斯帕那耶太太到了她家，这笔钱装在两个袋子里。房子大门打开以后，莱斯帕那耶小姐出来接过他手里的一个袋子，老太太接过另一个。他鞠了一躬便离开了。当时街上没有任何人。那是一条小街，非常偏僻。

“裁缝威廉·伯德表示，他是进入房子的众人之一。他是个英国人，已经在巴黎住了两年。上楼梯时他在前面，听到了争论声。那个粗哑的声音是法国人发出的，能听出几个词，但都不记得了。清楚地听到‘该死’和‘我的上帝’。那时还有一个声音，就像好几个人扭打在一起的碰撞声。那个尖细的声音很大——比粗哑的声音大。他很肯定那不是英国人的说话声，有点像德国人，也许是个女人。他不懂德语。

“上面提到名字的证人中，有四位被再次传唤了，他们表示当众人来到发现莱斯帕那耶小姐尸体的那个房间时，房门是从里面反锁的。周围非常安静——没有任何呻吟或声响。破开房门以后没看到任何人。里外两个房间的窗户都关着，是从里面锁住的。两个房间之间的门关着，却没上锁。外屋通往走廊的房门是锁着的，钥匙在内侧钥匙孔上。四楼面向房子正面的一侧有个小房间，在走廊最前面，房间没锁，门半开着。这个房间里堆满了旧床、箱子和其他东西。那些东西都被小心地搬出来查看过了。这栋房子的每一个地方、每一英寸都被仔细检查了，还用扫帚把烟囱上上下下扫了一遍。房子共有四层，还有阁楼。屋顶上的活板门被钉子牢牢钉住——似乎几年都没打开过。对听到争吵声和破开房门中间的那段时间，证人们有不同的表述。有些认为那段时间只有三分钟，有些认为有五分钟。破开房门费了些工夫。

“葬仪师阿方索·加尔西奥，表示他住在莫格街，他是个西班牙人，也是最先进入房子中的一员。他没上楼，因为他神经紧张，很担心自己过于焦虑。他听到了争吵声。粗哑的声音是法国人发出的，但分辨不出说了什么。尖细的声音是英国人发出的，他很肯定。但他不会英语，只是从语调判断的。

“糖果店主阿尔伯特·蒙塔尼表示，他是第一批上楼的人。他听到了那些声音。粗哑的声音是个法国人发出的，他听出了几个词。说话人似乎正在劝说，但听不出尖细的声音说了什么，说得太快了，而且很乱。他觉得那是个俄国人。他的证词跟大多数证人的差不多。他是个意大利人，从没跟真正的俄国人交谈过。

“几位证人回忆了，也经过证实，四楼所有房间的烟囱都很窄，人钻不进去。之前说的‘扫帚’，是打扫烟囱的人用的圆柱形清扫刷。整栋房子的烟道都被那种刷子过了一遍。房子也没有后楼梯，众人上楼时，不可能有人从别的地方跑出去。莱斯帕那耶小姐的尸体被紧紧塞在烟囱里，四五个人合力才把她拽了出来。

“医生保罗·杜马斯表示，天亮时他被叫去验尸。两具尸体都在发现莱斯帕那耶小姐的那个房间里，放在床架上的麻布袋上。年轻女士的尸体有多处瘀痕和擦伤，显然是被塞进烟囱造成的。喉咙上有严重的伤痕，下巴下面还有几道深深的抓痕，以及几个青灰的印记，显然都是手指印。死者面部严重变色，眼球突出，舌头局部被咬断。腹部有大片瘀青，应来自膝盖重压。杜马斯医生认为，莱斯帕那耶小姐是被一人或几人掐死的。那位母亲的尸体损毁得极为严重。右腿和右臂的全部骨骼都不同程度粉碎了，左侧胫骨和左侧肋骨也全部粉碎。整个尸体布满瘀青，严重变色。无法说出伤痕究竟如何形成。如果在一个非常强壮的男人手里，一根沉重的木棒、一根较宽的铁棒、一把椅子，或任何大而重的钝器都会造成这样的伤痕。没有女人能用任何武器形成这样的伤痕。证人看到，死者的头已经彻底与身体分离，同样伤痕累累。喉咙显然被某种利器割断，也许是一把剃刀。

“外科医生亚历山大·埃蒂安跟杜马斯医生一起被叫去验尸，他的意见与杜马斯医生一致。

“虽然也询问了其他几个人，但都没得到任何重要线索。巴黎从未出现过这样的谋杀案——如果这的确是一起谋杀，如此神秘，所有细节如此令人费解。警方一筹莫展——这起案件在同类案件中也极不寻常。但是，没有任何一点线索。”

据晚报描述，圣洛克街区依然处于极度恐慌中。警方重新仔细搜查了那栋房子，也再次询问了那些证人，但都一无所获。不过，附言中提到阿道夫·勒邦已被捕入狱——但在现有细节之外，并没有什么能证明他有罪。

杜宾似乎对这起案件的进展很感兴趣——至少从他的表现来看是这样，因为他没做任何评论。只是在勒邦被捕入狱以后，他才询问我对凶手的看法。

我只能同意整个巴黎的看法，认为这是个无法解决的迷案。我想不到有什么办法可以找到那个凶手。

“我们不能只通过证词的框架去做判断，”杜宾说，“以敏锐著称的巴黎警方很精明，但也就这样了。除了现在用的方法，并没有其他的办案方法。他们采取了一系列广泛的措施，但常常不能很好地用于要解决的问题，这让我们想起茹尔丹先生，他叫人送来晨衣，只是为了更好地听音乐。他们取得的成果常常令人惊讶，但是，大多数成果都来自简单的勤奋和活动。当这些特质无法获取时，他们的方案就无效了。比如说维多克，他是一个善于推测、坚忍不拔的人。但是，因为思想没有经过教育训练，他在高强度的调查中持续犯错。他与对象离得太近，有损于自己的事业。他也许能清晰地看到一两点，但与此同时，他必将失去纵观全局的视野。因此，过于艰深也是一个问题。真相并不是总在深井之中。实际上我相信，那些更为重要的知识一直是浅显的。其深度在我们寻找它的山谷里，而不是在它被找到的山顶上。这种错误的模式和来源在天体观测中最为典型。看一颗星星——要侧着眼看，让瞳孔的外侧朝向它，这样会比瞳孔内侧更容易接受微弱的光线——是要清楚地看到它，要最大限度地欣赏它的光亮，我们越是直接看向它，那光亮就越是会变弱。直视星星时，会有更多光线照在眼睛上，但是侧着眼睛看，你会理解得更为精到。如果过于艰深，我们会让思想变得复杂且茫然无力。而如果过于持久、过于集中或过于直接地仔细观察，我们甚至可能让金星从天空中消失不见。

“至于这起谋杀案，我们要自己做点调查，然后各自得出意见。这个调查也是一项极好的消遣（我觉得他这么说不太合适，但我并没多说什么，只表示同意），另外，勒邦曾为我服务过一次，我也不是不知感谢的人。我们去案发现场亲眼看一看。我认识警察局长G先生，得到许可应该不难。”

我们得到了许可，立刻前往莫格街。这条街是黎塞留街和圣洛克街之间几条破烂的街道之一。由于这个街区离我们住的地方很远，我们到的时候已经是下午很晚了。房子很容易找到，因为现在还有很多人站在马路对面，带着极大的好奇心盯着紧闭的百叶窗。那是一栋普通的巴黎住宅，大门的一侧有一个装有玻璃的岗亭，窗户上有一块滑动板，表明那是个门房。进去之前，我们顺着街道往上走，拐进一条小巷，然后再次转弯，走过房子的背面——与此同时，杜宾不仅观察了这栋房子，也观察了这个街区，他看得很细致，但我不知道有什么值得观察的。

我们折返回去，再次来到房子前面，按铃，出示了证明文件，得到负责警官的允许，进入了房子。我们走上楼梯，进入那个发现莱斯帕那耶小姐尸体的房间，两具尸体依然停放在里面。按照惯例，房间保持着案发时的凌乱状态。除了《法庭公报》所描述的，我没发现任何新东西。杜宾仔细检查了每样东西——包括受害人的尸体。然后我们去了其他房间，又去了院子，一位警官一直陪着我们。到天黑我们查看完，就动身离开了。回去的路上，我的朋友去了一家日报社。

我已经说过，我朋友的奇想是多种多样的，而且“听凭自己安排”——这个惯用语没有对应的英语。现在，他的幽默是谢绝一切关于谋杀案的交流，直到第二天中午。那时他突然问我，有没有在那个暴力的现场看到什么特别的东西。

他特别强调了“特别”这个词，不知为什么，他的这个态度让我不寒而栗。

“不，没什么特别的，”我说，“至少，没超出我们在报纸上看到的。”

“恐怕，”他回应道，“《法庭公报》并没有深入探究这个事件非比寻常的可怕之处。暂且不管报纸毫无意义的意见。人们认为这起案件难以破解，可对我来说，造成这种看法的原因也正是其容易破解的理由——我的意思是就其离奇的特点而言。警方受困于一个表象，就是缺乏动机——不是凶手本身，而是凶手的暴力程度。他们同样感到迷惑的是相互矛盾的两个事实：众人听到两个声音在争吵，可楼上除了惨遭杀害的莱斯帕那耶小姐之外没有一个人，也不可能从房子里逃脱而不会引起上楼众人的注意。极度凌乱的房间、被头朝下塞进烟囱的尸体、老太太尸体上的可怕损伤，这些要注意的问题，我说到的，还有其他我没提到的，都足以让他们的侦查工作陷入瘫痪，让这些自诩敏锐的官方人士彻底束手无策。他们犯了一个严重却普遍存在的错误，就是混淆了少见和难解。但是，唯有脱离普通的思想水平，理性才能在寻找真实的过程中，找到自己的道路。在调查中，我们必须追寻的不是‘发生了什么事’，而是‘发生了什么此前从未发生的事’。实际上，我能获得，或者说已经获得了这起迷案的结论，而且我所认为的容易程度与警方眼中的难解程度是成正比的。”

我惊讶得说不出话来，只是盯着他。

“我现在在等，”他继续说着，同时看向我们住处的大门，

"等一个人，他也许不是这起残杀的实施者，但一定与之有某种关联。这起罪行如此严重，他很可能是无辜的。我希望自己这个假设是正确的，因为我以此为基础构建了解决整个谜团的期望。我希望他来，每时每刻，来到这个房间。他可能不会来，但也可能过来。如果他来了，我们必须扣住他。这是手枪，如果情况需要，我们都知道该怎么用。"

我接过手枪，几乎不知道要做什么，也不敢相信听到了什么，而杜宾还在继续说，特别像一段独白。我已经说过他在这种时刻的抽离态度。他的话是对我说的，声音虽然不大，却有一种特别的语调，好像在对距离很远的某个人说话。他眼神茫然，只是盯着墙。

"那两个争吵声，"他说，"根据上楼的众人，并不是两位女性受害人，证据也充分支持了这点。这为我们彻底排除了一个怀疑，老太太会不会先残忍地杀死女儿然后自杀。我说这个问题主要是从方法出发，因为莱斯帕那耶太太的力量不足以将她女儿的尸体塞进烟囱，而她自己身上的伤痕也完全排除了自杀的可能性。那么，凶手一定另有其人，而这个人的声音就是人们听到的争吵声。现在要注意的不是关于争吵声的整个证词，而是这些证词中的特别之处。你注意到其中特别的问题了吗？"

我注意到了，所有证人都一致认为那个粗哑的声音是法国人发出的，对那个尖细的声音——或者用一个证人的说法，刺耳的声音——却意见不一。

"那是证据本身，"杜宾说，"但那不是证据的特别之处。你没有找到特别之处。但证据里的确有特别的地方有待发现。正如你说的，证人们对粗哑声音的看法一样，没有任何异议。但是关于那个尖细的声音，特别之处在于——不是他们意见不一致——而是，一个意大利人、一个英国人、一个西班牙人、一个荷兰人和一个法国人都试图描述那个声音，每个人都认为说话的人是个外国人。每个人都确定说话的人不是他国家的人。每个人都认为那声音不是他熟悉的国家的语言，而是正相反的。法国人认为那是西班牙语，而且'如果他会西班牙语，可能会听出几个词'；荷兰人主张说话的人是个法国人，但我们知道'证人不会说法语，通过译员做证'；英国人认为说话的人是个德国人，而且他'不懂德语'；西班牙人'肯定'说话的是个英国人，但'只是从语调判断的'，而且'他不会英语'；意大利人相信那是个俄国人，可他'从没跟真正的俄国人交谈过'；第二个法国证人跟第一个观点不一样，很肯定那个声音来自一个意大利人，但是跟西班牙人一样，也是'根据语调'得出的结论。好了，那个声音该有多么离奇古怪，竟能引出这样天差地别的证词！那声音的语调，就连欧洲五大主要语种的使用者都找不到半点熟悉的地方！你可能会说，那也许是亚洲人或者非洲人呢？在巴黎，亚洲人和非洲人数量都不多，但是我先不否定这个观点，只是希望你注意以下三点：一个证人表示那声音'与其说是尖细，不如说是刺耳'；其他两人将其形容为'说得太快了，而且很乱'；没有一个证人提到可以辨别的词语，或者类似词语的发音。

"我不知道到目前为止，"杜宾继续说，"我说的话对你的理解有什么影响，但我可以毫不犹豫地说，即便是这部分证词——关于粗哑和尖细声音的看法——我们从中得出的合理推断本身，也足以引发一个怀疑，从而为进一步调查这桩迷案提供方向。我虽然说了'合理推断'，但我的意思并没有全部表达出来。我想说的是，那些推断是唯一正确的推断，而由此自然产生的那个怀疑也是唯一的结果。至于那怀疑是什么，我现在还不打算说。我只是希望你能在心里记住这点，对我来说，那个怀疑是足够有力的，让我在调查那个房间时有一个确定的形式，或一个明确的方向。

“现在我们把注意力转向那个房间。我们在那儿首先要找的是什么？是凶手逃离的方法。这样说并不过分，我们两个都不相信超自然事件。莱斯帕那耶太太和小姐不是被幽灵所杀。凶手是真实存在的，也真正逃离了。那么，他是怎么做的？幸运的是，这个问题只有一种推理模式，这个模式必然会将我们领向一个清晰的结论。我们可以一个个地查看可能的逃离方法。显然，当众人跑上楼梯时，凶手曾经在发现莱斯帕那耶小姐尸体的房间里，或者至少在与之相邻的房间里。警察已经掀开了各个方向的地板、天花板和墙面。如果有秘密出口，不可能逃过他们的眼睛。但是，我并不相信他们的眼睛，自己检查了一遍，确实没有秘密出口。两个房间通往走廊的门都锁得好好的，钥匙插在门里。我们再看烟囱，这些烟囱都是常见的宽度，在壁炉上方八到十英尺，尽管如此，烟囱上下各处都进不去一只大猫。因此，这几种逃离方法都是完全不可能的，于是，现在只剩下窗户了。如果从房间正面的窗户出去，不可能不被街上的人群发现。那么，凶手一定是从房间背面的窗户出去的。我们可以毫不犹豫地得出这个结论，作为推论者，我们不能因为结论看似不可能就否定它。我们要做的是证明那些‘不可能’实际上并不绝对。

“那个房间有两扇窗户。其中一扇没有被家具遮挡，一览无余。另一扇窗户的底部被紧紧顶在上面的笨重床架的床头挡住，看不见。前者被发现从房间内部牢牢关闭，用尽全力也打不开。窗户左边有一个不小的钉孔，穿透了窗框，里面钉着一根很结实的粗钉子，几乎钉到头了。检查另一扇窗户后，也发现了同样的钉子，同样地钉在里面，想用力拉开窗户，也同样失败了。至此，警方完全相信凶手不可能从窗户逃离。所以，他们觉得没有必要拽出钉子，打开窗户。

“我做的检查要更为仔细，因为我刚刚给出的原因——我知道，所有表面上看起来不可能的事，实际上一定可以证明并不绝对。

“接下来我是这样思考的——归纳。凶手的确从两扇窗户中的一扇逃了出去。既然如此，窗户就没法像它们被发现的那样从里面关紧。因为这非常明显，这样一来，警察对窗户的调查也就停止了。可窗户的确是关紧的。那么窗户一定可以自己关紧。这个结论是回避不了的。我走到那扇没有遮挡的窗户前，费了不少力气拔出钉子，试着打开窗户。但正如我所料，完全打不开。于是我知道，窗户上一定有一根隐藏的弹簧。我这个想法得到了证实，因此也让我确信，虽然钉子的问题依然是个谜，但我之前的推断至少是正确的。经过仔细搜索，我很快找到了隐藏的弹簧。我按下去，满意于自己的发现，却忍耐着没有打开窗户。

“我重新装上钉子，仔细打量窗户。一个人从这扇窗户出去后，可以重新关上它，弹簧会锁住，但没法把钉子放回原位。这个结论相当直白，而且再次缩小了我的调查范围。凶手一定是从另一扇窗户逃出去的。假设两扇窗户的弹簧是一样的，这是很可能的，那么两根钉子一定不一样，或者至少它们的固定方式不一样。我站到床架上，从床头板上方仔细看第二扇窗户。我把脑袋伸到床头板后面，迅速找到隐藏弹簧按了下去，正如我设想的，跟第一扇窗户上的一模一样。然后我看了钉子，跟另一根一样结实，也显然使用同一个方式钉上的，几乎钉到了头。

“你也许会说我困惑了，可如果你这么想，你一定误解了归纳的性质。用一句体育方面的话来说，我此前一次都没‘失误’过，线索片刻都未曾丢失，整个链条上没有任何瑕疵。我已经追着这个秘密来到最后的结果，也就是那根钉子。这根钉子，从各个方面来看，都跟另外那扇窗户上的一模一样。但是相比于被终止的线索，这个事实是不可能的（我们似乎可以得出这个结论）。

“‘那根钉子，一定有什么问题。’我摸了摸钉子，约有六分之一英寸长的钉子头，竟然随着我的手指掉下来了，余下的部分还留在钉孔里。断痕是旧的，因为边上满是铁锈，这显然是锤子重击造成的，钉子的头部部分被敲进了窗框底部。我小心地把钉头放回原来的断痕上，看上去就是一根完好的钉子——裂痕是看不到的。我按下弹簧，把窗户推上去几英寸，钉头还在窗框里，跟着一起上去了。我关上窗户，钉子又恢复了之前完整的假象。

“至此，谜题解开了。凶手是从床头这扇窗户逃走的。他逃出去以后，窗户自动下落（也可能是他故意关上的），被弹簧锁紧。而警方错把弹簧的作用当成了钉子的作用，认为没有必要做进一步调查。

“接下来的问题是凶手如何下楼。关于这一点，跟你绕房子走了一圈以后，我已经找到了答案。离那扇窗户大约五英尺半的地方，有一根避雷针。没有任何人能从那根避雷针上摸到窗台，更别说翻进窗户了。但我观察到，四楼用的百叶窗非常特别，巴黎的木匠把那种百叶窗叫作‘铁窗’——现在已经用得很少了，但在里昂和波尔多那些老旧的宅邸里还是很常见。那种窗户的形式跟普通的门一样（单扇门，不是折叠门），只是下半部分做成格子状，或者就是开放的格子——这就提供了一个极好的抓手。在这起案子中，那些百叶窗左右有三点五英尺宽。我们到房子背面查看时，两扇窗户都是半开的——也就是说，它们与墙壁形成了直角。也许警察像我一样，也去房子背面看了，可他们应该只是从宽度的角度去看‘铁窗’，却没有留意那个宽度本身，或者不管怎么说，他们都没有考虑到这一点。实际上，他们既然认为凶手不可能从这里逃走，就自然不会对此处做细致的检查。但我看得很清楚，如果床头那扇窗户的百叶窗完全打开贴到外墙，距离避雷针就只有不到两英尺。这就表明，如果一个人拥有非同寻常的运动能力和勇气，完全可以从避雷针上通过窗户进入房间。如果一个抢劫犯能够到两英尺半那么远（我们假设百叶窗完全打开），那他就能够牢牢抓住百叶窗的格子。然后松开避雷针，脚抵住外墙，大胆一跳，就可以把百叶窗摇晃到关上，如果那扇窗户也是开着的，他甚至可以顺势跳进房间里。

“我希望你能特别记住一点，我已经说过，要成功做到如此危险、如此困难的动作，需要一种非同寻常的运动能力。我要特别对你说明的是：首先，这件事可以做到；其次，也是最主要的，你一定要明白，只有极为非凡的——近乎超自然的敏捷性才能做到。

“如果用法律术语，你无疑会说：‘要证明我的观点。’我不应该坚持过高地估计案件中需要的敏捷性，而应该尽量低估它的作用。这在法律上也许有效，却并不适用于推理。我最终的目标只有真相。我眼前要做的就是引领你同时思考下面几个方面：我刚刚说过的非同寻常的敏捷；那个非常尖细（或者刺耳）混乱的声音，证人对说话人的国籍意见不一，并且听不出任何一个有意义的音节。”

听了这些话，一个对杜宾表达之意的模糊、半成型的想法飞快地划过我的脑海。我似乎就要明白了，却没有理解的能力——就像人有时发现自己马上要想起来了，最终却无法记起。我的朋友继续往下说。

“你会发现，我已经把问题从逃离房间的方法变成了进入房间的方法。我这么做是为了表达一个概念：二者都同等地受到同一个方法的影响。现在，我们再回到房间内部。让我们查看房间内部的状态。根据报告，衣柜的抽屉被翻乱了，但不少衣服并没被拿走，还留在衣柜里。这里的结论就很荒谬了。只是一个猜想——一个很愚蠢的猜想，没有更多了。我们怎么知道在抽屉里找到的衣服并不是原本的那些呢？莱斯帕那耶太太和她的女儿过着隐居生活——没有客人，很少出门——用不着那么多衣服。房间里那些衣服是两位女士的衣服里质量不错的。如果一个小偷要拿衣服，他为什么不拿最好的？为什么不都拿走？总而言之，他为什么不拿那四千法郎金币，而要用一堆衣服给自己增添负担呢？金币被扔下了。银行家米格诺德提到的那笔钱几乎一分没动，都在地板上的袋子里。所以，我希望你摒弃关于动机的想法，警方之所以有这个念头，是因为证人说曾把这笔钱送到门口。送完钱的三天之内收钱的人就被谋杀了，比这巧上十倍的巧合在我们所有人生命里的每个小时都在发生，却没有引起任何注意。巧合，一般来说，是那个水平的思考者前进路上的巨大绊脚石，那些人没有受过概率论的教育——人类研究最辉煌的成果都得益于这个理论最光辉的例证。在这个案件中，如果金币不见了，那三天前才送过来这件事也许不仅是一个巧合，肯定能成为动机。但真实的情况是，如果我们认为金币是犯罪动机，我们就必须承认凶手是一个优柔寡断的白痴，因为他同时放弃了自己的金币和原本的动机。

“好，你要记住我让你注意的几个问题——特别的声音，非同寻常的敏捷，还有如此残暴的罪行竟然惊人地缺少动机——然后我们再来看残杀本身。一个女人被人掐死，再头朝下塞进烟囱里。正常的凶手不会用这种方式杀人。至少，他们不会如此处理尸体。把尸体塞进烟囱，你也会承认这种方式里有种极为异常的东西——就算我们认为凶手泯灭人性，这里面也存在着与我们对人类行为的普遍认知并不相符的东西。同时我们还要思考，把尸体牢牢塞进烟囱里到底需要多么大的力气，要知道最后是好几个人一起用力，才把尸体拽出来的。

“我们接着来看凶手力大无比的另一个证据。壁炉边上有一绺灰白的人类头发——很粗的一绺，是被连根拔掉的。你知道，要从头上一起拔掉二三十根头发，已经需要极大的力气了。和我一样，你也仔细看过那绺头发了。头发根部（多么可怕的情景！）还黏着头皮碎肉，显然是用极大的力气拽下来的，这个力道恐怕一次能拽下来五十万根头发。老太太不仅喉咙被割断，整个脑袋都完全跟身体分离了，而凶器只是一把剃刀。我也希望你注意一下这些行为的残忍。我没谈到莱斯帕那耶太太身上的伤痕。杜马斯先生和他值得尊敬的助手埃蒂安先生都表示，伤痕是某种钝器造成的，两位先生的看法是十分正确的。那个钝器正是庭院里的铺路石，受害人从床头那扇窗户掉到上面了。这个看法现在看起来简单，但警方却没想到，原因跟他们没注意到百叶窗的宽度是一样的——因为那两根钉子，他们彻底隔绝了一个可能性，窗户根本就是开着的。

"好了，除了这些，如果你再好好回忆一下房间里异样的凌乱，我们也许可以把这些线索组合起来：令人震惊的敏捷，超人般的力量，可怕的残忍，没有动机的残杀，与人类迥异的怪诞恐怖，不同国家的人听来都是外语的声音，以及不可辨认或无意义的音节。那么，会得出什么结果呢？我的表述让你想到了什么？"

杜宾的问题让我感到毛骨悚然。

"一个疯子，"我说，"凶手是个疯子，一个狂暴的疯子从附近的医院逃了出来。"

"从某些方面来看，"他回答，"你的想法不算完全错误。但即使是一个发病中最为癫狂的疯子，他的声音听起来也不会像那个古怪的声音一样。疯子总是有国家、有他的语言的，即便再怎么语无伦次，总还是能辨认出一些音节。再说，我从莱斯帕那耶太太紧握的手指中弄出来的一小簇头发，跟疯子的头发可不一样。告诉我你是怎么想的。"

"杜宾！"我极度不安地说，"这头发太不寻常了——这不是人类的头发。"

"我没说它是，"他说，"但是在我们确定它的种属之前，我希望你看看我在这张纸上画的东西。这是我临摹的莱斯帕那耶小姐喉咙上的印记，证人将其描述为'深色瘀伤和深深的指甲痕迹’。还有杜马斯、埃蒂安两位医生描述的‘几个青灰的印记，显然都是手指印’。”

“你可以看到，”我的朋友把那张纸在我们面前的桌子上展开，继续说，“这张图告诉我们，凶手当时握得多么坚实有力。他的手没有任何明显的移动，每根手指都留在最初的抓握位置——也许直到受害人死亡。现在你对应图上的指印，把你的手指都放上去试试。”

我试了试，没有成功。

“我们这么试可能不行，”他说，“纸是一个平面，但人的脖子是圆柱形的。这有一根圆木，周长跟脖子差不多。把纸包在上面，再试一次。”

我做了，但比之前更为困难。

“这不是人类手掌留下的印记。”我说。

“你读读居维叶[1]书里的这一段。”杜宾说。

这段文字是对东印度群岛上一种黄褐色大猩猩[2]的详细解剖和概括描述。这种哺乳类动物因体型庞大、力量非凡、敏捷出众、性情残暴和善于模仿而闻名。我立刻理解了这桩凶案的所有恐怖之处。

“书里对猩猩手指的描写，”我读完以后说，“跟你的图一模一样。我想除了书中描述的这种大猩猩，没有其他动物能留下你临摹的指印。还有这簇黄褐色的毛发，同样是这种猩猩的典型特征。但我没法理解这桩可怕迷案的细节。再说，证人们听到有两个人在争吵，其中一个毫无疑问是法国人。”

---

① 居维叶：法国古生物学家。

② 即印度尼西亚红毛大猩猩。

“没错，如果你还记得证人们在证词中近乎一致的表述——那个声音说：‘我的上帝！’在当时的情况下，这句话被一个证人（糖果店主蒙塔尼）理解为一个规劝或者劝告的表达。因此，在这句话的基础上，我构建了彻底解开这个谜题的希望。一个法国人知道这起谋杀。他可能——实际上极有可能——是无辜的，并没有参与这起血腥的事件。那只大猩猩也许是从他那儿逃走的。他也许追着猩猩到了那个房间，但是，在那种混乱刺激的情况下，他没法再次抓住它。那只猩猩现在依然在外面。我不打算继续讨论这些猜想——因为我没有权利说得更多——因为这些猜想的基础只是真相的倒影，还缺乏足够的深度，我自己的才智无法加以评估，而且我也不能假装自己能把它们变得让他人理解。我们将它们称为猜想，说这些就可以了。如果那个法国人果真如我假设的那样在这起暴行中是无辜的，那么，昨晚回来的路上我到《世界报》（这家报纸主要报道海运，很受水手喜爱）发的这则广告，会把他带到我们的住处来。”

他递给我一张报纸，我看到上面是这样写的：

捕获——某月某日清晨（凶案发生当天的早晨）于布洛涅森林捕获一只体型巨大的婆罗洲种黄褐色大猩猩。如所有者（经查为马耳他船上的一名水手）确认无误，并支付捕获至今的喂养和保管费用，可将其领回。请至圣日耳曼郊区某街某号面议。

“你怎么知道那人是个水手，还在一艘马耳他船上？”

“我不知道，”杜宾说，“我并不确定。但是，你看这一小段丝带，从它的形状和上面的油污来看，这明显是用来把头发绑成长辫子的，而水手们很喜欢这种发型。更主要的是，除了水手，特别是马耳他水手，很少有人会打这种结。我是在避雷针底下捡到的。它不可能属于两位死者。再说，就算我对丝带的推论是错的，那个法国人不是马耳他船上的水手，在报纸上登个广告也没有任何损失。如果我错了，他可能只会觉得我被某些信息误导了，而不会费事打听。但是如果我对了，那收获可就大了。虽然他在凶案中是无辜的，但那个法国人自然会犹豫要不要回应那则关于猩猩的广告。他会这样想：我是清白无罪的，我很穷，我的猩猩值很多钱——对我这样处境的人来说，它本身就是一笔财富——我为什么要因为毫无意义的惧怕而失去它呢？它就在那儿，在我的掌控范围之内。它是在布洛涅森林被找到的——那儿离凶案现场相当远。怎么会有人怀疑一头野兽犯下凶案呢？警方全想错了——他们没找到一点线索。就算他们能找到那动物，也不可能断定我知道凶案的情况，更不用说因为我知道情况而判我有罪。最主要的是，我已经暴露了。发广告的人把我描述为那野兽的主人，我不清楚他到底知道多少。这么值钱的一个东西，人家又知道是我的，如果我不去领反而奇怪，至少会让那动物惹来怀疑，我不能让自己或那动物受到注意。我要回应那则广告，把猩猩领回来放在身边看着，直到整件事的风头过去。”

这时，我们听到楼梯上传来脚步声。

“准备好你的手枪，”杜宾说，“但没收到我的信号前，别开枪，也别把枪露出来。”

房子的前门一直没关，来访者没按门铃就进来了，走上几级台阶。但他现在似乎很犹豫，我们听到他又下楼了。杜宾迅速向门口跑去，这时，我们听到他再次走上来。他没有再退回去，反而步伐坚定地走上前，敲了敲房间的门。

“请进。”杜宾用一种快活而热情的语气说。

一个男人走了进来。他显然是一位水手，又高又壮，肌肉发达，脸上有种鲁莽而勇敢的表情，却不会不讨人喜欢。他的脸晒得极黑，几乎大半张脸都埋在胡子里。他随身带着一根粗大的橡木棍，但似乎没有其他武器了。他笨拙地鞠躬行礼，对我们说“晚上好”。他是法国口音，虽然带了一点纽沙特尔地区的腔调，但足以表明他是个巴黎人。

“请坐，我的朋友。”杜宾说，“我想你是来领那只大猩猩的。我敢发誓，我都要嫉妒你拥有它了，多么好的一只猩猩，肯定非常值钱。你觉得它几岁了？”

水手长出了一口气，好像卸下了某种无法承受的重担，然后用很有把握的语气说：“我说不好，但它不会超过五岁。你把它放在哪儿了？”

“哦，我们不方便把它关在这儿。它在迪布尔街一家马车行呢，就在附近，你可以早上过去领。你当然准备好辨认你的财产了吧？”

“当然了，先生。”

“跟它分开我会很难过的。”杜宾说。

“我不会白麻烦您一场，先生。”水手说，“我没想到能找回它。您找到了它，我很愿意付给您一笔报酬，一句话，合理范围内的都行。”

“很好。”我的朋友回答，“那就太好了，哎呀，让我想想——我应该要什么呢？哦！我知道了。我的报酬是这个，把你知道的关于莫格街谋杀案的信息全都告诉我。”

杜宾最后的几个词说得非常低沉，也非常平静。他冷静地走到门边，把门锁上，将钥匙放进口袋。然后，他从胸前拿出一把手枪，不慌不忙地放到了桌子上。

水手的脸变得通红，好像就要被人掐死了。他一下站起来，抓住橡木棍，但下一秒又跌坐回椅子上，浑身剧烈颤抖，脸色白得像死人一样。他一个字都没说。我从心底里同情他。

“我的朋友，”杜宾和善地说，“你没必要这么害怕，真的不用。我们对你没有任何恶意。我用绅士和法国人的荣誉向你保证，我们没想伤害你。我知道得很清楚，你在莫格街惨案中是无辜的。当然了，也不能否认你在某种程度上与之有关。从我说的话，你也能看出来，对这件案子我有我的信息来源——有些你可能都想象不到。现在的情况是这样的：你没做任何不该做的事，当然没有任何事能说明你有罪。在你可以趁火打劫的时候，你也没有抢劫。你没什么好隐瞒的，你也没有理由隐瞒。可另一方面，你有义务把自己知道的一切都说出来。一个无辜的人被关在监狱里，被指控犯下了罪行，而你能指出真正的凶手。”

听了杜宾这番话，水手基本恢复了冷静，但原本的那种勇敢态度已经完全消失了。

停顿片刻之后，“上帝保佑，”水手说，“我把我知道的都告诉你——我觉得你可能连一半都不会相信——如果这么做了，那我真是一个傻瓜。但我真是无辜的，就算被判死罪，我也要把这事说清楚。”

他的讲述大致是这样的：前不久，他出海去了印尼群岛。跟一群同伴在婆罗洲上了岸，还去内陆消遣了一番。他和一个同伴一起抓了一只大猩猩。这位同伴死了，猩猩便归他一人所有。

返航途中，这只动物难以控制的残暴给他带来了很大的麻烦，但他终于把它成功地带到了自己在巴黎的住处。为了避免邻居不友善的好奇，他小心地把猩猩藏在家里，一直等到它脚上的伤口恢复，那是在船上被木刺扎的。当然，他最终的目的是把猩猩卖掉。

一天晚上，或者说谋杀案发生的那个凌晨，跟其他水手一起找过乐子以后，他回到家中，却发现猩猩已经占据了他的卧室。之前他一直把猩猩关在跟卧室连通的储藏室里，但猩猩破门逃出来了。它手里拿着剃刀，满脸肥皂泡，正坐在一面镜子前试着刮胡子。毫无疑问，之前它从储藏室的钥匙孔观察过它的主人。见到一只如此凶残的动物拿着一件如此危险的武器，还用得这么好，他吓坏了，一时不知该如何是好。不过，他已经习惯用鞭子让这动物安静下来，哪怕在它最暴躁的时候也是如此，现在他再次诉诸此法。一看到鞭子，大猩猩立刻蹿出房门，跑下楼梯，通过一扇恰巧打开的窗户，逃到了街上。

法国水手绝望地跟在后面，猩猩手里依然拿着剃刀，还不时停下来，回头比画着，等他快追上了，它又再次逃开。就这样，他们你追我赶了很长时间。街上非常安静，因为那时已经将近凌晨三点了。经过莫格街尾部一条小巷时，猩猩的注意力被一道灯光吸引了，那正是莱斯帕那耶太太家四楼的房间，窗户大敞着。猩猩飞跑到那栋房子，抓住避雷针，用难以置信的敏捷向上攀爬，抓住完全敞开，贴到外墙的百叶窗，借此直接荡到房间里的床头板上。整个动作都没超过一分钟。猩猩跳进房间以后，百叶窗再次被它踢开了。

与此同时，水手感到又高兴又不知所措。他觉得自己有很大的希望再次抓到这只野兽，因为除非通过避雷针，它很难从那个不小心闯入的地方逃出来，而如果从避雷针下来，自己可以拦住它。但另一方面，他又极为担心它会在那房子里做出什么。那根避雷针并不难爬上去，特别是对一位水手来说，但是当他爬上去以后，窗户在他左边，距离很远，他怎么都够不到，最多只能探头看到房间里的景象。这一看让他惊吓万分，差点从上面掉下来。现在，那阵尖叫声响了起来，把莫格街的居民从梦中惊醒。莱斯帕那耶太太和她的女儿都穿着睡衣，正在整理之前提过的那个铁制保险柜里的文件。保险柜已经被推到房间中央了，柜门敞开，里面的东西放在旁边的地上。两位受害人之前肯定是背对窗户坐着，从猩猩闯入和尖叫声响起的时间差来看，她们并没有立刻发现猩猩，而且认为百叶窗的摆动是风造成的。

水手往房间里看时，那巨大的动物正抓着莱斯帕那耶太太的头发（她之前梳了头，头发是散开的），还模仿剃胡子的动作，在她脸周围挥舞剃刀。女儿趴在地上一动不动，她已经昏过去了。老太太的尖叫和挣扎（这期间她的头发被拽下来了）让大猩猩本来也许平静的动作变成了狂怒。它肌肉发达的胳膊坚定地一挥，几乎把她的头从身体上割断。在血光的刺激下，猩猩变得更加狂暴。它咬着牙，眼里冒出火来，跳向那姑娘，用可怕的爪子扣住她的咽喉，直到她咽气才松开。这时，它狂野而游移的目光落到床头板上，也看到了窗外它的主人那张吓到僵硬的脸。毫无疑问，它依然记得可怕的鞭子，心里的狂怒立刻变成了恐惧。它知道自己会被惩罚，似乎想要遮掩血腥的行为，于是在极度紧张的状态下在房间里乱窜，把家具推倒、打碎，把床铺从床架上拽下来。最后，它抓住女儿的尸体一把塞进烟囱里，然后抓起老太太的尸体，头朝下从窗户扔了出去。

当猩猩拖着伤痕累累的尸体走向窗户时，水手已经吓得在避雷针上缩成一团，他没有晃上去，而是立刻爬下来，飞快地跑回家里——因为害怕这场残杀带来的后果，他在恐惧中愉快地放弃了对大猩猩命运的牵挂。上楼的众人听到的就是这个法国水手由于恐惧而发出的惊恐的叫喊声，中间还夹杂着猩猩残忍的叫声。

我几乎没什么可以补充的。大猩猩一定在人们破门进入之前，借助避雷针逃了出去，逃出去时肯定把窗户带上了。后来它被主人抓住了，用一大笔钱卖给了巴黎植物园。

我们把事情原委（还有杜宾的一些评论）交给警察局长，勒邦随即获释。尽管局长很信任我的朋友，但面对事情的这番转折，他无法掩饰自己的懊恼，还挖苦了一两句，说每个人都应该管好自己的事。

“让他说，”杜宾觉得完全没必要回应，“让他说吧。这样他心里能好受一点。我很高兴在他的专长里打败了他。不过他没能破解这起迷案，是因为这起案子并不像他想的那么复杂。实际上，我们的局长朋友有些过于机灵了，以致失去了深刻。他的智慧并不完整，只有头没有身子，像拉维尔纳女神的图片——或者最多有头和肩膀，就像一条鳕鱼。但他毕竟是个好人。我挺喜欢他的，特别是他很会说假话，还借此获得了才智过人的名声。我是说，他能‘否认真实的，解释虚假的’。”

圣阿列克谢教堂的惨剧

小栗虫太郎

序

圣阿列克谢教堂，俗称圣堂。这座与尼古拉大教堂①造型相似的天主教大教堂，高度与R大学的钟楼不相上下，矗立在杂木林中的东京西郊的山坡上。清晨七点和傍晚四点，教堂嘹亮的钟声悠扬如乐，响彻四方，各位读者大概也曾经听过。

不过在故事开始之前，要简单介绍一下这座教堂的来历。一九二〇年十月，远东白卫军统帅阿特曼·阿布拉莫夫将军献给罗曼诺夫王朝②最后一位皇储③的永恒纪念，正是这座无比荒谬的教堂。之后，一直到一九二二年十一月，在华丽主教法袍和烦琐仪式守护下的两年时间里，每当有秘密指令从这座圣堂发出，

① 尼古拉大教堂：位于东京千代田区的日本东正教复活大教堂的通称，兴建于1891年。

② 罗曼诺夫王朝：1613—1917年的俄国王朝，皇室代表色为白色。

③ 阿列克谢·尼古拉耶维奇·罗曼诺夫：罗曼诺夫王朝末代皇储。

让建设中的莫斯科神经战栗的白色恐怖就会出现在社会主义联邦的某个地方。然而事态急转直下，随着日本干涉军[1]从沿海州撤离，远东的白系力量开始没落。转眼之间，这里就变成了白俄[2]贫民的免费住所。但是，一时挤满圣堂的移民最终一个接一个离开日本，现在留在这里的就只有守门人拉萨列夫父女和圣像了。此后，曾经宣告祈祷时间的优美钟声变成了古旧的报时钟声，老拉萨列夫祈求布施的瘦弱身影也不时出现在街头。

就这样，圣阿列克谢教堂这个名字已经成了白系俄国人厄运与失败的象征，不知何时，在他们原本明艳美好的穹顶之上，政治、军事命脉完全断绝的罗曼诺夫之鹫终于变成巨大的尸体轰然倒下。而就在此时，这即将被人忘却的余烬却燃起了猛烈的火焰，因为在这座荒废的圣堂里，发生了一起极为凄惨的杀人事件。

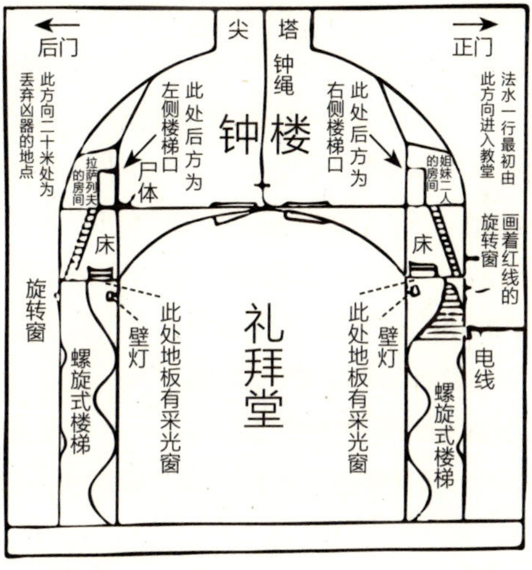

① 苏俄内战期间，日本派干涉军进入远东地区支持白军。

② 白俄：指俄国革命和苏俄内战期间离开俄国的俄裔居民。

一

凭借透彻的推理和过人的想象力享誉盛名、前搜查局长、现在全国首屈一指的刑事律师法水麟太郎，以往总是在侦查部门费尽周折、一筹莫展时才姗姗登场，可唯有这次的事件他从一开始就参与其中了。这不仅因为他和好友支仓检察官的住所都在圣堂附近，还因为这次的事件有一个十分惊悚的开端。经过严格调整，绝对不会在错误时间敲响的圣堂大钟，竟然在一月二十日清晨五点的严寒中幽幽响起了。

虽然只响了短短的一两分钟，而且声音颇为低沉阴郁，但这钟声刚好被起来上厕所的检察官听到了，也立刻触动了检察官敏锐的神经。因为在大正十年[①]，白俄人递交的保护请愿书中特别列出了这样一条：为了防备当时的赤系肃反委员会[②]间谍策划的暗杀白系首脑的计划，以错时响起的钟声作为发生变故的警报信号。于是检察官立刻给住在附近的法水打电话，约好在圣堂门前会合。从前一天傍晚开始，冻雨就携着狂风下个不停，到了半夜时分，风势缓和，雨雪也彻底停了，但空中依然是厚厚的云层，一丝光亮也没有。法水走在街上，却在教堂正门附近撞上了一个神秘物体。那是一个漆黑的人影，突然从旁边的小巷里跑出来。法水几乎条件反射似的喝道："什么人？"那个人影好像受到惊吓，僵住了，一时间只能听到粗粗的喘气声，过了一会儿才大步走过来。首先映入法水眼中的是身高在三尺五寸左右的儿童身形，可意外的是，接下来他听到了一个浑厚的低音——

---

① 大正十年：即1921年。

② 赤系肃反委员会：全称为"全俄肃清反革命及怠工特设委员会"，其略称音译为"契卡"，1922年改组为国家政治保卫局。

“您好，我是亚洛夫·阿维拉莫维奇·鲁金，是俄国人。”这人用沉着而且极为流畅的日语说，“我的艺名是一寸法师[①]马西科夫，是曲艺场的杂技艺人。”

“啊，那个侏儒马西科夫？”法水曾在曲艺场见过他。印象特别深刻的就是他那举重选手一般格外发达的上半身和大得吓人的脸与手脚。他肩膀周围的肌肉块块隆起，好似骆驼的驼峰。他的年龄跟法水相仿，三十七八岁，一张圆脸面色红润，额头的发际线颇高，乍看上去像个温和的商人，但那双眼睛很不一样，眼角的形状极像长枪的枪头，十分锐利。

这时检察官看到他们，走了过来，突然从二人背后开口道：“已经这么晚了，你为什么在这附近闲晃？我是地方法院的检察官。”

“实际上，是有个家伙对我做了一个非常可恶的恶作剧。”鲁金虽然吓了一跳，惊讶地回头，却依然沉着地回答道，“因为我对沙皇一片忠心，所以不小心上了假电报的当，来之不易的新婚之夜就这么浪费了。”

“新婚之夜？”检察官好奇地追问。

“没错，我这残疾之人的新娘就是圣堂守门人拉萨列夫的长女，吉娜伊达。当然了，我们没举行什么仪式，可今晚正是我们的新婚之夜。大概在十一点吧，真是不巧，我突然收到同志发来的电报，让我在两点之前到豪德寺车站附近的脑科医院去。思来想去，与闺房之乐相比，同志的惩罚要更为可怕。所以我就不情不愿地出来了。”

---

① 一寸法师：日本民间故事《一寸法师》中主角的名字，他的身材极为矮小，经过冒险终于恢复正常。

“你说的同志是指？”检察官出于职业习惯追问道。

“是新的白系政治团体。我担任联络员，可以说，我这副身体具有先天的优势，能彻底隐形，这件事我是不怕公开说的。”鲁金颇以志士自居，自豪地挺起胸膛，“再说，我还从国家的某个部门得到了特别援助。我害怕的就只是OGPU[①]的间谍网而已。”

“原来如此，所以说托洛茨基长了个驴脑子呢。”法水挖苦地笑道，鲁金的脸色有一些不快，却还是继续说了下去。

“可是没想到，我在冻雨里等了两个多小时，脑科医院后面却连个人影都没有。所以我才认为那封电报是嫉妒我幸福的恶人搞的鬼。之后，我除了回去也没别的法子了。”

“可是你既然说自己那么累，刚才怎么又像炮弹一样冲到我前面呢？”法水追问道。

“因为我听到了钟声。对我们的同志来说，错时响起的钟声就是发生变故的警报。”鲁金浑身上下都透着焦急，连声音也在颤抖，“钟声虽然响了，但很快就停了，声音还那么微弱，我总觉得是敲钟的人被突然打断了。换句话说，那不是变故已然发生的警报，而是变故正在发生的求救信号。更何况在那之前，我被人用假电报骗出去了。”

“快走！”检察官忍不住喊了一声，“原来如此，乌鸦和老鹰可撞不响那钟。”

神秘侏儒鲁金的出现，让法水一下改变了此前对钟声的轻视态度。而且他觉得自己似乎已经走进了一种凄惨的气氛之中。至少，只要钟声和“一寸法师”的遭遇并非偶然，那么不管其背后

---

① OGPU：即国家政治保卫总局。

的原因是什么，都一定会在圣堂里面留下痕迹。路面的薄冰被三人的脚步踏碎，下方的雪水四处飞溅。终于，垂着数百根薄荷糖一样的冰凌、被冰雪过度装饰的教堂，朦胧地出现在黑暗之中。

鲁金转动门把，发现门锁上了，他回头看向检察官：“麻烦您拽拽那边的绳子，上面连着铃铛，老头和两个女儿的房间都有。”

检察官使劲儿拽绳子，可教堂里面没有一个人过来开门。里面响起的铃声他们在外面听得清清楚楚……他们等人过来开门，过去了不少时间。

“这么下去可不行，”检察官咬着后槽牙松开绳子，递给法水一串钥匙。试到第七把钥匙才终于对上，门开了。

法水思虑周全，一把拦住想立刻冲上楼梯的二人，他让检察官守在门口，自己带着鲁金前往教堂一层的房间调查。荒废的礼拜堂里好似废墟。圆形天顶下方只有十尊圣像，金光灿烂的天主教圣器已经踪影全无，只有几处剥掉装饰金箔留下的痕迹。最后看完厕所和简陋的厨房，法水的调查告一段落，别说人影，连异样之处也没发现。

回到检察官看守的门口，法水走上通往钟楼的左侧楼梯，检察官和鲁金上了右侧的。

“这我就不明白了，”在缓缓迂回向上的楼梯上，鲁金看着墙壁上亮着的壁灯说，“从外面看的时候，有一个窗户亮着灯吧？那其实就是这盏壁灯，我们是透过这边的旋转窗看到的。不过灯竟然一直开着——如果拉萨列夫那个吝啬鬼没疯，肯定做不出这事。”

这时，检察官拽拽鲁金的袖子，无声地指向天花板。上面的玻璃采光窗开着，检察官个子高，能从采光窗看到两双女人的赤脚，都是静止不动的，好像正并排坐在床边。鲁金一下跳过两三级台阶。

“啊，影子动了。这么看来她们姐妹俩没事。哎呀，真是让人吓了一大跳。可能之前的钟声也是什么无聊的原因吧。”

“可她们既然醒着，刚才怎么不来开门呢？”检察官无法理解，小声嘟囔了一句，但鲁金脸上突然露出为难的表情，并没有回答。

钟楼上一片漆黑。外部凛冽的寒冷空气如同沉重的雾气，从上方缓缓落下。在两人对面，圆形灯光里不断出现木质墙板，那是法水的手电筒在不停地转动，让人头晕眼花。当手电灯光终于聚焦到某一点时，鲁金大叫一声跑了过来。在半开的门里，高大瘦削的白发老人弯着腰，脸朝下趴着，下巴淹没在一摊血水之中。

“啊，拉萨列夫！”鲁金“咚”地跪倒在地，在胸口画起了十字，“弗里斯蒂安·伊萨科维奇·拉萨列夫……”

二

“已经死了？”检察官单膝跪地问道。

法水放下尸体的左手：“嗯，伤口在咽喉。尸体附近没有凶器，所以明显是他杀。而且气温这么低，尸体还留有体温，也才开始变硬。死亡时间大概在四点，又过了一个小时以后，钟响了。”说完，他问鲁金，“你知道开关在哪儿吗？”

“啊，钟楼里没有电灯。而且她们姐妹俩好像没事。”

“可是她们都醒着，这就奇怪了。”检察官插嘴道，“听到门铃却不回应，有可能是她们知道出了事，对我们产生了误会。”

“那不是什么大不了的事。不过没有电灯，咱们就只能等到天亮了。”法水虽然话说得不慌不忙，却立刻让检察官联络安排，最后还特意强调，除了法医和调查人员，任何人都不许进入教堂。

三十分钟以后，检察官跟法医一起过来了。在此之前，法水和鲁金一起在黑暗中待在尸体两边，谁也没有说话。只能听到鲁金轻声念叨着“肯定是瓦西连科干的，那家伙也很可怜”。法水正要追问，就听到一阵上楼的脚步声。而这时，钟楼的尖塔迎来了黎明，组钟的轮廓逐渐朦胧地显现了。

“太暗了，上面的小钟看不清，下面的大钟只能看见两个。”法水对法医尸检看都不看，只是抬着头自言自语，“从地面到天顶最高处大概有五米吧，到钟的距离应该也差不多一样。”

“没错，”鲁金应和道，“所有的钟都藏在尖塔顶部的凹陷处，从塔楼的窗户也只能看到一点大钟最下面的边，所以就算外面的风再大，钟也不会响。两个大钟上面有八个小钟，它的机械是这样设计的：拉动钟绳以后小钟先响，然后才是大钟。而且支撑时钟横轴的铁杆一直延伸到尖顶，是大十字架的一部分。”

法水试着拽了拽钟绳。因为钟的重量，要两只手一起才能拉动。果然就像鲁金说的，先是小钟发出了玻璃一般清脆明亮的声音，之后才加上了大钟庄严的声音。法水由此判断，钟鸣响的顺序由固定的机械装置决定，两口大钟朝着相反的方向轮流振动。过了一会儿，法水发现呼出的气息变成了白色的呵气，也才注意到鲁金身上的衣服。从帽子、外套到裤子都是涂过橡胶的防水衣物，而且全身都湿透了。

法医终于开始做验尸报告了。

“已经死亡约两个半小时。凶器是西式短剑。伤口从喉部环状软骨左侧约两厘米处开始，最初刀刃竖起插入，同时顶向斜上方，之后刃身变为横向，贯穿气管。然后擦过颈椎第二节，伤口到这里结束。”

法水点头，低头细看尸体呈现出的不自然状态。睡衣外面披着褐色外套，腰部耸起呈下蹲状，上半身俯趴在地，双手像水牛角一样向前方伸出，十指全部弯曲如钩。伤口下方积着一摊血。可是从周围的地面到门边，只有极少的一些溅出的血点，此外便没有任何凌乱的地方。所以不用说打斗的痕迹了，就连死者被刺之后的移动痕迹都没有，与法医检验更为不符的是死者双手的指尖，上面并没有留下按压伤口之后的血痕。钟楼内部及其附近都没有发现任何血迹，寻找凶器的检察官也无功而返。

“真是弄不明白。只切断气管不会立刻死亡啊。”法水嘟囔着，抓着死者的头发向上拉，“你们看看这个伤口，是从这个方向过去的，这在以前用短剑杀人的案例里从没有过。还巧妙地避开了颈动脉，只刺了一下。还有就是死者这个奇怪的竖起腰的姿势，凶手到底是怎么刺的呢？真是完全搞不明白。另外，死者的面部已经因为痛苦而扭曲了，就算只有十几秒吧，可地板上一点挣扎扭动的痕迹都没有。当然了，手脚肌肉痉挛的痕迹是有的，却很不明显。支仓，你怎么看？”

检察官回答不了，但他认为法水指出的尸体的这些诡异之处，正是解开此次事件谜底的关键。法水又看向尸体的双臂，轮流抓起两只胳膊比较了一番。接着他仔细查看死者的双眼，低声说："有出血点。"他将尸体翻过来，仰面向上。在死者大腿附近——刚好是腰线以下一寸左右的地方——出现了一个黄铜手持烛台。那是一个直径五寸左右的钵型烛台，上面堆积的残蜡像锥形火山，中间的铁芯正是火山口底部了。粗粗的铁芯似乎插过百多根蜡烛，被熏得漆黑，突出地直立着，燃尽的蜡烛横倒在下方。可是查看挨着烛台的衣服，别说烧焦的痕迹了，连突起的铁芯留下的痕迹都没有。但这烛台并不是死后才放入死者身下的，能证明这点的，是从地面延伸到烛台边缘的微量血迹。

"怎么了？你好像特别在意。"放下烛台，法水的目光再次投向死者的双臂。见此，检察官忍不住开口问道。

"嗯，死者左臂向内弯曲吧？你马上就知道这为什么非常重要了。"说完，法水看向鲁金，"你还记不记得，昨天晚上你出去时，这根蜡烛有多长？"

"嗯，大概还有一半吧。不过我出去以后拉萨列夫可能也用了。"

法水露出为难的表情，但立刻脱去死者的衣物，开始查看全身的情况。死者只有一点粪尿外泄，连轻微的皮下出血都没有。只是腰包里却塞着不少钞票。

"就是这个，"鲁金气恼地说，"这就是拉萨列夫唯一的爱好。这家伙就是个守财奴，所以那姐妹俩很可怜。因为他舍不得开电灯，两个人只能点昏暗的煤油灯，就算是这样，灯亮的时间稍微长一点，这家伙就会大喊大叫。"

尸检结束后，法水去了拉萨列夫的房间。这个房间其实是礼拜堂圆形天顶和钟楼地板之间的空隙，所以呈阶梯状。进门以后是两坪大小的空间，接着是梯子，可以到下方的卧室。那里跟两姐妹的房间一样，地板上有采光窗，上面还盖着粗孔铁网。从教堂外面看，根本想不到还有这个房间，再加上房间本身的奇妙结构，在过去白系力量的鼎盛时期，这里恐怕是有什么秘密用途的。不过，房间里十分整洁，法水最后什么东西都没动。

在去对面两个女儿的房间之前，法水有了一个发现。在相当于礼拜堂圆形天顶的钟楼中央的地板上，有两扇彩色玻璃采光窗，从那里开始一直到钟绳底下，散落着一些剥落的凝固血片。不过法水只是扫了一眼，就疑惑地看向钟绳下方三尺左右的地方。那里夹着一根很短的煤气管，法水从下面拔下什么东西，迅速塞进口袋里，然后阔步走了出去。姐妹俩的房间锁着门，而且房间钥匙还插在门锁上。

“钥匙上倒是没有，”检察官指着门口地板上的血迹说，“没有完全处理干净，这么看来，凶手做了相当复杂的举动啊。”

这时，一阵嘈杂的脚步声传来，出现在眼前的是搜查局长熊城卓吉的肥胖身躯，身后还跟着包括外勤科员在内的所有部门。法水立刻高声大叫：“哟——谨慎僧正[①]！”

可是熊城的苦笑差不多消失了，他很惊讶地盯着旁边的鲁金，听完法水的讲述之后总结道：“原来如此，动机应该是出于单纯的怨恨。从手法和表现出来的特征看，凶手是具有相当大力道的男性，这点咱们是一致的。”说完还煞有介事地点点头，之

① 这里法水用了观看歌舞伎时的喝彩方式，僧正是僧侣品级之一。

后立刻命部下在教堂内外调查，很快负责调查教堂外部的警官非常亢奋地回来了。

“真是弄不明白了。除了最初进来的你们三人，再没有其他脚印。因为昨天晚上两点左右开始下冻雨，地上都是薄冰，如果留下了脚印，连小孩子都能看出来。还有凶器，掉在离后门二十米左右的地方，扎破了一个掉在地上的风筝。”

说着，警官拿出一把西式短剑。从铜制护手到剑柄都是血迹，乌贼骨状的刀刃部分好像洗过了。经过鲁金的辨认，这是拉萨列夫的，一直放在他房间门后的架子上。风筝好像是最近的东西，有两张半纸大小，是般若图案的，风筝线上挂着一个开罐器。

“不至于，犯人又不可能穿着墨丘利①的靴子。”不仅法水的脸色丝毫没有变化，其他两人也是一样，不动声色地表示犯人一定有不留下脚印逃走的办法，凶器的位置也必有原因，也都相信证据必然就在钟楼里面。因此，看着部下的狼狈姿态，熊城反而板起脸，催促法水赶快讯问那两姐妹。

房门打开，首先映入眼帘的是与拉萨列夫的房间一模一样的构造。这时，正在下梯子的妹妹伊利亚吓了一跳，回头看见警官的制服才立刻放松下来。她身高近六尺，体态丰满，很像传说中的亚马逊女战士。几乎没有任何直线和棱角的圆脸十分平和，可以想见她的性格天真单纯，可有时因为角度的关系，她脸上会有浓重的阴影，让人感觉在她心里其实也藏着积极的意志和缜密的思虑。

---

① 墨丘利：罗马神话中的神明，是众神的使者，他有一双带有翅膀的靴子，穿上可以来去如飞，日行千里。

姐姐吉娜伊达用布帘遮住床下的尿壶以后，顺着梯子悠然地爬了上来。她二十七八岁，她的美丽有一种神圣感，即使身着粗服，也颇具圣贝雅特丽齐的风范。思想之高深、言谈之睿智自然无须多言，她给人的感觉与妹妹截然不同，是非常复杂的。在她凛然不可侵犯的庄严中，还带着脆弱而神经质的锐利，以及含有沉静意味的不吉之感。仅看外观，无法认定她具有残忍犯罪的能力。但除了外表特征，法水首先关注的是吉娜伊达和鲁金之间悲剧般的鲜明对比。另外，得知父亲的死讯后，姐妹二人竟连睫毛都没动一下。

“以前我们叫他弗里斯蒂安神父，可他就算横死，也是理所当然的……”吉娜伊达撇撇嘴，对父亲的死亡表达了冷漠的嘲讽。

“可他是你们的亲生父亲吧？”

“不，是养父。我们两人失去了双亲，被慈爱的弗里斯蒂安神父收养，之后他一直疼爱我们更胜亲生父亲。伊利亚一直待在父亲身边，我因为到了年龄，去了一直想去的修道院……那时，父亲还被人称为基辅的圣人。”吉娜伊达挑起眉，继续说道，“可是在一九二五年，我待的修道院被破坏了，我不得不前往已经搬到巴黎的父亲身边。可是我发现，父亲跟以前完全不一样了。可以说，简直是判若两人！不知从什么时候开始，父亲抛弃了圣职，以贩卖圣器的钱为资本，榨取流亡移民的血汗。当然，他对我们姐妹的态度也不复从前了。”

“这也是难免的，”法水沉重地点点头，“是因为革命的冲击。大战以后，人的性格容易发生突变，因此而发生的悲剧也不在少数。那么后来呢？”

“后来，父亲用肮脏至极的双手毁掉了自己昔日的荣光。比如说，他被一点点金钱迷住双眼，在尼古拉·尼古拉耶维奇[①]大公手下伪造了那封‘季诺维耶夫的信’。所以他跟其他同志不和，便来到日本，用从窘迫之人那里搜刮来的钱当上了这里的看守。结怨的对象？这么说的话，东京所有的白俄人全都是犯罪嫌疑人。以他的贪欲和高额利息，就算是忍耐力再好的神明都会憎恶他。所以看着现在的父亲，再想想他过去的高尚情感，我无论如何都不能相信那是同一个人。”

法水的讯问终于进入了正题。

“对了，你听到钟声了吧？”

“可是，在钟响之前发生了一件很奇怪的事。我四点半左右醒来的时候，楼梯上的壁灯亮着。你们也知道父亲非常吝啬，所以我以为是鲁金回来了，可是他过来的话门铃应该会响。我没怎么在意，但是没过多久就听到钟楼上传来了脚步声，从这个房间门口附近的位置，‘咚咚地’往远处去了。”

“那个脚步声有什么特点吗？”

“嗯，他的一步相当于普通人的两步吧，每一步之间的距离非常大，好像在一边思考一边走路的样子。”

“这么说就奇怪了，”法水说完就陷入了沉默的思考，等他终于抬起头时，他的脸色像死人一样苍白，“你说的脚步声，应该是你父亲的亡灵。因为经过医学检验，你的父亲在那之前的一个小时就已经死亡了。”

一时间，众人感到心脏都停止跳动了。这到底有什么依

① 尼古拉·尼古拉耶维奇：沙俄末代沙皇尼古拉二世的叔叔，1919年逃至欧洲，曾在欧洲组建情报机构，1929年死在法国。

据啊？法水的这番话让一旁的人都惊呆了，只有吉娜伊达沉静如水。

“医学什么的不是问题。这个世界充满了无法捉摸的神秘暗号和象征。我相信那就是父亲。而且那脚步声非常清晰，我根本不会听错。就算那是人的耳朵无法听到的消失的声音，在我面前，也必定会成为不变的启示而出现。”

吉娜伊达的态度无比严肃。为了与这种态度相称，法水用沉痛的声音说：“原来如此。不过，据说海因里希·苏索[①]之所以经常看到耶稣的幻象，是因为他总是凝视耶稣的画像。而且不是有人说过这样的话吗？把自己的心灵当作一个花园，想象着主漫步其中，就感到无比快乐。”

法水的最后一句话还没说完，吉娜伊达整个人就开始细细地颤抖，接着她突然哈哈大笑起来：“真是太让我惊讶了。您把我当成凶手，我可实在不敢当。虽然现在父亲对我们很过分，可他毕竟把我们从孤儿院救了出来，想到这份大恩，这些也都不算什么了。这一点还麻烦您记住。”

法水感到自己被嘲笑了，吉娜伊达瞥了一眼沉默的他，越发冷静地继续说：“总之，我打开台灯打算去看看，可门好像从外面锁上了，根本推不动。那时妹妹也起来了，我们俩很害怕，都不敢爬上梯子去把壁灯关掉。然后，没过一会儿，钟就响起来了。”

“钟声也奇怪，”伊利亚插嘴道，“先是大钟响的，然后才是小钟。”

---

① 海因里希·苏索：德国神秘主义思想家，思辨地阐述了神秘主义，著有《论永恒的智慧》。

“哎，什么？”法水一下子面无血色。可吉娜伊达也重复补充了伊利亚的话。

真是让人毛骨悚然。不管用什么方法，时钟的机械装置都不可能出现这种颠倒鸣响的情况。法水之前一直觉得，只要将钟鸣响的原因与凶手的举动联系到一起，这个事件根本就不足为奇，可伊利亚的这句话让他整个推理逻辑都崩溃了。检察官也不由得打了个哆嗦。

“这么说起来，的确如此啊！我忽略了一个重要的地方！”

法水急切地冲出门，几次抬头查看时钟。看到他的举动，一个拿着放大镜来回走动的警官凑了过来。

“法水律师，在看时钟啊？我刚才上去看了，那两个大钟就是两三个人一起推，齿轮都转不起来。我也用手推了推里面的钟舌，只能发出闷闷的声音，因为钟本身没动，振动传不到上面的小钟去。”

“原来如此，所以要让钟倾斜就只能拽钟绳了。太感谢了。”

法水回到姐妹俩的房间，他已经彻底了解了时钟的机能，觉得自己对钟声之谜的科学分析也进行不下去了。最主要的是，为什么一定要让钟响？法水弄不明白。如果是凶手做的，那么他不惜冒暴露自身的危险，其必要性是什么？（若采用最简单的解释，结论就是钟响的时候，下面的钟楼里除了尸体，没有任何人。）而吉娜伊达所说的听到已经死亡的拉萨列夫在走路，如果是离开肉体的固执灵魂——有说法认为一些动物对磁场特别敏感——暗中操纵，留下了脚步声，那么就必定会存在一个奇迹般敲响大钟的通灵者。但是对法水来说，这种想法本身就是一个莫大的羞辱。最后，法水带着前所未有的紧张感对吉娜伊达提问，只是问题的内容听起来不过是闲聊。

“这个问题有点奇怪，你以前待在哪个修道院？”

“嗯，是宾恩罗塞尔夫斯克修道院。”

“属于什么派？”

“特拉伯苦修会[①]。”

“哦，特拉伯苦修会。”说完，法水就不作声了。之后的几秒里，两人之间像极了一场沉默的厮杀。这时，鉴定科的人过来采录姐妹俩的指纹，恰好缓解了紧张的气氛，大家也终于松了一口气。

在这期间，法水查看旁边的台灯，意外地有了一个新发现。这是一盏纳德科夫台灯，电灯普及之前在俄国上流社会家庭里十分流行。这盏台灯调解灯芯亮度的部分并不是旋钮，而是做成了比普通台灯的调节部分大得多的小鼓形状，上面有十几条纵向的小百叶窗，都可以打开。外部空气从这些小百叶窗进去，与上方的热空气形成气流，推动台灯中央筒上的阀门旋转，慢慢推出灯芯。不过，让法水屏住呼吸的并不是这个装置，而是粘贴着廉价领带的台灯底座。他若无其事地撕掉领带，露出里面的羊皮纸，发现上面写着：伊万·托多洛维奇敬赠尼古拉·尼古拉耶维奇大公。

一个外勤科员越过法水的肩膀看见了，惊讶地说：“是这个啊——大概四年前，巴黎警察局给我们发了文书。大公曾亲手写过一份物品清单，大公死后，清单上的卡莱克宝石王冠和沙皇侍

---

① 特拉伯苦修会：罗马天主教隐修院修会之一。该会坚持参加体力劳动，遵守缄口、素食、共同生活的苦修戒律。

从长托多洛维奇赠送的台灯丢失了。”

“怪不得，父亲总是严厉地告诫我们，白天要把这盏台灯藏在床底下。原来他还是个小偷。”吉娜伊达深感可耻地叹气道，熊城很明白地点点头。

“总之，这是个戏剧性的秘密啊。作为杀人动机是足够了。可是法水老弟，这么一来，杀一个人还是杀三个人都一样了啊，凶手为什么没管门上插的钥匙，直接逃走了呢？”

“我要是知道为什么，也就知道凶手是谁了。不过根据我的推断，应该跟地板上的采光窗有关。从这儿能看见外墙的旋转窗，所以采光窗正好在楼梯的天花板上。那么只要她们姐妹俩拿下铁网、踩破玻璃，等凶手绕过来到窗户底下的时候，她们早就跑到外面了。也就是说，聪明的凶手知道，如果去杀她们俩，自己会遭遇危险，所以打算昨天晚上只除掉一个障碍，以后再找机会。”

说完，法水再次问吉娜伊达：“钥匙是怎么回事？”

“钥匙是我们和父亲的房间通用的，只有一把，平时都放在父亲房间的花瓶里。不过我们晚上都没有锁门的习惯。总而言之，除了脚步声和钟声，我们什么都不知道。”

话音刚落，吉娜伊达突然轻微呻吟出声，脚步踉跄，就要跌倒。法水好不容易才从旁边扶住她，但她额上满是冷汗，青筋凸起，脸色也变得蜡黄。这副姿态仿佛是抗争的精力已经彻底用尽了——如果她就是凶手，这恐怕是最悲惨的姿态了……

脑供血不足的吉娜伊达躺到床上后，法水和伊利亚一起离开钟楼，就在这时探员S过来报告说，六点左右在离圣堂一千五百米左右的地方拉了警戒线，当时抓了一个三十来岁的俄国人。一听到德米安·瓦西连科这个名字，伊利亚和鲁金都低声道："啊，他终于出现了。"

"那个人特别迷恋我姐姐。但是姐姐这个人，对人身上最具人性的地方根本没有一点兴趣，所以一寸法师也好，漂亮的瓦西连科也好，在她眼里都没有任何区别。"

"这么说，瓦西连科是你姐姐的情人了？"

"怎么可能？"伊利亚用有些轻浮的态度说，"姐姐说她最喜欢鲁金。所以我觉得她昨天晚上拒绝跟鲁金结婚，是故意做给父亲看的。实际上，昨天晚上的情况是这样的。父亲之所以选择鲁金做姐姐的丈夫，本来就是盯上了一寸法师的存款，好像还背着姐姐收了鲁金不少钱，前天他对姐姐挑明了，之后的两天里也一直纠缠不休，逼姐姐跟鲁金结婚。可是不管他说什么，姐姐都一言不发，坚持拒绝，一直跟父亲抗争到晚上。后来，父亲觉得姐姐不可能改变主意了，就立刻改变态度，这次跟鲁金提了一个离谱的钱数。当然，他们两人发生了激烈的争吵，我都一度担心会不会出事，正好发给鲁金的电报送了过来，也就暂时中止了这场危机。"

伊利亚说个不停，法水有些惊讶，觉得自己好像被抢了先机，被压制住了，这姑娘看上去单纯，其实并不是个笨蛋啊。伊利亚继续说道："姐姐和父亲闹得最凶的时候，是傍晚五点左右。当时冻雨被狂风吹着横拍过来，姐姐站在钟绳下面，满身都是雪，一直沉默地盯着父亲的脸，她当时的表情特别可怕。"

"那么这个，就是被糟蹋的婚礼的象征了。"法水从口袋里拿出那朵泥泞破败的白玫瑰，"应该是你姐姐的，这个发饰挂在钟绳下端五寸左右的地方。不过这么看来，这花已经没用了。"

说着，法水把花扔到地上，“但是很奇怪，她不讨厌鲁金的话，结婚也可以啊。”

“这个……我跟你说实话吧，”伊利亚的脸一下子红了，“可能因为她知道我喜欢鲁金吧。真像亚契的西拉诺[1]从修道院里走出来了。”

“原来如此，真是有趣的观察。接下来说一说楼梯吧。”

之后，调查转移到楼梯外墙上的旋转窗。熊城看到窗玻璃中央横向画着一条很粗的红线。

“原来如此，鲁金说这盏壁灯一直点着是非常奇怪的，看来原因就是这条红线了。可是为什么一定要让人从外面看见呢？”

法水抹了一把窗框上的灰尘：“只能打开一半！金属零件已经生锈了，这么看来很长时间没开过了。对了，伊利亚小姐，窗户下面牵的电线是干什么的？”

两根粗电线直接连到正门旁边的电线杆上，上面并没有留下冻冰的雨雪。伊利亚开始解释周围的情况：“嗯，是有管风琴时候的电线。窗户上面有根三尺左右的铁管吧，跟电线平行伸出来的。那是以前在纪念日的时候绑罗曼诺夫旗的。还有，铁管上面缠的电线是我收音机的天线。不知道什么时候，陆军飞机的信号枪掉到钟楼屋顶上了。我请那时爬上钟楼的士兵帮忙，把天线前端挂到了十字架上。说得差不多了，让我离开去照顾姐姐吧。”

回到钟楼，负责教堂内部的探员前来汇报。首先，经过检查，姐妹俩身上一丁点血痕都没有。钟绳上也没发现任何衣物纤维。另外，礼拜堂的圣坛下面发现了一条密道，不过不仅没有用

---

① 西拉诺：“大鼻子情圣”的原型，主人公与朋友爱上了同一个姑娘。

过的痕迹，中间还彻底坍塌，根本走不过去。最后，没有找到指纹，圆形天顶也因为大风和倾斜角度而没有积雪，一切都徒劳无功。

“钟的响法有问题，也不知道犯人的逃离路线。而且把短剑从下面往上扔的时候，钟楼这么窄，连五尺都不到，肯定会撞到什么地方。”检察官失望地低声说着，好像有什么事非问法水不可。

“刚才你为什么觉得吉娜伊达听到的脚步声是拉萨列夫的呢？”

法水眼中一亮，用平淡的声音回答：“因为尸体的左臂向内侧弯曲了。他还可以走路，看来属于轻度，发病也只是引起眩晕，但拉萨列夫的左半身患有中风性瘫痪，只是症状很轻。轻度瘫痪的证据就是，他扭向手臂内侧的指尖是钩形的。患病的人弯曲双腿会比较困难，脚步声非常像病症导致的环状步态。换句话说，不方便一侧的腿因为脚趾前端无法急停，只能倾斜脚掌，一边从内侧朝外画弧线一边走路。这样一来，健康的腿走路时不发出声音，虽然是双腿走路，脚步声却只有一个。所以如果吉娜伊达听到类似的行走节奏，我当然只能想到拉萨列夫了。”

比起拉萨列夫左侧半身不遂这件事，法水逻辑清晰的推理更让人惊讶。

“原来如此，”熊城深深点头，“这么一说，我们就知道钟绳上夹着煤气管的原因了。拉萨列夫半边身子不听使唤，要用脚踩在上面帮自己用力。”

“嗯，对了熊城，我就直说了，我有一个刚刚推测到的意外收获！”法水的脸都红了，“那时吉娜伊达外表虽然极为冷静，但内心受到了强烈的冲击。人们有一种心理，在感到恐惧时会说一点非常无聊的谎话。所以不管事实如何，那天使般的女子所说的内容里，有一件事是虚构的。熊城，吉娜伊达说她待的修道院属于特拉伯苦修会吧？但其实是改革后的卡尔梅勒修会。”

“卡尔梅勒修会？”

“就是那个赤脚女修会。要光脚，一年四季都只穿薄薄的单衣，不仅睡硬木板床，还彻底素食，据说过去还要一年断食八个月，教规就是惊人的苦修。”

“可你是怎么知道的？”

“我刚才不是跟她说：‘把自己的心灵当作一个花园，想象着主漫步其中，就感到无比快乐。’那时吉娜伊达好像的确非常惊讶。当然，我说这句话，只是把它当成一个威胁性的比喻。可让吉娜伊达感到惊讶的并不是听到她自己被比喻成犯人。犯罪的人在这方面本来就做好心理准备了。她惊讶的原因在于，这句描述自身神奇梦幻状态的话，正是卡尔梅勒修会创始人圣特蕾莎说的。你如果认为西班牙的著名女子只有卡门，那可就错了。西班牙还有这位曾领导神秘神学一派，据说可以悬浮物体，多地同现的伟大神秘学家。另外，我还有一个证据——能认出这张脸的，全日本也超不过五百人——就是莫里诺斯修士，被人称为圣特雷莎的继承者，他的画像就在床旁边的墙上挂着呢。”

“说起来，那儿确实有一幅中世纪修道士的画像。”检察官附和道。

“嗯，没错。吉娜伊达做修女期间，究竟在这个教派里修行到什么程度呢？另外，她为什么非要说谎不可呢？我想不明白。”说完，法水的表情顿时严肃起来，“总之，只有她一个人说了谎，从这点来看，她最有可能是凶手。”

熊城惊讶地喊了起来："开什么玩笑？你忘了钥匙吗？"

"这个啊。这里的门上没有旋转窗，底下也没有空隙。但是，用绳子操纵钥匙的办法可不只出现在范达因的《狗场杀人事件》里啊。你知道妖怪结这种绳结吧——丝线的一端紧紧绑在物体上，但只要一拽另一端，就可以轻松解开。哎呀，做个实验你就明白了。"

法水在钥匙的圆环上绑了妖怪结，站到拉萨列夫房间门前。

"记好了。先插进钥匙，然后拧紧，拧到再多来一下插销就会飞出去那种状态。把丝线的一头——解不下来的这头——在门把手的方轴上缠两圈，不用系上，把中间的丝线抻直。然后，把一拽就能解开的那头从钥匙孔伸进去，让它保持松弛。当然，这得是钥匙齿朝上才能做到。这时走进房间转动门把手，这根穿过来的丝线会带动钥匙旋转，门锁上了，但钥匙齿不会降到最低，中间就被丝线挡住了。下一步就是拽穿过钥匙孔的丝线，钥匙圆环上的绳结当然会解开，然后再转几次门把手，松开缠在方轴上的丝线，一拽，怎么样？丝线就顺利收进房间里了。而且钥匙齿还保持垂直，没有任何痕迹。"

但法水表情沮丧地打开了门。

"可是还有钟声，所以单靠这个推理解决不了这次的事件。教堂院子里没有脚印，其实也是一个暗示——凶手就在教堂里面。"

检察官和熊城稍微放心了点，随后熊城走下楼梯，两个被捕者的讯问结束了。

"鲁金那个家伙，他说伊利亚说的都没错，可还是坚持自己的确去了豪德寺——这个不在场证明根本就不成立嘛。还有，瓦西连科也是志士，投靠了右翼团体天龙会，但他患有严重的结核病，平时根本不出现。那家伙听说昨晚吉娜伊达结婚就激动了，说是整晚都在这附近晃悠。不过那家伙不是凶手。”说着，熊城弹响沾着烟油的手指，“我说法水老弟，因为风大又倾斜，圆顶上没有积雪。但圆顶上没有脚印，反而能让我们自由想象。而且我差不多已经锁定凶手，钟响的原因也要弄清楚了。”

“这可稀奇了，”法水大加讽刺，“那你说说看，用什么方法能让钟响得那么奇怪？还有，这也是最主要的，具备凶手特征的人我们现在可还不知道呢。”

三

“开什么玩笑，除了鲁金，还有谁是凶手？”熊城不自觉地提高了音量，“尸体上的谜团也一样，只要知道他怎么消除六英尺和三英尺半之间的差距，就解决了。”

“哦？怎么说？”

“因为教堂院子里没有脚印。说起来，如果凶手是姐妹俩之一，那钟声就是最明确的反证。说到底，两点左右冻雨停的时候，犯人已经在教堂里面了，根据我的观察，他杀人之后只能是踮着脚逃出去的。不用说，钟就是在那时候响的，但他逃出去的路线其实也很简单。首先顺着钟绳爬上去，从尖塔的窗户出来，这时把凶器扔向后门那边，然后沿着天线爬下圆顶，再沿着拉到旋转窗下面的电线，像猴子一样‘嗖嗖’爬到外面。至于我这么推理的原因嘛，首先是电线上没有结冰，其次就是钟绳上的白玫瑰——那是鲁金捡来思念吉娜伊达身上的香气的，结果爬绳子的时候不知怎么掉下来了。还有一点，要顺利完成这样一番惊人的举动，需要很强的臂力和不断的练习，而具备这两点的人就在这次事件的登场人物当中。能够轻松爬上三丈长的钟绳，如果是普通人的臂力和体重，凶手爬过电线的时候，旋转窗和电线杆的连接处肯定会出现相当明显的损伤！恐怕一百来米的距离不是那么容易爬过去的。这样一来，就需要臂力超过常人、体重却跟儿童相仿——可这个最难的条件放到鲁金身上，反而轻轻松松就能实现。而且，钟绳上没有留下织物纤维，不是反而能够证明凶手就是全身穿着防水服的鲁金吗？”

检察官吃惊地盯着熊城。

“如果真有这么简单，还用听你来说？你是发现这个简单的解释太过高兴，把钟的机械装置给忘了吧？”

可是这时，除了熊城的解释，还没有更合理的方法能说明钟声之谜。

“哎呀，你们听我说。虽然说钟靠钟绳的振动响起来，但那指的不是奇怪响声的时候，是指之前的响声。换句话说，钟一共错时响了两次。其中的第二次是你们和姐妹俩听到的，最初那次是凶手逃出去的时候，声音肯定小得听不见。因为鲁金臂力那么强，不用像尺蠖似的一屈一伸，他只要在最初使劲儿一拽，让钟歪向一边，再保持这个位置，他自己只靠胳膊的力量爬上去就可以了。这样一来，就只会在开始和结束时，发出轻微的撞击声而已。”

“那你说的第二次钟声呢？”

“哈哈哈，那就是粉饰嘛。”熊城大言不惭地提出，完全不用考虑钟声，“对了，钟上没有被直接触碰过的痕迹！就算有吧，刚才你们也说了，只用手推或者敲钟舌，大钟都是纹丝不动的，大钟动了以后振动传导给小钟，所有的钟用这种颠倒先后的方式响，我是不明白到底是什么原因。当然，要说不可思议，没有比这个更不可思议的。可在这次的事件里，这不过是一个无聊的小插曲。理由就是，以钟和尸体为中心，推理出来的每件事都跟一寸法师鲁金的独特特点高度一致。还有，钟的问题是凶手逃出去以后才发生的。所以虽然增加了事件的复杂程度，也带上了戏剧色彩，却无法影响事件的本质。我说法水老弟，侦查员只顾着猎奇兴趣，结果在解决事件上失了手，这种例子可绝对不少啊。哎呀，我也差点重蹈覆辙了呢。”

“没错，这可是你近期的推理杰作了。”法水带着露骨的嘲讽吐了一个烟圈，“但是这样一来，就会出现两个不同的人物，杀人凶手和爬绳子的人。”

因为面对的是法水，熊城脸上露出了近乎怯懦的警戒表情。但检察官一拍大腿：“嗯，就是这样。”他先赞同了法水，然后才发表自己的看法。

“熊城，尸体的古怪姿态完全不像他杀，是蹲着死去的。不仅如此，尸体上还有很多谜团。首先是没有格斗痕迹，虽然脸和手指痛苦扭曲，可是既没有疼得打滚、想要逃跑抓挠地板的痕迹，也没有按住伤口的痕迹。不管你怎么说，只是气管被割断，是不会造成立刻死亡吧？另外，尸体只有一处外伤，伤口是向斜上方刺进喉咙，这种伤口只在自杀者身上出现过。除非被害人故意摆出这种方便的姿势，不然要瞄准这么困难的地方一击毙命，根本就是不可能的。当然了，鲁金如果不跳起来就够不到伤口，如果反过来拉萨列夫蹲下让他杀，一切就更加不可思议。还有，烛台没有从高处掉落的痕迹，死者衣物不仅没有焦痕，还穿得那么整齐。所以在我看来，所有情况都表现出拉萨列夫的明确想法。熊城，我认为拉萨列夫是自杀而死的。”

“那尸体要用什么方法把凶器带到教堂外呢？”

“那是之后被人拔下来的。你把拔下凶器的人指认为凶手了。就当是我异想天开吧，接下来我要说说拉萨列夫为什么会自杀。看到那盏纳德科夫台灯以后，我就认为拉萨列夫和鲁金之间有极为深切的秘密——或者说，鲁金掌握着这个老人的致命弱点。作为那个秘密的交换条件，鲁金想得到吉娜伊达。但吉娜伊达坚决拒绝，因此他们可能一直争执到深夜。所以，鲁金虽然收到电报，实际上却没出去，而是留在餐厅里了。这时，一筹莫展的拉萨列夫突然想到一个办法。就是让妹妹伊利亚去接近鲁金。那姑娘一看就有变态的地方，她把自己的感情对鲁金表白了。可鲁金对吉娜伊达抱有强烈的执着，对妹妹碰都不碰。所以从门缝里偷看情况的拉萨列夫终于陷入绝望，就自杀了。你还记得那盏一直亮着的壁灯吧？那应该是鲁金忘记关掉的，正因为那盏灯亮着，拉萨列夫才能看到鲁金对伊利亚不假辞色的样子。”

法水嘲弄地笑了笑，吐出朦胧的烟雾。“原来如此，众说纷纭啊。那支仓你要怎么解释烛台呢？”

“烛台是这样的。那时拉萨列夫点亮了只剩一半长度的蜡烛，站在门前。因为他左手不好使，就先把烛台放到地上，把门打开一条缝。之后站着发呆，忘了吹灭蜡烛，最后蜡烛燃尽，他在黑暗中接受了最后的可怕结果。但发现拉萨列夫自杀后，鲁金就想利用这件事，让自己和吉娜伊达的关系朝有利的方向发展。出于猜疑，鲁金想除掉躲在吉娜伊达背后的瓦西连科，所以我们才撞到他像疯子似的深夜在教堂周围徘徊。之后，他封了伊利亚的口，拔出短剑，锁了姐妹俩房间的门，然后按照你推理的路线，逃到教堂外面去了。这样一来，自然无须多说，敲钟的人就是鲁金。那不可思议的奇妙手法当然是鲁金独有的秘密，但你发现得越早，对他就越有利。我们也就能明白他必须敲响钟的原因。所以说啊，熊城，这个事件里根本没有凶手。"

"那尸体的谜团怎么解释？"

"我想，除了疾病没有其他原因。在短剑刺入的瞬间，之前一直健康的左脑突然溢血，引起右半身的中风性麻痹。一看就知道，半身不遂的人虽然一直神经质地提防着不小心摔倒，但在受到突然的精神打击和身体袭击时，另一半大脑容易产生继发症状。不过这个要等解剖报告出来才能清楚。"

"嗯。"熊城点点头，不怀好意地笑了，"不过你说的这点应该是他杀的情况吧？而且，你没注意到尸体奇怪的蹲立姿势？当然了，如果这里清清楚楚，自杀这种荒诞无稽的说法也就不会成立了。而一旦明白真正的原因，你这个说法的基础，也就是伤口上，便不存在拉萨列夫的个人意志了。至于说伤口呈现出的状态，那都是一寸法师鲁金的体型造成的。首先，鲁金从门外喊他。拉萨列夫当然知道鲁金的身高，于是习惯性地弯下上身，从门缝里探出头去。鲁金趁机自下而上地刺中他。拉萨列夫保持着这种体态倒下，这时原本健康的半边身体发生了中风性麻痹。也就是说，是拉萨列夫的喉咙主动跑到鲁金的上方。所以与其说凶手用什么姿势伤人，不如说以鲁金的特殊身高，只能用那种方法刺向那个地方。"

"这样一来，衣服上就会有烧焦的痕迹啊。"检察官感到自己将要落败，声音变得有气无力，"他肯定是放下烛台再去开门的吧，到蜡烛烧尽已经没有时间了。"

这时，熊城说了自己最后的结论："可是，如果鲁金所说的只剩下一半的蜡烛，这期间曾经被人用过呢？那样一来，虽然只剩下烛芯，但吝啬的拉萨列夫还是会继续用，烛芯烧到下面以后，底下的蜡会熔化往下掉，烛火就没法直立了。"熊城已然奏响凯歌，但他还是胆小地看了一眼法水，问道："法水老弟，你觉得呢？"

"唉，我的意见只是……"但法水的眼神确定而锋利，"让我为难的是，你们的观点都把钟声放到主要位置上了，不过你们还是忍耐一下，听我说吧，我修改你们的推理也很辛苦。"说完，他先看向检察官，"首先，你提出的死者为自杀是不成立的，尸体最后的呼吸可以证明。我们都知道，尸体的气管被完全割断，但凶手当时没有立刻拔出短剑，反而让短剑留在死者的咽喉处，原因我后面再说。因此，死者气管被堵死，形成与勒死相似的情况。当然，这两个原因都有可能，要看解剖报告才能确定。但总之，在达到致命的出血量之前，拉萨列夫已经因为窒息而失去了意识，这是可以确定的。证据就是他粪尿外泄，眼底巩膜也有出血点。而导致我们观点不同的重要分歧点在于，他最后的呼吸——换句话说，他被刺中时，啊，按你的说法是刺中，在那之前的瞬间里，他的呼吸——究竟是吐气还是吸气。从胸隔膜来看，是吐气之后。而我们必须关注的问题是根据自杀者的规律——或者说人类在紧张的心理状态下，必然会同时产生一定的生理现象。根据麦内特等人的说法，末梢动脉剧烈收缩，胸部产生压迫感，所以需要深呼吸以消除不安的感觉，不然就没有办法用意识指挥自己的行动。可拉萨列夫的尸体并不是这样，我自然会怀疑他的肺为什么会排空。所以，这个矛盾之处反而帮助我推定他死于他杀。"

"原来如此。"检察官直率地点点头，"那熊城提出的鲁金是凶手的说法就成立了？”

“不是的，”法水静静地微笑，把脸靠近熊城，“我对你所说的侏儒杀人很不赞同。首先，我认为拉萨列夫的右半身没有发生中风性麻痹。死者左右两臂的温度就是证据。发生麻痹的部分会变得冰凉，几乎跟尸体的温度差不多。但你可以比较拉萨列夫的两臂，轻微麻痹的左臂就不用说了，关键的右臂还均衡地留有一些体温。当然我这么说，你可能会觉得皮肤触感这种微妙的东西没法相信，但我还有一个能确实否定你观点的证据。不过在说这个证据之前，我希望你能再具体解释一下，所谓只剩下烛芯的蜡烛的形状。”

熊城紧张地眨眨眼睛。

“首先，我的想象是基于那个烛台的实际情况。咱们都看到了，残蜡已经堆得超过铁芯底座了。所以烛芯周围的蜡全部烧完掉下去以后，烛芯还粘在铁芯上立得笔直，只有最下端的一小部分埋在熔化的蜡里。”

“嗯，我对这点没有异议。因为我从小时候起，就对这种情况看得实在太多了。你还说，正巧在这种状态时，吝啬鬼拉萨列夫吹灭了蜡烛，之后在鲁金来敲门的拂晓时再次点燃。可是要证明只是这样无法留下焦痕——这个词用得好像有点奇怪——你对蜡烛构成的了解还完全不够。看那铁芯的粗细程度，都能用百目蜡烛[①]了，可你并没有把这个问题考虑进去。”接着法水开始旁征博引，展开细致的分析。

“与其由我啰唆地讲解，不如介绍一下了不起的前辈们为

① 百目蜡烛：一种每根将近四百克的大蜡烛。

我们留下的记录。一八七五年，日本还没有公布违警罪[1]，是刑警即将产生的时期，也是插图书店门口都装饰着大苏芳年[2]血腥木版画的巡警时代。那时，多瑙里德地区有一位名叫布恩切尔舍德路浦的警官，他具备的推理能力比率领着现代科学警察的你出色得多。这位警官推测出大烛台上燃尽蜡烛的长度，因此把一位嫌疑最大的盲人从死亡边缘救了回来，他推理的依据其实极为普通，却是一个所有人都容易忽略的问题，也就是铁芯的温度。本来蜡烛的烛芯总会偏左或偏右，插在那种粗铁芯上烧到一定程度以后，再往下就会被铁芯隔断，火焰不会充分烧到另外一侧。于是蜡烛就会烧得不平均，呈现出角度很陡的倾斜。总之，虽然烧到只剩烛芯，但其铁芯另外一侧还会残留一些蜡烛。但是，如果让蜡烛烧到最后，铁芯的温度会不断升高，在烛芯掉落之前，另外一侧的蜡就已经熔化掉落了。可是，如果在只剩烛芯时先熄灭蜡烛，过段时间再点燃，这时铁芯恰恰已经冷却了。所以，另一侧的蜡会是这种状态：只有烛芯下面那部分蜡会熔化，因为烛芯还能烧一阵，而上面的部分依然原样保留，或者说至少剩一些蜡膜。然而在这个烛台上，铁芯虽然熏得漆黑，蜡烛却是完全烧没了的。这不是能够证明，上面留着一点点蜡烛而且一直燃烧到最后吗？所以不管怎么样，衣服上都会留下燃烧痕迹。”

熊城脸色苍白、嘴唇颤抖，这时检察官抢着说：“也就是说，这是凶手的诡计。”

---

① 违警罪：日本旧刑法中将犯罪分为三类，即重罪、轻罪和违警罪。违警罪是可处以拘留或罚款的轻罪。

② 大苏芳年：即月冈芳年，日本江户末期浮世绘画家，晚名大苏芳年。

“嗯，没错。实际上，拉萨列夫的尸体是直立的，烛火碰不到。所以才会需要诡计。当然，只要弄明白这点，让你提出中风性麻痹和自杀假设、让熊城认为鲁金是凶手的原因——尸体上的谜团，就都能一个不漏地全部解开了。而那就是一根结实的绳子。凶手在门把手和夹在门右边墙板缝隙的钥匙之间，拉了一根绳子，还留了六七寸的富余。所以左手不便的拉萨列夫把烛台放到地板上，用右手转动门把手，之后想用左肩把门推开出去。但由于绳子的长度，门只能打开一点，但拉萨列夫正要出去，半个身子顺势卡进门缝里，从脑袋到右手都没法动弹。这时，凶手从外边用力压住门，瞄准动弹不得的目标，还为了自己不溅到血而避开颈动脉，不慌不忙地刺出一剑。那时凶手没有立刻拔出凶器，是不想让拉萨列夫呻吟出声，凶手还在原地留了一会儿，看着拉萨列夫死去。当然，在这期间蜡烛烧完了。凶手只要稍微放松一点绳子，拉萨列夫的腰被绳子拦着，上半身弯折下来。确定拉萨列夫死了以后，凶手再放松绳子，让拉萨列夫慢慢倒到地上，这样尸体刚好形成蹲踞姿态，伤口也刚好来到地板血迹的垂直上方，让血迹状态没有任何不自然之处。而且，因为拉萨列夫没有问题的右手完全无法活动，连抓挠门板也做不到。这样看来，熊城，除非鲁金投胎转世，不然他这个一寸法师是绝对做不到这些的。换句话说，杀害拉萨列夫的人应该是这样的：具备普通人身材，因为力量不足而无法用普通方法完成杀人任务。这个凶手的杀人计划不仅是在弥补自身的体力劣势，也是在试图扰乱我们的侦查，是非常阴险冷血的。所以仅从犯罪手法来看可以排除鲁金，我描绘的凶手形象正是手握短剑的瓦西连科。”

“啊，那家伙不可能，他除了走进走出，没有别的本事了。”熊城悲伤地叹了口气，法水的表情也更阴沉了。

“嗯，还差最后一点。如果把‘可以杀人’和‘能够逃脱’这两个问题放到一起，那凶手也许是具备这两个特征的新角色。如果我们能有什么惊人的发现，其结果就有两种：要么一切都归于吉娜伊达，要么我们能弄明白瓦西连科出现在附近的秘密，可不管怎么说，鲁金已经不在嫌疑范围内了。熊城，现在我们掌握的信息里，九成九我都已经能解释了，可以说解决这个事件的关键就藏在剩下的那一分里。也就是说，让机械装置顺序颠倒，以超自然方法响起的钟声，与凶手有什么关系……但是，我们为什么要相信吉娜伊达所说的，是尸体走动起来拉了钟绳呢？”

这样一来，钟声从单纯的怪异现象，一跃变成了事件的主角。熊城忍着颤抖，虚张声势地说：“反正动机就是那盏台灯吧。我打算先让部下埋伏在教堂里，等人出现就不容分说立刻逮捕。既然凶手弄出一条我们看不到的通路，那就肯定会再过来的。”话虽然说得厉害，可他身上已经没有了平时的精气神。

那时，冻雨挟着狂风，刚好和昨天的天气一样，法水离开众人，独自待在钟楼上，一直没出来。这期间他实验了好几次，但始终没有听到期待的那种钟声。到了傍晚时分，法水终于筋疲力尽地出现了。

“熊城，我希望你能成功。可如果到时没抓到凶手，记得跟那姐妹俩说一声，让她们俩谁把那盏纳德科夫台灯送到我事务所去。”

说完，他在风雪中离开了，大约一个小时之后，门外却再次响起他的声音。

“是我，法水。不好意思，帮我把旋转窗上的红线擦掉，点亮壁灯。”

去点亮壁灯的一位警官无意间看向窗外，发现空中飘着一只风筝，如同暗夜中的帆船一样突然靠近——啊，法水为什么要点亮壁灯、擦掉红线，还放起风筝呢？

然而那天晚上，直到深夜法水都毫无睡意，把注意力集中在眼睛看到的和耳朵听到的地方，似乎想要看到什么，或者听到什么。果然，在半夜一点左右，他听到圣阿列克谢教堂的钟声，而且是大钟“咚”地首先响起……教堂的神秘与恐怖再次越过夜空袭来。可是听到钟声后，不知怎么，法水竟然露出一个微笑，之后便沉沉睡去了。

四

第二天中午时分，伊利亚带着台灯来了。

“昨天晚上好像闹得很厉害啊。”

“是啊，可怎么没抓到人呢？明明到教堂里来了，却没有脚印，钟还那样响起来了。”

“这是当然的，因为钟是被我弄响的。因此，拉萨列夫事件解决了。”法水瞥了一眼吃惊的伊利亚，从台灯底座拿出一封信。

“那……难道是姐姐……？”

“没错，这就是你姐姐的自白书。”法水忍不住直看向伊利亚，而听到他这句话，伊利亚立刻全身脱力，踉跄地倒在椅子上，好一会儿都茫然无措。这期间，法水把自白书看完了，伊利亚很快回过神，开始抽泣。

“我不相信。姐姐怎么会杀害对我们有大恩的父亲呢？”

“这是因为某种强大的力量控制了你姐姐。”法水特意避免使用刺激性的词语，开始讲述吉娜伊达的犯罪动机，“当我知道你姐姐是卡尔梅勒修会的修女时，我就知道在她美丽的外表下，已经被培养出了顽固的信念，为了戒律，连父亲都可以杀死。你也知道，修女也被称为天主的新娘，是需要赌上很多东西去全力争取的。可是，一旦隔绝现实世界的壁垒被打破，会怎么样呢？那种情况下，天主的新娘们在新的生活里会承受怎样的痛苦呢？你想一想吧。更不要说，在忍受各种试炼期间，修女会对那种奇怪的生活产生一种英雄主义。此外，从身体方面来说，以清贫和贞洁为名的惊人苦修反而会诱发肉体的受虐倾向。于是，在违背自然法则的痛苦中，她们感受到天主的肌肤和爱抚的感觉。可这些又是纯洁处女的洁癖所不能允许的。这是明明白白的精神障碍。你姐姐的情况恰好就是如此，不幸的是，这时拉萨列夫强行让她跟鲁金结婚。于是和渎神相比，她选择用利刃刺向养父的咽喉。不过保罗[①]曾经说过：‘修道生活是优越的，但并不是义务。’因为这句话，她曾一度极为苦恼，但最终还是因为强烈的偏执而无法接受。但她在自白书里写了这样一段：‘软骨带来的感觉非常奇妙。但是，在我感受到它的那个瞬间，我竟从杀害养父的苦恼里，深切感受到只有修女才能体会的高贵的神性欢喜。’听了这句话，你应该清楚地知道是什么杀死了你的养父拉萨列夫吧？总结来说，我要再次引用保罗的话——这是一个

① 保罗：早期基督教传教人。

没有分担家庭义务的人，在遭遇革命之难、重归家庭以后产生的悲剧。”

伊利亚大概不想听到这悲惨的原因吧。她紧闭双眼，眼皮不停地颤抖。法水似乎松了一口气，开始解释杀人方法。

“然而让我惊讶的是，你姐姐的犯罪手法和犯罪动机其实刚好展示了双重人格之间的对比。跟蒙昧顽固的宗教观相反，她实施犯罪的过程恰恰展现出极为优秀的科学思维。明白这些之后，我真是说不出话来。如果将二者分开来看，谁能相信这是同一个人所为呢？她的犯罪过程是从发给鲁金的那封假电报开始的。上午，你姐姐扮上男装，给附近的小孩一点钱，让他晚上九点左右去电报局。”法水先从杀人方法和门锁开始讲起。

“总之，那根绳子不仅让事件变得扑朔迷离，还巧妙地掩盖了女性力量不足的问题，让一切看起来都是鲁金所为，连老练的熊城也上了当。不过真正让我惊叹的是那不可思议的钟声，首先要说明的是钟楼上的脚步声——那实际上是为了确认敲钟之人的谎话，因为我想得太多，最后把事情弄复杂了。总之，除了你姐姐，没有别人了。”

接着，法水看向自白书。

“我们继续往下看吧，你听我念——由于一个偶然的发现，我从自然物体中找到了能充当导体的东西。从地板采光窗往外看，它达到外墙旋转窗上的红线是在几点？之后再过多少分钟能碰到下面的电线？经过几次实验，我可以准确测出这个时间了。这个导体不仅可以瞬间消失，在它的起点——那根铁管上，还缠着伊利亚的天线，一直连到屋顶的十字架。而那个十字架的底部，支撑着悬挂钟的铁梁。于是我算准机会，点亮了台灯，等待着圣阿列克谢堂里将要发生的恐怖事件。之所以点亮楼梯中段的壁灯，是因为灯光刚好照到那边，让我能看到导体的情况。而且映在玻璃上的墙是黑色的，不会影响视线。”法水念完这一段，突然把自白书扣在桌子上，抬起头。

“接下来要说的，是基于我的想象。那个导体是什么？你觉得呢？实际上，你姐姐脑海里闪现的火花，就是夹着大钟的钟舌、连接导体和台灯的那根线，你不明白吗？就是从铁管前段开始，顺着冻雨融化的水向下延伸的冰凌啊！但在那之前，她还需要准备一样东西，也就是一卷胶卷。把胶卷剪出一段，长度比铁管到电线的垂直距离稍微长一点，在上面从头到尾笔直地涂上一道胶水，在胶水上沾上铝粉。然后把胶卷向内侧卷成一个圆环，绑到发现短剑地点的风筝上，放飞风筝。在胶卷圆环卡住铁管前段的同时，用另一根绑着开罐器的绳子切断绑着胶卷的线，接着再用开罐器把正下方的电线割破一点。好了，你觉得她用这个机关是要对头顶的大钟做什么呢？”

“什么？”伊利亚对姐姐的犯罪行为莫名地充满好奇，瞪圆了眼睛。

“她的目的就是要拿走那个让大钟倾斜的东西。要解释这个问题，就不得不说到昨天的天气。因为在狂风冻雨中的五点时分，你姐姐开始实施犯罪的第一阶段。你说那时曾看到姐姐和父亲在钟绳下方激烈的争吵，可实际上，你姐姐真正的心思在其他地方。她一点点用脚踩住钟绳下端，把全身力气和全部体重都押到一只手上，慢慢拽动绳子，让大钟倾斜，当然小钟还是水平的。大钟稍微倾斜一点，钟舌便接触到大钟内壁。但当时正是风雨大作。不断被风吹进来的冻雨终于把钟舌和内壁结结实实地冻到了一起。这对深入尖顶的小钟当然没有影响，可即使松开钟绳，大钟沉重的钟舌依然紧贴着一边内壁，整体重心当然会偏移。”

“那敲响钟的是谁呢？”

“是电流融化了钟舌上的冰。这个方法解释起来是这样的……铁管一头凝聚的水滴落到胶卷上，顺着光滑的赛璐珞那面向下滑落，积留在凹凸不平的铝粉上。这样形成的冰凌不仅笔直，长度还会逐渐增加，冰凌尖端会拽着胶卷圆环慢慢变长——这就是你姐姐想出来的绝妙主意。当胶卷终于长到断开时，铝粉线的末端刚好接触到电线外皮被割破的地方，所以一瞬间，电流就会传到尖塔的大钟上。其结果不用我说你也能明白。冰凌瞬间消失，胶卷着火燃烧，最终变成包着银色轻金属粉末的白色灰尘，在水滴重量的作用下掉到地上。因为比重比积雪轻、颜色与积雪相同，很快就散逸开来，超出了搜查官的能见范围，与此同时，这个机关也消失得无影无踪了。而且，既然瞬间传导的电流融化了钟舌上的冰，钟舌就会朝反方向撞去，大钟的倾斜也会复原，不拉钟绳就不会移动的钟因此产生了振动，也就出现了之前那种奇迹。当然，昨天晚上的钟声，只是我借天气之便重现的。但最为重要的暗示，其实是那朵用作发饰的玫瑰。虽然已经被踩烂了，却正好插在钟绳下方五寸左右的地方。”

“啊，”伊利亚不仅发出惊叹声，“可是短剑呢？怎么会扔到那样一个地方呢？”

法水进入最后的推理。

“短剑是那盏台灯扔的。你姐姐确认拉萨列夫死亡后，立刻从他喉咙上拔出短剑，到楼下的洗手台清洗，之后返回钟楼。这次她在一根长麻绳的一头绑上重物，从上方扔过两个大钟中间的横梁，然后用即将凝固的黏稠血液把短剑剑柄粘在绳子上，另一头从夹在钟绳上、用脚踩的煤气管开始，穿过门上的钥匙孔，绑到台灯内部让中央筒旋转的灯芯上。当然，这个机关是在从外面锁上门之前做好的，所以门锁齿朝上，钥匙孔里有两根线。你姐姐先操纵钥匙把门锁上，然后看着冰凌的情况点燃台灯，打开台灯的纵向百叶窗。台灯内部的圆筒在气流作用下开始转动，最后绳子被带动，抻得笔直，把绳子另一头的短剑吊了起来。不过，冰凌到达电线的时间和圆筒的旋转圈数，需要非常精密的计算，也就是说，在短剑马上到达大钟边缘时，电流必须通过冰凌。因为触电后钟会产生磁力，除此之外，没有其他扔出短剑的方法。钟产生的磁力吸住了短剑剑尖，而另一边被绳子吊起，就在短剑变成横着的状态时，另一口钟撞到了铜制剑柄上。那时，将剑柄粘到绳子上的凝固血液脱落，就掉在钟楼采光窗附近。门前面也有，可以证明线经过的通路。最后，线全部穿过钥匙孔，被卷进台灯的中央圆筒里，同时，一直被线阻挡的门锁齿垂直落下。至此，全部犯罪过程都完成了。”

证明结束，法水的脸上泛起红润。

“怎么样？接下来是以钟声为中心，描绘出逃离教堂的鲁金。当然了，这是你姐姐设计的两个不在场证明之一。从外面锁门的技巧相当幼稚，但钟声带来的却不只是神秘感。幸好我解开了谜底，如果有人问我能不能想出这样的计划，很遗憾，除了不能，我没有其他回答。总之，到目前为止，在我挑战过的所有犯罪中，你姐姐可是最强的敌手哦。”

“那……姐姐会判死刑吗？”伊利亚终于问出了口，法水把自白书的最后几行折出来给她看。她突然紧紧抓着桌沿，脸上没有了血色。

“毒药！你让我姐姐自杀……”

“开什么玩笑。要生气也等我把话说完。”说着，法水站起身，轻轻把手放在她肩上，“昨天傍晚，我回去之前去了你们的房间。那时悄悄放进你姐姐口袋里了。她肯定会立刻发现。半夜钟响起来以后，她没有服毒的机会，今天也只能等到你出门以后。不过，那纸包上虽然写着生物碱，里面却是我偶然放进口袋里的安眠药。也就是说，对这起事件的成因，我有自己的解释，从结论来看，适合对犯人做出的处罚应该是精神病院而不是监狱。既然真相只有我一个人知道，那我当然有做出裁决的权利。”

几个小时之后，两人一同乘坐的救护车进入了B精神病院，在雪地上留下一道暗红色的车轮印。

隐身人

G.K.切斯特顿

在冰凉沉郁的暮色中，卡姆登镇两条陡峭的街道上，街角的店铺——一家糖果店——正发着光，就像雪茄烟的烟头。也许有人会说，其实更像烟火的底端，因为那里的灯光五颜六色，带着些许缭乱，被众多镜子反射散开，在色彩华丽炫目的蛋糕和糖果上起舞。不少流浪儿把鼻子贴在炽热的橱窗玻璃上，因为里面的巧克力都有红色、金色和绿色的金属色包装纸，几乎比巧克力本身还要诱人。橱窗里那个巨大而洁白的婚礼蛋糕看起来既遥远又让人满足，仿佛整个北极正待人享用。这样多彩的诱惑自然把街区里十二岁以下的孩子都吸引了过来。不过，这个街角对年龄稍大一点的人同样具有吸引力。一个年轻人，至少二十四岁，也正盯着这家店铺的橱窗。对他来说，这家店铺同样充满炽热的美丽，但这吸引力并不完全来自巧克力，当然，对巧克力，他更远谈不上不喜欢。

他是一个高大、结实的红发年轻人，表情果决，举止却无精打采。他胳膊下夹着一个扁平的灰色文件夹，里面是一些黑白素描，已经多多少少成功地卖给几家出版商了。他的叔叔（一位前海军将军）剥夺了他的继承权，原因在于他发表的一次演说——反对经济理论、支持社会主义。他的名字是约翰·特恩布尔·安格斯。

最后，他走进糖果店，穿过店铺进入里屋——糕点师开的餐厅，对年轻的女服务员微微抬了抬帽子。她穿着黑衣服，是一位优雅、机敏的深肤色姑娘，脸色红润，有一双非常灵活的黑眼睛，隔了一会儿，她跟着他走进里间，记录他点的东西。

他点的明显是老样子。“我要，”他精确地说，“一个半便士的面包和一小杯黑咖啡。”在姑娘转身离开之前，他迅速加了一句——“还有，我要你跟我结婚。”

这位年轻的女士顿时僵住了，说：“我不允许开这种玩笑。”

红发年轻人抬起灰色的眼睛，眼神竟然非常严肃。“是千真万确的。”他说，“就像——就像半便士面包一样认真。那很昂贵，就像面包，人要为它付钱。它难以消化，也像面包。还会伤人。”

这位深肤色年轻女士的黑眼睛一直盯在他身上，但似乎正用一种近乎悲剧的严肃态度研究着他。端详结束后，她脸上露出一丝笑影，在一张椅子上坐下。

“难道你不觉得，”安格斯观察着，“吃掉这些半便士面包非常残忍吗？它们也许能长成一便士面包。等我们结婚了，我就放弃这残忍的运动。”

深肤色年轻女士站起身，走到窗边，明显处在强烈却不无同情的思考中。最后，当她下定决心转过身来，却困惑地发现那个年轻人正小心地把店铺橱窗里的种种物品摆到桌子上。有五颜六色的糖果金字塔、几盘三明治，还有两个玻璃瓶，里面装着糕点师独家的神秘波尔多酒和雪莉酒。在整齐摆放的物品正中间，他小心地放下那块巨大的撒着白糖的蛋糕，而那原本是橱窗最大的装饰物。

“你到底要干什么？”她问。

“尽我的职责，我亲爱的劳拉。”他开口道。

“天哪，你停下吧。”她叫道，“别这样跟我说话。我说，这些都是什么？”

“是一场婚宴，霍普小姐。”

“那是什么？”她指着那堆白糖不耐烦地问。

“是婚礼蛋糕，安格斯太太。”

姑娘大步走过去，动作有点大，把蛋糕放回店铺橱窗。然后走回来，把她优雅的胳膊肘支在桌子上凝视着年轻人，眼中没有笑意，只有极大的恼怒。

“你没给我一点思考的时间。”她说。

“我没有那么傻，”他回答，“那是我基督徒的谦卑。”

她依然看着他，但笑容后面是越发明显的严肃。

“安格斯先生，”她平静地说，“在你继续这些废话之前，我必须尽可能简洁地告诉你关于我的情况。”

“乐意至极。”安格斯严肃地说，“你说的时候，最好也跟我说说我的情况。”

“行了，闭上你的嘴，听着。”她说，“我不觉得羞耻，也不觉得自己有什么好抱歉的，但是如果有一件事跟我无关，却是我的噩梦，你会怎么说？”

“那样的话，”男人严肃地说，“我建议你把蛋糕拿回来。”

“你得先听完这个故事，”劳拉坚持道，“首先我要告诉你，我父亲在拉德伯里有一家叫‘红鱼’的小旅馆，我以前总在酒吧招待客人。”

“难怪我总觉得纳闷，”他说，“一家糖果店里怎么总是有基督徒的气息。”

“拉德伯里是东部一个冷清、草地很多的小地方，光顾‘红鱼’的客人只有一种，偶尔过来的商务旅行者，剩下的都是你能看到的最糟糕的人，只是你从没见过他们。我是说那些闲人，他们能活下去，除了去酒吧和赌马无事可做，都配不上他们那身破衣服。就连这些可怜的年轻无赖都不常来我们那儿，但有两个人常来——在各个方面都太普通了。他们都靠自己的钱生活，非常空闲无聊，还过于讲究打扮。可我对他们有点同情，因为我有些确信，他们会溜进我们这个空荡荡的小酒吧，是因为他们每个人身上都有微小的缺陷，还会被有些乡巴佬嘲笑。准确地说那并不是缺陷，更像是一种怪癖。有一个人矮小得惊人，有点像侏儒，或者至少像个赛马骑手。不过他看上去一点都不像骑手，他有一个圆滚滚的黑脑袋、修剪整齐的黑胡子和小鸟一般明亮的眼睛；他口袋里的钱叮当作响，还戴着一根大金表链。除非打扮得像个绅士，不然他从不出现。他不傻，只是没出息又游手好闲。奇怪的是，他擅长所有派不上用场的东西，一些即兴魔术，让十五根火柴相互点燃，就像一场普通的烟火，或者把香蕉之类的东西雕刻成跳舞娃娃。他的名字叫伊西多尔·斯迈思。我依然能想起他的样子，一张小黑脸，走到柜台前面，用五根雪茄做出一只跳动的袋鼠。

“另一个家伙更为沉默，也更为普通，但不知为什么，他比可怜的小斯迈思更让我害怕。他又高又瘦，发色很浅，鼻梁很高，也许是那种幽灵般的英俊，但他有我曾见过或听说过的最严重的斜视。当他直视你时，你都不知道自己在哪儿，更不用说他到底在看哪儿了。我有点喜欢这种因为外貌缺陷而痛苦的可怜小伙子，因为当斯迈思准备随处展示他的猴子把戏时，詹姆斯·威尔金（这是斜视男人的名字）从不会做什么，只是泡在酒吧雅座上，之后独自在无聊灰暗的乡村四处散步。不过，虽然他掩饰得很聪明，但我认为斯迈思对自己如此矮小还是有点敏感的。所以我才会感到极为困惑，同时也极为震惊和抱歉，因为他们两个在同一个星期都向我求婚了。

“好吧，我做了一件后来想想也许比较愚蠢的事。但毕竟，这些怪人也算我的朋友，我不希望他们觉得我拒绝他们的真正原因是因为他们丑得难以置信。所以我编了一些大话，说不想跟任何没闯出名堂的人结婚。我说自己不会像他们那样，依靠继承来的金钱生活，这是我的原则。我这样善意地跟他们谈了，两天之后，整个麻烦开始了。我听说的第一个消息是他们两个都离开去寻找财富了，就像他们生活在某个愚蠢的童话故事里。

“从那天以后直到现在，我都没再见过他们。但我收到了小个子斯迈思的两封信，写得都挺令人激动的。”

“没有另一个人的消息吗？”安格斯问。

“不，他从不写信。”姑娘稍微犹豫了一下，说，“斯迈思的第一封信只是说他已经和威尔金一起出发步行去伦敦了，但威尔金走得太快，小个子被落在后面，在路边休息。正巧被一个巡回演出团看中了，因为他差不多是个侏儒，还是个机灵鬼，他很适应演出行当，很快被派到水族馆，表演一些我已经忘了的把戏。这是他第一封信的内容。他的第二封信就更为惊人了，我上周才收到。”

安格斯喝光杯子里的咖啡，用温和而耐心的眼神看着她。她嘴唇一动，露出些许笑意，继续说道：“我想你已经在广告牌上看过‘斯迈思无声服务’了，或者你是唯一没看过的人。唉，我不是很了解，好像是一种机械装置发明，用机械来做所有的家务。你知道那种东西‘按下按钮——一个从不喝酒的管家’‘转动把手——十个绝不调情的女仆’。你肯定看过这些广告。不管这些机器是什么，它们赚来一大笔钱，为那个我在拉德伯里就认识的小个子赚的。我忍不住为那可怜的小伙子翻身而感到高兴，可简单的事实是，我怕他随时会出现，告诉我他已经在社会上闯出了名堂——他确实做到了。”

“另一个人呢？”安格斯带着固执地问道。

劳拉·霍普突然站了起来。“我的朋友，”她说，“我觉得你是个巫师。没错，你说得非常对。我没收到过那个人的一行字，我不知道他是死是活、人在哪里。但就是他让我害怕，就是他一直在我周围，就是他几乎要把我弄疯了。实际上，我觉得他已经把我弄疯了，因为虽然他没有出现，但我能感觉到他，虽然他没有说话，但我能听到他的声音。”

“亲爱的，”年轻人愉快地说，“如果他是撒旦本人，他已经完蛋了，因为你现在已经告诉了其他人。人总是独自发疯的，姑娘。不过是在什么时候，你觉得自己能感觉到并听到这位斜视朋友的声音呢？”

“我听到詹姆斯·威尔金大笑，清楚得就像我听你说话。”姑娘冷静地说，“那儿根本没有人，因为我就站在店铺外面，站在街角，能同时把两条街看到底。我已经忘了他是怎么笑的，但他的笑声就像他的斜视一样诡异。我已经快一年没想起他了。可那是一个事实，就在他竞争对手的第一封信到了几秒以后，我听到了。”

“你有没有听到那个幽灵说话、尖叫或者做别的事？”安格斯有些感兴趣地说。

劳拉突然打了个寒战，用坚定的声音继续说：“有，在我看完伊西多尔·斯迈思宣告他成功的第二封信以后。那时我听到威尔金说：‘即便如此，他也得不到你。’声音非常清楚，好像他就在房间里一样。那太可怕了，我觉得我肯定是疯了。”

“如果你真的疯了，”年轻人说，“你会觉得自己一定是清醒正常的。但对我来说，这位看不见的先生显然有点古怪。两个头脑总比一个强——如果你同意我这么一个强壮务实的男人把婚礼蛋糕从橱窗拿回来，我再跟你讨论其他器官，真的……”

在他说话时，外面街上传来一阵冰冷的尖锐声音，一辆小汽车开得飞快，冲到店铺门口停下了。与此同时，一个戴着闪亮大礼帽的小个子男人重重迈进外间店铺。

安格斯之前一直由于心理健康的原因保持着快乐的闲适感，现在却充分暴露出内心的紧张，因为他突然大步走出里间，直面这位新来的人。只需快速看过一眼，就足以确认这个男人正处在热恋中。衣冠楚楚，身形好似侏儒，自豪地翘起的尖刺状黑胡子，机灵而不安分的眼睛，干净但极为紧张的手指，都表明这不是别人，正是姑娘之前说过的伊西多尔·斯迈思，那个能用香蕉皮和火柴盒做出娃娃的人，那个用金属做出不喝酒的管家、不调情的女仆从而赚了几百万元的人。很快，两个男人本能地明白了对方的占有欲，彼此对视的眼神里充满好奇而冷酷的慷慨，而那正是竞争的核心精神。

然而，斯迈思先生没有表示出他们的对抗已经到了终极状态，而是直接、激烈地说："霍普小姐看见窗户上的东西了吗？"

"窗户上？"凝视他的安格斯重复道。

"没时间解释别的了，"小个子百万富翁简洁地说，"这里正在发生一些蠢事，需要调查。"

他用抛光的手杖指指橱窗，安格斯先生刚刚为婚礼筹备减少了那里的摆设，现在却惊讶地发现，橱窗玻璃上贴着一张长长的字条，而他非常确定，之前自己看向玻璃时是没有的。他跟着活力十足的斯迈思来到外面街上，发现一张一码半长的邮票纸被小心地粘在玻璃外侧，上面用凌乱的字迹写着："如果你嫁给斯迈思，他就要死。"

"劳拉，"安格斯说着把自己一头红发的脑袋伸进店铺，"你没有疯。"

"这是威尔金那家伙写的，"斯迈思粗声说。"我几年没见过他了，但他一直来烦我。前两个星期，他五次在我的公寓留下恐吓信，我都找不到是谁放的信，更不用说弄清到底是不是威尔金本人干的了。公寓看门人发誓说没看到任何可疑人士，而在这儿，他在一家公共店铺的橱窗上粘了个护墙板，店铺里还有人——"

“说得太对了，”安格斯谦逊地说，“店铺里还有人正在喝茶。好吧，先生，我可以保证，我欣赏你直接处理问题的方式。我们可以过后再说别的。那家伙不可能走远，因为我上次走到橱窗旁边时，那张纸绝对没在那儿，在十或十五分钟之前吧。可另一方面，他已经走得太远，追不上了，因为我们根本不知道他去了哪个方向。如果你愿意接受我的建议，斯迈思先生，你应该立刻把这东西给一个精力充沛的调查员，最好是私家调查员。我认识一个非常聪明的家伙，就是干这行的，开你的车过去只要五分钟。他叫弗朗博，虽然年轻、有点冲动，但绝对非常诚实，他的脑子很值钱。他住在汉普斯特德的勒克瑙公寓。”

“怪了，”小个子挑起他黑色的眉毛，“我自己就住在街角的喜马拉雅公寓。也许你愿意跟我一起去，我回房间拿一些关于古怪威尔金的文件，你去找你的侦探朋友。”

“你太好了，”安格斯礼貌地说，“我们越快行动越好。”

带着一种古怪的突如其来的公平感，两位男士略微正式地与姑娘道别，一起跳进那辆灵活的小汽车。在斯迈思开车转过一个大街角时，安格斯饶有兴致地看到一个“斯迈思无声服务”的巨大广告牌，上面还有图片，一个没有脑袋的大铁皮娃娃拿着一口平底锅，旁边的文字说明是“一个从不发脾气的厨师”。

“我自己在公寓里就用它们。”长着黑胡子的小个男人大笑着说，“一半是为了打广告，一半真是为了方便。老实说，在广告牌上，我的那些大发条娃娃能帮你搬煤拿酒递时间表，干得比我认识的任何活生生的仆人都要快，只要你知道该按哪个按钮。但我绝不会否认，这样的仆人也有缺点，这话只限于你我之间。”

“真的？”安格斯说，“有它们做不到的事吗？”

“是啊，”斯迈思冷静地回答，“它们没法告诉我，是谁在我的公寓留下了恐吓信。”

这人的汽车又小又灵活，就像他本人。实际上，跟他的家政服务一样，这也是他的发明。如果他是一个广告骗子，那他会是那种坚信自己产品的人。夜色死寂而毫无遮拦，当他们在街道上划出长长的白色弧线时，一种微弱而快速的感觉随之逐渐加强。很快，白色弧线变得更加尖锐、更加令人目眩，就像人们形容现代国家的词语一样，他们正处于上升的螺旋。因为实际上，他们正驶向伦敦一角，这里几乎与爱丁堡一样险峻，只是没有爱丁堡那么险。屋顶之上又有屋顶，而他们要去的那幢高高的公寓矗立在他们头顶，简直像埃及金字塔一样高，被落日镀成了金色。当他们转过街角，进入喜马拉雅公寓的新月形街道，变化陡然出现，就像猛地推开一扇窗。因为他们发现，伦敦成片的公寓楼就像花岗岩的绿色海洋。在公寓楼对面、新月形碎石路的另一边，是一片茂盛的篱墙。比起花园，那更像一道陡峭的树篱或堤坝。更低一点的地方，一条人工河或者水渠流过，就像这座树篱堡垒的护城河。汽车绕过新月形街道，在一个街角，一个流动摊贩正在卖栗子，而在弧线的另一端，安格斯能看到一个警察模糊的蓝色身影正在慢慢走着。这些就是这个极为偏僻的郊区里所能看到的人影了，但他心里有一种荒谬的感觉，这些人倾诉着伦敦无言的诗歌。他觉得他们似乎是一个故事里的人物。

小汽车像子弹一样冲向右边的房子，车的主人像弹壳似的弹出来。他立刻询问一位戴着闪亮绶带的高个儿看门人，以及一位戴着套袖的矮个儿行李搬运工，问他们有没有任何人、任何东西来过自己的公寓。他得到了确定的回答，自他上次询问以后，没有一个人或物从他们面前经过。于是，他和有些困惑的安格斯像火箭一样冲向电梯，一直来到顶层。

“你先进来，就一分钟。”气喘吁吁的斯迈思说，“我给你看看威尔金的信。然后你得跑过街角去找你的朋友。”他按了墙上的一个隐藏按钮，房门自己打开了。

一个长而宽敞的前厅随之呈现，说得通俗一点，房间里最为引人注目的，就是立在两侧的成排的半人形机械体，就像裁缝用的人体模型。它们没有头部，但是有毫无必要隆起的帅气肩膀和鸽子胸脯一般鼓起的胸肌。除此之外，它们就没有更多人体特征了，跟火车站任何一种与人重量相当的自动机械没有区别。它们有两个像胳膊似的大钩子，用来搬运托盘，它们被漆成了豌豆绿、朱红或者黑色以便区分。在其他方面，它们都只是自动机械，没有人会去看第二眼。至少现在这个时候没有人看。因为在这两排机械假人中间，放着一个比全世界的机械都更有意思的东西。那是一张被抓得破破烂烂的白纸，上面是红色墨水写下的潦草字迹。门刚一打开，敏捷的发明家就把它捡了起来。他一言不发地把纸递给安格斯。纸上的红色墨水都还没干，写着：“如果你今天见了她，我就要杀了你。”

一阵短暂的沉默后，伊西多尔·斯迈思冷静地说：“你想喝点威士忌吗？我觉得我应该来点。”

“谢谢，我更应该来点弗朗博，”安格斯阴沉地说，“我觉得这件事越发严重了，我现在就去找他。”

“没错，”另一个人用可敬的快活语气说，“尽快把他带到这儿来。”

但是，当安格斯关上身后的大门时，他看到斯迈思按了一个按钮，一个机械人从它的位置滑出来，沿着地板上的凹槽滑动，送去装着虹吸管和盛水瓶的托盘。把这个小个子留在这些死物仆人中间确实有点奇怪，因为好像门一关，那些死物就活了。

离斯迈思家的走廊隔了六个台阶的地方，戴着套袖的男人正拎着桶做着什么。安格斯停下来，想方设法，最后还用了点贿赂加以巩固，从他那儿得到一个保证，他会留在原地直到安格斯带着侦探回来，并且会注意有没有陌生人从楼梯上来。冲到公寓大厅后，安格斯又对公寓大门的看门人提出了同样的警戒要求，并且得知公寓环境简单，没有后门。但安格斯并没满足于此，他揪住闲晃的警察，劝他站在公寓入口对面观察，最后他还稍微停了一会儿，买了一便士的栗子并询问这个摊贩能在附近待多久。

卖栗子的竖起大衣的领子，告诉他自己可能马上就要离开，因为感觉快要下雪了。的确，现在天色越发灰暗阴冷了，但安格斯费尽口舌，终于把卖栗子的留在了原地。

“用你的栗子取暖，”他真诚地说，“把你的存货都吃了，我会让你觉得值得。我会给你一金镑，只要你在这儿等到我回来，再告诉我有没有任何男人、女人或小孩走进那栋站着看门人的房子。”

然后他最后看了一眼被包围的高楼，潇洒地离开了。

“我给那个房间做了一个包围圈，不管怎么说，”他说，“他们四个不可能都是威尔金先生的同伙。”

勒克瑙公寓的位置，这么说吧，如果街上的众多房屋是一座小山，它在比它们低一层的平台上，而喜马拉雅公寓则是那座山的山顶。弗朗博先生半工半住的公寓位于一楼，在各个方面都跟充满美式机械、宾馆般冰冷奢华的“无声服务”公寓形成鲜明的对比。安格斯的朋友弗朗博，在办公室后面的洛可可风格的书房接待了他，书房里的装饰品有弯刀、火绳枪、东方珍品、装着意大利红酒的细颈瓶、野蛮人蒸煮锅、一只长毛波斯猫和一位看起来脏兮兮的小个子罗马天主教神父，看起来跟这个地方格格不入。

“这是我的朋友布朗神父，”弗朗博说，“我一直希望你见见他。今天天气真不错，对我这样的南方人来说冷了点。”

“对，我觉得天会晴朗的。”安格斯说着坐在一张紫色条纹的东方软凳上。

“不，”神父静静地说，“已经开始下雪了。”

果然，就在他说话时，最初的几片雪花像卖栗子的所预见的那样，开始缓缓飘过漆黑的窗玻璃。

“唉，”安格斯沉重地说，“恐怕我得说正事了，还是一件挺麻烦的事。是这样的，弗朗博，离你家三五步路的地方住着一个伙计，迫切需要你的帮助。他一直被一个看不见的敌人追踪、威胁——可是没有人见过这个恶棍。”安格斯开始讲述斯迈思和威尔金的整个故事，他从劳拉的故事说起，然后是他自己的故事——两条空街的街角上不可思议的大笑，空房间里古怪而清晰的话语，弗朗博明显越来越感兴趣，小个子神父似乎没有在意，仿佛他只是房间里的一件家具。当安格斯讲到橱窗上贴着的潦草书写的邮票纸时，弗朗博站了起来，似乎用自己宽厚的肩膀填满了整个房间。

“如果你不介意，”他说，“剩下的故事，最好在去那个人家最近的路上告诉我。这事让我很在意，我总觉得咱们没有时间可以浪费了。”

“我很乐意，”安格斯说着站了起来，“不过他现在足够安全，因为我安排了四个人盯着他那个像兔子洞一样的唯一入口。”

他们穿好外套来到街上，小个子神父像一只顺从的小狗，慢慢跟在他们身后。他像找话聊一样，愉快地说了一句：“这么快地上就有积雪了。”

他们穿过已经变成银白色的陡峭小巷，这期间安格斯把事情讲完了，等他们来到高大公寓所在的新月形街道上时，他已经有时间去关注自己安排的四个岗哨了。那个卖栗子的，在得到一枚金镑之前和之后都坚定地发誓说，他一直盯着公寓大门，没看见有访客进入。警察则更为坚决，他说自己见识过各种各样的骗子，有衣冠楚楚的，也有破衣烂衫的，他可不是那种觉得可疑人物看着就可疑的生手，他会留心任何人，而幸运的是，这儿任何人都没有。三人聚集在衣饰闪亮的看门人身前，他依然笑眯眯地站在门廊前，给出的结论更为不可动摇。

“不管是公爵还是清洁工，我都有权询问任何人要来这座公寓做什么，”这位衣饰金色蕾丝的和蔼巨人说，“我发誓从这位先生离开以后，一直没有人可以让我发问。”

微不足道的布朗神父站在后面，谦逊地看着人行道，这时却小心而温和地问道：“那么开始下雪以后，没有人上下楼吗？我们在弗朗博家的时候雪就下起来了。”

“没有人来这儿，先生，你可以相信我。”看门人带着权威感说。

“那么，我想知道那是什么？”神父说着，像鱼一样茫然地盯着地面。

其他人也低下头，弗朗博使用了一个激烈的表达方式和一个法国手势。因为毫无疑问，在这个衣饰金色蕾丝的看门人看守的入口正中——实际上，就在这个分开腿站着的傲慢巨人的双腿中间——有一行灰色的脚印留在白色的雪上。

“天啊！”安格斯不由自主地大叫，“隐身人！”

他二话不说转身冲上楼梯，弗朗博紧随其后，但布朗神父依然站着没动，在白雪覆盖的街道上看向安格斯，似乎已经对他的调查失去了兴趣。

弗朗博显然想用自己宽厚的肩膀撞开房门，但苏格兰青年似乎比他多了一些理性、少了一点直觉，在门框上不停地摸索，终于找到了那个隐藏按钮，房门慢慢打开了。

物品众多的房间随之呈现，尽管深红的落日余晖还留在天上，但前厅已经暗了很多。一两个无头机械由于某些原因离开了它们原本的位置，凌乱地站在暮光照到的地方。它们外衣上的绿色和红色都在暮色中变成了黑色，与人类相仿的造型又使其更加难看。但是在它们中间，也就是之前放着那张红墨水写的字条的地方，躺着什么东西，看上去像红墨水从墨水瓶里洒了出来。但那不是红墨水。

用理性与暴力的方式组合，弗朗博简明地说了一句：“谋杀！”之后一头冲进这套房子，在五分钟之内搜查了每一个角落和每一个橱柜。可如果寻找尸体，他一无所获。伊西多尔·斯迈思不在这个地方，不知是生是死。一番激烈地搜寻之后，两人在前厅会合，满头大汗，四目相对。“我的朋友，”弗朗博激动之下说了法语，“不仅你的凶手是个隐身人，他也把受害人弄没影了。”

安格斯环顾这个站满人型机械的昏暗房间，在他苏格兰灵魂的某个凯尔特角落，他打了一个寒战。一个真人大小的机械娃娃紧挨着血迹，将其笼罩在影子里，也许这个娃娃就是受害人在倒下之前召唤过来的。一只用作胳膊传递东西的沉重钩子略微举起，安格斯突然惊恐地想到，也许就是可怜的斯迈思自己的铁皮娃娃把他打倒的。事态已经颠倒，这些机器杀死了它们的主人。可就算如此，它们又是如何处理他的呢？

“吃了他？”噩梦在他耳边低语，他为这一瞬间的撕裂念头感到恶心，人体残骸被吸收、挤压进那些无头的发条机械里。

他用坚决的意志努力让自己恢复精神正常，并对弗朗博说：“好了，事情就是这样。这可怜的家伙像云一样蒸发了，只在地板上留下一道红色痕迹。这个故事并不属于这个世界。”

“不管它属于这个世界，还是另一个世界，”弗朗博说，“我只有一件事要做。我得下楼跟我的朋友聊聊。”

他们跑下楼，经过那个提桶的人，那人再次严肃声明自己没有让任何一个人过去。到了楼下，看门人和仍在原地晃悠的卖栗子的也都坚称自己的监视没有出错。可是当安格斯环顾四周，寻找第四位证人时，却找不见人影，他有些紧张不安，喊道：“那个警察呢？”

“请你原谅，”布朗神父说，“是我的错。我刚才让他顺着路下去找些东西——我刚想到有必要做些搜查。”

“好吧，我们需要他立刻回来，”安格斯生硬地说，“因为楼上那个可怜人不仅被杀了，还不见了。”

“怎么回事？”神父说。

“神父，”弗朗博顿了顿说，“我敢发誓，比起我的公寓，这事发生在你的公寓倒更可能。没有朋友和对头进入房子，但斯迈思不见了，像被精灵偷走了一样。如果那不是超自然，我——”

就在说话时，他们都被一个不寻常的景象吸引了注意力，高大而沮丧的警察正跑着绕过新月形街道的街角。他径直走向布朗神父。

“你说得没错，先生，”他气喘吁吁地说，“刚才，他们找到了可怜的斯迈思先生的尸体，就在下面的水渠里。”

安格斯猛地把手拍到头上，“他是自己跑下去投水淹死的吗？”他问。

“他没下楼，我发誓。”警察说，“而且也不是淹死的，因为他死于心口上的致命一刺。”

“但你还说没看见任何人进去？”弗朗博高声问道。

“咱们沿路往下走一点吧。”神父说。

当他们走到新月形街道的另一头时，神父突然发现了问题：“我真笨！忘了问警察一件事。我想知道他们有没有找到一个浅褐色麻袋。”

“为什么要问浅褐色麻袋？”安格斯惊讶地问道。

“因为如果是其他颜色的麻袋，这个事件就得从头开始调查。”布朗神父说，“但如果是一个浅褐色麻袋，嗯，事件就可以结束了。”

“我很想听听，”安格斯的话里带着强烈的反讽，“据我所知，对事件的调查还没开始呢。”

“你得给我们讲讲。”弗朗博说得异常沉重而简洁，就像一个孩子。

不知不觉间，他们迈着极快的步伐，顺着新月形街道另外一侧的长长的弯路向下走去。布朗神父快步走在前面，但是没有说话。最后，他终于开口了，语气中带着动人的茫然：“好吧，我想你们恐怕想得太单一了。我们总是从事情的抽象结尾开始，而你无法从其他地方开始这个故事。

“你有没有注意到这个——那些人始终没有回答你的问题。他们答的是你所指的——或者说是他们认为你所指的。如果一位夫人在乡村别墅里问另一位夫人：‘有人和你待在一起吗？’那位夫人不会回答：‘是的，有管家、三个男仆、客厅女仆等。’尽管客厅女仆也许就在房间里，或者管家就站在她椅子后面。她说的‘没有人跟我待在一起’，指的并不是你所指的那类人。可如果一个医生调查流行病，询问：‘谁待在这个房子里？’那么那位夫人会想起管家、客厅女仆和其他人。所有语言都是这样使用的，你无法让问题获得一个字面意义的回答，尽管你得到的答案是真实的。当那四个诚实的人说没有人进入公寓，他们不是真的在说没有‘人’进去。他们说的‘没有人’是他们推测的你想要关注的人。一个人的确走了进去，也的确走了出来，只是他们都没有注意他。”

“一个隐身人？”安格斯抬起他红色的眉毛，问道。

“一个心理上的隐身人。”布朗神父回答，一两分钟以后，他用之前那种谦逊的声音，像深思一样继续说道，“当然，在你想起他之前，你是想不到这样一个人的。这就是他的聪明之处。但在安格斯先生给我们讲的故事里，有两三件小事让我想到了他。首先就是一个事实，这位威尔金走了很长的路。其次是橱窗上宽大的邮票纸。然后最重要的，是那位年轻女士说的两件事——两件不可能是真的事。别生气，”他注意到苏格兰人的脑袋突然动了一下，赶紧补充道，“只是她觉得是真的。在一个人马上就要收到信件时，是不可能单独待在街上的。她开始读刚收到的信时，也不可能自己待在街上。一定有什么人就在她旁边，而那个人在心理上是隐身的。”

“为什么一定有人在她旁边？”安格斯问。

“因为，”布朗神父说，“除了信鸽，总要有人给她送信啊。”

“所以你是说，”弗朗博起劲儿地说，“那个威尔金把他情敌的信送给他爱慕的女士？”

“没错，”神父说，“威尔金把他情敌的信送给他爱慕的女士。你知道，他不得不这样做。”

“哎，我可听不下去了，”弗朗博爆发了，“这家伙是谁？他长什么样？这个心理上的隐身人是什么穿着打扮？”

“他穿得相当漂亮，衣服是红色、蓝色和金色的。”神父立刻精确地回答，“他穿着这身引人注目的甚至是醒目的衣服，在八只眼睛的注视下走进喜马拉雅公寓，冷酷无情地杀了斯迈思，把尸体扛下来走到大街上——”

“尊敬的神父！”安格斯站在原地，大声说，“是您发疯了胡言乱语，还是我疯了？”

“你没疯，”布朗说，“只是有点缺乏观察。你没有注意过这样一个人，比如——”

他快速向前走了三步，把手放在一个路过的普通邮差的肩上，那人正匆匆走在树荫下，他们却都没注意到。

“不知为什么，没有人留意邮差。”他沉思着说，“但他们和其他人一样富有激情，还扛着大袋子，可以轻松装下一具矮小的尸体。”

那个邮差并没有自然地转过身，而是突然躲开，在花园栅栏旁边摔倒了。他身形瘦弱，留着胡子，看起来极为普通。但是当他露出那张警觉的脸，三个人都被那恶魔般的斜视惊呆了。

弗朗博回到他的弯刀、紫色地毯和波斯猫中间，有许多事情需要处理。约翰·特恩布尔·安格斯回到糖果店女士那里，这位鲁莽的年轻人在那儿感到极为放松自在。而布朗神父在白雪覆盖的山上，与一位杀人凶手在星空下走了好几个小时，他们究竟说了什么，永远无人知晓。